# CRETINO ABUSADO

# CRETINO ABUSADO

## PENELOPE WARD e VI KEELAND

*Tradução*
Andréia Barboza

Copyright © Penelope Ward e Vi Keeland, 2015
Copyright © Editora Planeta do Brasil, 2017
Todos os direitos reservados.
Título original: *Cocky bastard*

*Preparação:* Andréa Bruno
*Revisão:* Isabela Talarico e Lívia Stevaux
*Diagramação:* Futura
*Imagem de miolo:* Freepik
*Capa:* departamento de criação da Editora Planeta do Brasil
*Imagens de capa:* G-stockstudio/Shutterstock

DADOS INTERNACIONAIS DE CATALOGAÇÃO NA PUBLICAÇÃO (CIP)
ANGÉLICA ILACQUA CRB-8/7057

---

Ward, Penelope
  Cretino abusado / Penelope Ward e Vi Keeland; tradução de Andréia Barboza. – São Paulo: Planeta do Brasil, 2017.
  272 p.

  ISBN: 978-85-422-1144-3
  Título original: Cocky bastard

  1. Ficção norte-americana 2. Literatura erótica I. Título II. Keeland, Vi III. Ward, Penelope IV. Barboza, Andréia

17-1182                                              CDD 813.6

---

Índices para catálogo sistemático:
1. Ficção norte-americana

2017
Todos os direitos desta edição reservados à
**EDITORA PLANETA DO BRASIL LTDA.**
Rua Padre João Manuel, 100 – 21º andar
Ed. Horsa II – Cerqueira César
01411-000 – São Paulo-SP
www.planetadelivros.com.br
atendimento@editoraplaneta.com.br

*Para nossos maridos,
os verdadeiros cretinos abusados.*

Me perguntei se a vibração entre as minhas pernas seria gostosa.

O sol bateu na parte cromada de uma Harley Davidson estacionada um pouco mais à frente, fazendo-a brilhar sob o calor sufocante do meio-dia. Esperei até que terminasse de tocar Maroon 5 no rádio, estranhamente hipnotizada pelo brinquedo de duas rodas enquanto procurava o celular na bolsa. A moto era simples – preta e prata, brilhante, com alforjes de couro desgastado decorados com um crânio gravado embaixo das iniciais C. B.

Quão prazeroso seria pilotá-la? O vento soprando nos meus cabelos compridos, meus braços envolvendo um homem com um apelido perigoso, o motor ronronando entre as minhas coxas cobertas pelo jeans. Horse? Drifter? Guns? Espere. Não. Pres. Meu motoqueiro imaginário definitivamente se chamaria Pres. E seria parecido com o Charlie Hunnam.

Olhei para o meu iPhone e vi meia dúzia de novas mensagens do Harrison. Sorri por dentro. Com certeza, ninguém que se chamasse Harrison pilotaria uma Harley. Jogando o telefone de volta na bolsa, desliguei o motor do BMW abarrotado e olhei para o banco de trás. As caixas empilhadas até o teto começavam a fazer com que o carro, de tamanho normal, parecesse claustrofóbico.

Um ônibus cheio de turistas estacionou na entrada. Ótimo. Era melhor entrar para pegar o almoço agora, caso contrário eu nunca sairia dali. Após dez horas de viagem de Chicago a Temecula, na Califórnia, eu estava em algum lugar no meio de Nebraska, e ainda tinha cerca de vinte e poucas horas de estrada pela frente.

Depois de uma espera de quinze minutos por uma Pepsi e um frango frito Popeyes que planejava comer no carro, parei na lojinha de suvenires. Eu estava muito cansada e sem vontade nenhuma de dirigir mais cinco horas antes de encontrar um lugar para dormir. Bocejando, decidi parar e dar uma olhada por alguns minutos. Conferindo algumas bugigangas, acabei pegando uma miniatura do Barack Obama e a sacudi sem pensar, observando seu sorriso louco enquanto a cabeça balançava para cima e para baixo.

— Compre. Você sabe que quer — uma voz profunda e rouca disse atrás de mim. Com o susto, meu corpo reagiu instintivamente, e a miniatura escorregou dos meus dedos e caiu no chão. A cabeça se separou do pescoço de mola e rolou para longe.

A mulher do caixa gritou:

— Sinto muito, senhora. Vai ter que pagar por isso. São vinte dólares.

— Droga! — resmunguei, dirigindo-me para onde a cabeça havia rolado. Quando me abaixei para pegá-la, ouvi novamente a voz atrás de mim.

— E pensar que algumas pessoas dizem que ele tem a cabeça no lugar. — O sotaque parecia ser australiano.

— Você acha isso engraçado, babaca? — perguntei, antes de me virar e olhar pela primeira vez para o dono daquela voz.

Congelei.

*Ah. Merda.*

— Não precisa bancar a cretina por causa disso. — Sua boca se curvou em um sorriso malicioso quando me entregou o corpo do Obama. — E, só para deixar claro, achei muito engraçado, sim.

Engoli em seco e acho que perdi a habilidade de falar quando vi o Adônis diante de mim. Queria arrancar aquele sorriso arrogante que estampava seu rosto – lindo, esculpido, desalinhado, emoldurado por mechas grossas de cabelo castanho acobreado. *Merda.* Esse homem era gostoso demais, não o tipo que eu esperava encontrar ali. Estávamos no meio do nada nos Estados Unidos, não no interior da Austrália, pelo amor de Deus.

Limpei a garganta.

— Bom, eu não achei engraçado.

— Então você precisa relaxar e se animar. — Ele estendeu a mão. — Dá aqui, princesa. Eu pago essa droga. — Antes que eu pudesse responder, ele pegou os dois pedaços quebrados, e eu amaldiçoei o arrepio que atingiu minha espinha pelo breve contato de sua mão roçando a minha. Claro, além de tudo, seu cheiro tinha que ser incrível.

Eu o segui até o caixa enquanto procurava dinheiro na minha bolsa bagunçada, mas ele foi bem mais rápido e pagou.

Ele me entregou a sacola com a miniatura quebrada.

— O troco está aí dentro. Compre um pouco de senso de humor para você.

*HU-MORRR.* Ah, esse sotaque!

Meu queixo caiu quando ele se afastou e saiu da loja.

*Que bunda!*

Do tipo excelente. Uma bunda redonda, grande e suculenta, abraçada com firmeza pela calça jeans. Caramba, eu realmente precisava transar, porque não parecia importar o fato de que esse homem tivesse me insultado na cara dura; minha calcinha estava praticamente molhada.

Depois de ficar olhando uma prateleira de camisetas do Nebraska Cornhuskers por vários minutos, me chutei mentalmente. Minha reação ao incidente provou que o cansaço estava me vencendo. Normalmente eu não era tão temperamental. Era hora de me livrar daquele encontro bizarro e sair dali. Meu estômago estava roncando, e eu estava ansiosa para atacar o frango frito assim que pegasse a estrada. Peguei um pedaço da caixa que estava dentro da bolsa e saí da loja. Parei de mastigar. Ali estava ele, duas vagas depois do meu carro – sentado na moto sobre a qual eu tinha fantasiado.

Aproximei-me lentamente, esperando que ele não me notasse. Não tive essa sorte. Em vez disso, quando me viu, ele abriu um sorriso exagerado e acenou.

Enquanto eu procurava freneticamente as chaves do carro, revirei os olhos e murmurei:

— Você de novo.

Ele riu.

— Acabou comprando senso de humor?

— Não. Usei o troco para comprar boas maneiras para você.

Rindo, ele balançou a cabeça para mim. Passando a mão pelos cabelos, colocou o capacete preto e ligou a Harley. O estrondo estremeceu meu interior.

Entrando no carro e batendo a porta, não pude deixar de dar uma última olhada, observando-o como se nunca mais fosse voltar a vê-lo. Ele deu uma piscadinha por dentro do capacete, e o meu coração patético vibrou.

Observei pelo retrovisor enquanto ele começava a se afastar. Esperava que ele saísse voando como um morcego, mas, depois de se deslocar lentamente, ele parou. Continuou tentando ligar a moto para conseguir colocá-la em movimento, mas nada aconteceu. Depois de finalmente desligar o motor, ele tirou o capacete e passou a mão pelo cabelo, frustrado, antes de sair para dar uma olhada na moto. Eu deveria ter ido embora, mas não podia tirar os olhos dele enquanto ele lutava para que a moto funcionasse. *Cara, que merda, hein?*

Mergulhei um dos pedaços de frango no molho de mostarda e mel e o levei à boca, ainda assistindo àquilo como se fosse um evento esportivo. Então, ele pegou o telefone e fez uma ligação enquanto andava de um lado para o outro.

Ao desligar, ele olhou para mim e me encarou. Pega em flagrante, soltei uma risada nervosa. Não queria rir da situação, mas simplesmente saiu. Ele ergueu a sobrancelha e isso me fez rir ainda mais. Então caminhou lentamente em minha direção, segurando o capacete. Bateu na minha janela e eu a abri.

— Acha isso engraçado, princesa?

— Na verdade, não… talvez. — Bufei.

— Bem, fico feliz por você finalmente ter conseguido encontrar seu senso de humor.

*HU-MORRRR.*

Caramba, o sotaque dele era sexy.

Ele inclinou a cabeça para olhar para o banco de trás e viu todas as caixas.

— Você não tem casa? Mora no carro?
— Não. Estou de mudança para o outro lado do país.
— Para onde está indo?
— Temecula.
— Califórnia. — Ele assentiu. — Eu também.

Olhei para a Harley.

— Bem, parece que *você* não vai a lugar *nenhum* por enquanto. Acho que é a lei do retorno agindo por você ter me chamado de cretina.
— É, parece ser o caso.
— Que isso seja lei do retorno?
— Não, que você é uma cretina.
— Muito engraçado.
— Sabe o que é ainda melhor que a lei do retorno? — perguntou, inclinando-se na janela enquanto seu perfume me intoxicava.
— O quê?

Ele balançou as sobrancelhas.

— Carma.
— Do que você está falando?
— Venha aqui dar uma olhada na traseira da sua Beemer.

*BEE-MERRR.*

Saí do carro e dei a volta. Meu pneu direito traseiro estava completamente murcho.

*O quê? Isso não podia estar acontecendo.*

Com a mão na testa, olhei para a sua expressão presunçosa.

— Está de brincadeira? Você sabia que o meu pneu estava furado esse tempo todo?
— Sim, reparei na hora em que peguei você comendo frango e rindo de mim. Foi bem difícil manter o rosto sírio séria naquele momento.

Eu não sabia como trocar um pneu, nem que fosse para salvar minha vida. Não podia acreditar no que estava prestes a pedir a ele.

— Você sabe trocar pneu?

— Claro que sei. Que tipo de homem eu seria se não soubesse trocar um pneu?

— Pode me ajudar? Sei que não tem motivos para querer... depois do nosso pequeno desentendimento, mas estou desesperada mesmo. Não quero ficar aqui sozinha à noite.

— Deixa eu te fazer uma pergunta.

— Ok...

Ele esfregou o queixo.

— Quão desesperada você está para trocar o pneu?

Eu me afastei.

— O que exatamente você está insinuando?

— Pode parar com a mente poluída, coração. Não estou fazendo uma proposta sexual, se é isso que está pensando. Você não faz o meu tipo.

— E qual é o seu tipo?

— Gosto de mulheres que não têm a personalidade de uma maçaneta.

— Obrigada.

— Não tem de quê.

— Então quais são as suas condições?

— Bom, como você sabe, e demonstrou claramente com seu ataque de riso, minha Harley está com defeito. Precisa de uma peça que eu não tenho. Acabei de ligar para o guincho. Mas estou em cima da hora e, assim como você, preciso chegar à Califórnia.

— Você não está sugerindo...

— Sim. Estou, sim. Se eu trocar o pneu, você me dá uma carona.

— Uma carona?

— Sim, uma carona.

— O que você acabou de dizer?

— Você ouviu.

Balancei a cabeça para me livrar das imagens que haviam brotado nela. Será que minha mente cansada imaginou que ele tinha acabado de dizer aquilo ou ele estava brincando comigo?

— Não posso dirigir centenas de quilômetros com um completo estranho — falei.

— É muito mais seguro do que dirigir sozinha.

— Não se você for um *serial killer!*

— Olha quem está falando. Foi você que decapitou um presidente americano.

Não consegui segurar o riso. Essa situação era totalmente insana.

— Caramba, princesa, você está rindo de si mesma?

— Acho que você está me fazendo delirar.

Ele estendeu a mão.

— E aí, combinado?

Cruzei os braços em vez de segurar sua mão.

— Que escolha eu tenho?

— Ah, aquele cara ali poderia trocar o seu pneu. — Ele gesticulou para um homem grande e assustador que parecia estar nos observando. O cara parecia o Herman, do seriado *Os monstros*.

Deixando escapar uma respiração profunda, concordei.

— Sim. Combinado! Só me tire daqui.

— Foi o que pensei. Por favor, diga que tem um estepe.

— Sim, mas tenho que tirar algumas caixas para que você possa pegá-lo.

Ele começou a se irritar quando viu o estado do meu porta-malas.

— Porra, o que é toda essa porcaria?

Olhei em seus olhos e respondi honestamente:

— Minha vida inteira.

Empilhei o conteúdo no chão. Ele pegou o estepe e, quando começou a trocar o pneu, sua camiseta branca subiu, expondo o abdômen bronzeado e rígido como pedra e uma trilha fina de pelos que desaparecia na cueca. Uma tensão indesejada se formou entre as minhas pernas. Eu precisava de distração, então fui até a moto dele e me sentei, segurando o guidão e imaginando como seria andar contra o vento. Mas tudo o que podia imaginar era ele na minha frente, e isso não estava ajudando.

Ele saiu de debaixo do carro.

— Tenha cuidado, garota. Isso não é um brinquedo.

Desci e passei os dedos pelas letras gravadas nos alforjes.

— Afinal, o que é esse C. B.?

— São as minhas iniciais.

— Deixe-me adivinhar... *Cretino Babaca?*

— Olha... eu teria dito o meu nome, mas, como você é tão esperta, acho que vou te deixar adivinhar.

— Como quiser.

Ele se deitou no chão.

— Só vou encaixar essa porca e estaremos prontos para ir.

— Porca?

— As porcas... da roda.

— Ah.

Levantando, ele ergueu a camiseta e a usou para limpar a testa.

— Tudo pronto.

*Droga.*

— Que rápido. Tem certeza de que está no lugar?

— Como você vai descobrir logo, querida, tenho alguns parafusos soltos, mas nenhum deles está na roda. — Ele piscou e, pela primeira vez, notei suas covinhas. — Acho que deveríamos parar amanhã e comprar um pneu novo. O estepe não deve ser usado por muito tempo.

*Amanhã. Uau. Aquilo estava acontecendo mesmo.*

— Vamos — falei. — Vou dirigir. Preciso estar no controle dessa situação.

— Como quiser — ele respondeu.

Eu podia sentir a tensão no pescoço enquanto saía do lugar. Isso seria muito interessante, para dizer o mínimo. Ele não perdeu tempo em remexer nos meus pedaços de frango.

Dei um tapa na sua mão.

— Ei, larga a minha comida.

— Mel e mostarda? Prefiro barbecue. — Ele lambeu o polegar, e eu me xinguei por ter ficado um pouco excitada.

Esta seria uma longa viagem.

Ele sorriu e levantou a sacola de plástico da loja de suvenir.

— Você por acaso abriu isso?

— Não. O que tem de mais? É só uma miniatura quebrada.

Entregando o boneco para mim, ele perguntou:
— É?
Com uma mão no volante, peguei a miniatura que estava... inteira.
— O quê... como você fez isso?
— Você pareceu ter gostado dele, então paguei pelo quebrado e comprei um novo. Você estava muito ocupada olhando dentro da bolsa para notar.

Não pude deixar de sorrir e balançar a cabeça.
— Agora, sim. Um sorriso de verdade. — Ele estendeu a mão. — Aqui... passa pra mim. — Quando o entreguei, ele tirou uma fita adesiva da parte de baixo e o grudou no painel. A cabeça do Obama balançava para cima e para baixo a cada movimento do carro.

Caí na gargalhada, mas também não pude evitar o sentimento caloroso que esse gesto doce provocou. Talvez ele não fosse um cretino de verdade.

Ficamos quietos por um tempo até que ele inclinou a cabeça para trás e fechou os olhos. Em algum lugar ao longo da I-76, depois que o sol se pôs em um brilho alaranjado que iluminava o horizonte ao longe, ele se virou para mim.

Sua voz estava grogue.
— Meu nome é Chance.
Depois de alguns segundos de silêncio, falei:
— Aubrey.
— Aubrey — ele repetiu com um sussurro ofegante, aparentando apreciar meu nome, antes de fechar os olhos novamente e virar a cabeça para o outro lado.

*Chance.*

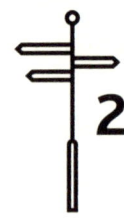

— Você vai continuar deixando as ligações caírem na caixa postal? — Ele semicerrou os olhos para o celular, que estava vibrando em cima do console. Aquela porcaria estava tocando a cada meia hora, mas agora o intervalo entre as ligações tinha encurtado para dez minutos.

— Sim. — O aparelho parou de se mexer, e eu não dei mais nenhuma explicação. Achei que talvez ele deixasse pra lá.

Claro que não. Cinco minutos depois, o telefone vibrou de novo, e Chance o pegou antes que eu percebesse o que ele estava fazendo.

— Harry está ligando. — Ele segurou o telefone entre o polegar e o indicador, balançando-o para a frente e para trás até que eu o pegasse de sua mão.

— É Harrison. E isso não é da sua conta.

— É uma longa viagem, princesa. Você sabe que vamos falar sobre isso em algum momento.

— Confie em mim, não vamos.

— Veremos.

Apenas mais alguns minutos se passaram, e o telefone vibrou de novo. Antes que eu pudesse detê-lo, Chance o pegou mais uma vez. Só que, desta vez, ele apertou um botão e o levou à orelha.

— Alô?

Meus olhos se arregalaram. Quase entrei num recuo na estrada, mas fiquei quieta como se fosse muda.

— Harry. Como vai, cara?

O sotaque australiano, que era muito nítido e presente, de repente sumiu. A voz de Harrison aumentou de tom, embora eu não conseguisse entender as palavras. Olhei para o rosto arrogante de Chance. Ele deu de ombros, sorriu e se recostou no banco, parecendo se divertir muito. Naquele momento, decidi que a nossa viagem havia acabado. Assim que chegássemos à próxima saída, eu o chutaria para fora do carro. Aquela massa perfeitamente redonda de músculos podia caminhar no meio do nada em Nebraska que eu não ligava.

— Sim, claro. Ela está aqui. Mas estamos *meio ocupados* agora.

Ouvi a pergunta seguinte em tom alto e claro. Chance afastou o telefone da orelha enquanto Harrison rugia:

— Quem é que está falando?

— Meu nome é Chance. Chance Bateman — disse ele, com uma entonação melodiosa perfeita. Eu podia imaginar aquilo fazendo com que a veia na garganta de Harrison pulsasse em um profundo tom de roxo.

— Passe. A. Porra. Do. Telefone. Para. A. Aubrey. — Cada palavra era um breve estalo de raiva. De repente, eu não estava mais brava com Chance por atender o telefone. Estava furiosa por Harrison ter a audácia de ficar bravo com o que eu estava fazendo.

— Não posso, Harry. Ela está... indisposta no momento.

Outro grunhido cheio de palavrões soou pelo telefone.

— Ouça, Harry. Vou te falar isso de homem para homem, porque você parece ser um cara legal. A Aubrey tem evitado seus telefonemas para ser educada. A verdade é que ela simplesmente não quer falar com você.

Minha raiva se intercalava rapidamente entre os dois homens. Ainda assim... *AH-BREE*. Eu queria estrangular o Chance, mas, ao mesmo tempo, queria muito que ele falasse o meu nome de novo. O que diabos havia de errado comigo? Perdi a resposta do Harrison, ocupada repetindo mentalmente o som do meu nome sendo falado com sotaque australiano. A forma como o som saía da língua daquele cretino abusado fazia meu estômago dar um nó. Talvez eu tenha tido um lapso momentâneo enquanto o imaginava sussurrando em meu ouvido com uma tensão gutural. *AH-BREE*.

Pisquei e voltei à realidade enquanto Chance soltava um suspiro exagerado no telefone.

— Tudo bem então, Harry. Mas agora você precisa parar. Estamos fazendo uma viagem longa, e sua constante interrupção está deixando nossa garota nervosa. Então, seja um bom camarada e pare de atrapalhar por um tempo, tá?

*Nossa* garota. Aquela veia devia estar pronta para explodir no pescoço de Harrison.

Chance não esperou por uma resposta antes de desligar.

Durante cinco minutos, nenhum de nós disse uma palavra sequer. Ele devia estar esperando o sermão que estava por vir.

— Você não vai reclamar comigo por causa da minha conversa com Harry?

Os nós dos meus dedos ficaram brancos ao redor do volante.

— Estou processando isso.

— Processando? — Sua voz soava quase divertida.

— Sim. Processando.

— O que isso significa?

— Significa que eu não falo a primeira coisa que me vem à cabeça. Ao contrário de *algumas pessoas*, eu penso sobre o que estou sentindo e verbalizo adequadamente.

— Você filtra a merda.

— Não filtro, não.

— Sim, é o que você faz. Se está chateada, diga. Grite se precisar. Mas fale logo e acabe com isso. Pare de *agir* como uma cretina o tempo todo.

A estrada estava bem vazia, então não era difícil pisar no freio e parar no acostamento. Cruzei as três pistas e estacionei. Estava escuro, e a única luz vinha dos meus faróis e de algum veículo que ocasionalmente passava. Saí do carro, caminhei até o lado do carona e esperei que ele se juntasse a mim.

Coloquei as mãos na cintura.

— Você é muito cara de pau. Salvei sua pele, e você entrou no meu carro, comeu metade da minha comida, trocou a estação do rádio e, para completar, atendeu o meu telefone.

Ele cruzou os braços sobre o peito.

— Você não salvou minha pele, eu comi *um* pedaço de frango, seu gosto musical é péssimo e o babaca do Harry estava perturbando você.

Olhei para ele.

Ele me encarou de volta.

*Meu Deus*. O farol de um carro que passava iluminou o rosto dele e pude ver. O número treze. Seus olhos, quando ele estava irritado, eram *exatamente* da cor do lápis de cor número treze. Eu costumava ter que tirar o papel que envolvia o *Cadet Blue,* da caixa de sessenta e quatro cores da Crayola, muito antes que os outros lápis tivessem perdido a ponta. Eu gostava tanto daquela cor que não costumava usá-la só para sombrear o céu. Por um ano inteiro da minha vida, todos os rostos nos meus livros de colorir eram pintados daquele tom de azul bonito com um toque misterioso de cinza. Nunca tinha visto essa cor na vida real, especialmente nos olhos de alguém.

Eu já estava meio desconcertada. E então ele fez com que me perdesse de vez.

— Aubrey. — Ele deu um passo à frente.

*AH-BREE.*

Maldito seja. Fiquei calada. Eu estava ocupada... processando.

— Estava tentando ajudar. O Harry precisava disso. Não sei o que ele é seu, mas, quem quer que ele seja, obviamente errou com você. E você não quer mais ouvir as desculpas dele. São mentiras e você sabe disso. Deixe-o ficar com raiva, pensando que você está viajando com outro homem. Ele deveria saber que outros homens vão dar em cima de uma mulher como você. Não deveria ser preciso lembrá-lo.

*Uma mulher como eu?*

Tentei manter a pose aborrecida, mas eu simplesmente não estava mais.

— Bem, não toque no meu telefone novamente.

— Sim, senhora.

Assenti, precisando daquela sensação de vitória. Não podia deixar minha raiva se esvair só porque ele tinha uma voz sexy e os olhos da cor do lápis número treze. Não é?

— Que tal eu dirigir um pouco?

Minha visão noturna não era grande coisa e estava começando a ficar um pouco embaçada.

— Ok.

Ele abriu a porta do lado do carona e esperou que eu entrasse. Fechou-a e correu para o outro lado. Antes de se acomodar no banco do motorista, ele se abaixou e pegou alguma coisa da rua, colocando-a em sua mala no banco de trás antes de ajustar o banco.

— O que você pegou?

— Nada. — Ele se esquivou da minha pergunta. — O motorista escolhe a música. — Nos afastamos do meio-fio.

— Você trocou a estação a cada cinco minutos enquanto eu estava dirigindo.

Ele encolheu os ombros e sorriu.

— É uma nova regra.

Estar no banco do carona me deu a oportunidade de estudá-lo. Deus, aquelas covinhas eram profundas. E a barba começando a sombrear a mandíbula esculpida me agradava. Agradava *muito*. Havia uma boa chance de que ele dirigisse bastante.

Três horas depois, era quase meia-noite quando decidimos encerrar o dia. Tínhamos cumprido a meta que eu havia estabelecido, mesmo precisando perder algumas horas para comprar um pneu novo.

A mulher na recepção do hotel estava ocupada jogando no celular e mal nos olhou quando nos aproximamos.

— Gostaríamos de um quarto para a noite, por favor — disse Chance.

— Hummm... dois quartos, por favor — esclareci.

— O quê? Eu ia pedir um com duas camas.

— Eu *não* vou dividir o quarto com você.

Ele encolheu os ombros.

— Como quiser. — E voltou a atenção para a recepcionista. — Ela está com medo de que, se ficarmos juntos em um quarto, não seja capaz de manter as mãos longe de mim. — Ele piscou para ela. A mulher tinha a pele morena, mas mesmo assim pude vê-la corar.

Revirei os olhos, cansada demais para brigar com ele de novo, e falei:

— Pode me dar um quarto virado para o lado oeste, que não fique no térreo e que seja número par, se possível?

— Eu gostaria do meu com uma cama, banheiro e televisão, se possível. — Ele sorriu, rebatendo.

— Posso oferecer os quartos 217 e 218. Ficam bem ao lado um do outro.

— Perfeito. Ela gosta de estar perto de mim.

Eu não tinha certeza se o senso de humor megalomaníaco dele estava me agradando ou se era apenas uma onda de felicidade após passar tantas horas no carro, mas acabei rindo um pouco.

Ele parecia satisfeito.

A recepcionista nos entregou a chave junto com um biscoito de chocolate para cada um. No caminho para o elevador, ofereci o meu a ele.

— Quer o meu biscoito? Não vou comê-lo.

— Certo. Vou te comer.

— O que você disse?

— Que vou comer o seu.

Eu precisava *mesmo* dormir um pouco. E talvez precisasse de um bom banho frio.

Ele carregava nossas malas para o pernoite, e notei que ele me deixou sair do elevador antes. O cretino abusado tinha boas maneiras, apesar da presunção.

— Boa noite, princesa.

— Boa noite, abusado.

Fiquei feliz por ele não ter dito meu nome. Já estava aborrecida o suficiente só por ter que dormir no quarto vizinho.

Quinze minutos depois, eu tinha terminado o ritual que cumpria antes de dormir e me deitei na cama. Respirei profundamente e me deixei afundar na suavidade do colchão.

Uma batida na porta me fez dar um pulo.

Saí da cama bufando e fiquei na ponta dos pés para olhar pelo olho mágico. Por que essas coisas eram sempre tão altas? Fiquei surpresa ao ver que não havia ninguém do outro lado. Talvez eu tivesse imaginado.

Outra batida.

Acendi as luzes. O som não vinha da porta de entrada, mas sim de uma porta interna que eu não havia notado antes.

*A porta de comunicação com o quarto do Chance.*

Soltei a trava de cima e a abri o suficiente para que pudesse ver o que ele queria. E ali estava ele.

Sem camisa.

Usando só uma cueca boxer cinza-escuro que o envolvia como uma segunda pele.

Levei um instante para entender o que Chance estava fazendo ali, embora ele estivesse segurando uma escova de dente.

— Achei que já tínhamos chegado a um acordo sobre eu não ser um *serial killer*.

Abri mais a porta. Ele sorriu.

*Ah, Deus.* Pare com isso. Agora mesmo.

— Devo ter deixado a pasta de dentes no alforje dentro no carro.

Engoli em seco.

— Hum-hum.

Ele inclinou a cabeça para o lado e franziu as sobrancelhas.

— Posso pegar a sua?

— Ah. Sim, claro.

Ele passou por mim e entrou no banheiro do meu quarto.

Esperei na porta.

— Você trouxe um monte de porcaria feminina para passar só uma noite — ele disse do banheiro, com a boca cheia de pasta. — Private Collection Tuberose Gardenia.

Ele estava lendo o frasco do meu perfume Estée Lauder.

Ouvi-o bochechar e cuspir. Em seguida, escutei um som de gargarejo. Ele usou meu enxaguante bucal também. *Claro, fique à vontade.*

Ele saiu e apagou a luz.

— Tuberosa é uma rosa?

Assenti, ainda confusa com tudo o que estava acontecendo.

— Então é por isso — murmurou.

— Por isso o quê?

— Fiquei o dia todo tentando descobrir a que você cheirava. Não tenho certeza se já senti o cheiro de uma tuberosa. — Ele encolheu os ombros e voltou para o seu quarto, mas não sem antes se virar. — Até aquelas roupas íntimas de renda preta cheiram a tuberosa.

Meus olhos se arregalaram. Eu havia tirado o sutiã e a calcinha e os deixado na pia do banheiro.

— Você... você...

— Relaxa. Estou brincando. Pareço um cheirador de roupa íntima?

Sim.

Não.

Talvez?

— Boa noite, Aubrey. — Ele me agraciou com uma covinha e desapareceu.

*AH-BREE*. Maldito.

Fechei a porta e verifiquei a trava duas vezes, sem ter certeza se era para minha segurança ou a dele. Sua voz pronunciando o meu nome soava repetidamente na minha cabeça, ficando cada vez mais suave, como uma canção de ninar calmante, a cada respiração profunda que eu dava em direção ao mundo dos sonhos.

Até que a batida soou novamente.

Acho que eu tinha dormido três segundos antes de me levantar para abrir a porta. Mais uma vez.

— Quer ver um filme?

Meu quarto estava escuro. O dele estava com todas as luzes acesas. Meus olhos precisaram de um minuto para se acostumar. E quando o fizeram, encararam diretamente a cueca dele. Em vez de dizer não e fechar a porta, discuti com ele. Mais uma vez.

— Não vou assistir a um filme com você de cueca.

Ele olhou para baixo e de volta para mim.

— Por quê? Não é como se eu estivesse com uma ereção.

Arregalei os olhos diante da inadequação do comentário, mas comecei a imaginá-lo usando a cueca ridiculamente apertada *com* uma ereção.

De repente, eu não tinha para onde olhar. Se olhasse para baixo, ia focar em seu *pacote*. Se olhasse para o rosto, com certeza ele veria o que eu estava pensando.

Ele riu.

— Vou vestir uma bermuda.

Não fazia ideia de por que eu estava negociando, já que nem tinha vontade de ver um filme. Ele desapareceu e voltou um minuto depois usando uma bermuda solta. Eu ainda podia ver uma ponta do elástico da cueca Calvin Klein. E, agora que não tinha qualquer roupa íntima à vista, percebi que a bermuda fazia tudo parecer pior. Ficava pendurada nos quadris estreitos, onde um V profundo estava esculpido. Cobrir seu volume só me fez prestar mais atenção aos detalhes do seu peito. E seu abdômen ridículo.

— Sua vez — disse ele.

Meus olhos demonstraram confusão.

— Se eu não posso ficar de cueca, você tem que trocar essa camiseta de dormir.

— O que há de errado com a minha camiseta? — Minha voz estava na defensiva.

Seus olhos caíram para meus seios, e os cantos dos seus lábios se curvaram em um delicioso sorriso malicioso.

— Nada de mais. Na verdade, fique com ela.

Olhei para baixo. Havia esquecido que estava usando uma camiseta branca fina sem sutiã. Os mamilos estavam eriçados, tentando perfurar o tecido fino.

Discutimos sobre o que assistir por vinte minutos antes de escolhermos um filme de terror que eu não queria ver. Cinco minutos depois, usando uma blusa de malha sobre a camiseta, adormeci, com Chance sentado na cama de solteiro ao meu lado.

Na manhã seguinte, ele já havia voltado para seu quarto quando acordei. As portas de interconexão estavam abertas em ambos os lados. Eu o ouvi ao telefone contando os planos do dia para alguém. Claramente, todas as atividades eram mentira, já que eu tinha certeza de que ele não ficaria em Los Angeles County o dia todo.

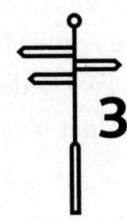

Decidimos parar em um restaurante na rua do hotel para tomarmos café da manhã.

Pedi a bebida primeiro.

— Quero um latte desnatado com três jatos de baunilha, pouca espuma e muito quente.

Chance semicerrou os olhos para mim e se virou para a garçonete.

— Você anotou tudo? Ela vai querer duas porções de café quente com creme extra.

Bertha – como seu crachá indicava – não parecia se divertir nem um pouco.

— Só temos café descafeinado ou normal — disse ela, de forma monótona, segurando uma garrafa.

— Vou tomar um café preto, então.

— Traga dois — disse Chance.

Ela serviu o café em nossas xícaras.

— Volto já para anotar os pedidos.

Chance estava rindo de mim enquanto sacudia um pacote de açúcar. Cruzei os braços.

— O que é tão engraçado?

— Você.

— O que tem eu?

— Você realmente achou que poderia pedir sua bebida refinada em um lugar como este?

— Quem não tem latte? Até o McDonald's tem!

— Vamos comprar um latte e um McLanche Feliz com um brinquedinho dentro para o jantar. Isso te deixaria feliz?

Balançando a cabeça, examinei o cardápio. Não havia nada que eu pudesse comer.

— Tudo é muito gorduroso.

— Hum. Bacon. Um pouco de gordura de vez em quando não vai te matar.

— Já consumi minha cota mensal de gordura... os pedaços de frango de ontem.

— Cota mensal?

— Sim. Uma porcaria por mês. — Suspirei. — Não tem nada saudável aqui. Não sei o que escolher.

— Não se preocupe. Vou pedir por você.

— O quê? Não.

Chance ergueu o dedo.

— Bertha, meu bem? Estamos prontos.

Deus, ele tinha a habilidade de fazer até aquela garçonete antipática corar.

— O que vai ser?

Ele apontou para o cardápio.

— Quero esse que vocês chamam de *ataque cardíaco no prato*. Ela vai querer torrada de pão de centeio simples com pouca manteiga.

— Já trago.

— Só vou comer uma torrada seca?

— Não. Você estará comendo até o meu prato daqui a pouco. Só não percebeu ainda. A torrada é só minha forma de te mostrar que você não quer as coisas que diz querer. E muitas das que você considera ruins são aquelas que, no fundo, você mais quer.

— Ah, sério...

— Você não me engana. Quanto mais você tenta ser boa, mais anseia por ser má. Você não só vai comer a minha comida gordurosa, mas vai provar o meu molho do pinto e vai amar.

— Como é? Seu o quê?

Chance inclinou a cabeça para trás e gargalhou antes de abrir o bolso da jaqueta. Ele colocou uma garrafinha de plástico na mesa. Tinha um galo na frente.

— Também conhecido como Sriracha, um molho tailandês à base de pimenta. Nunca viajo sem ele.

Bertha trouxe um prato oval com ovos mexidos, batata frita caseira, linguiça calabresa, bacon, presunto canadense e carne moída com batata. Ela o colocou na frente de Chance antes de me entregar o pequeno prato de torrada.

Ele não perdeu tempo e começou a derramar o molho vermelho sobre a comida. Então começou a comer, observando-me enquanto eu olhava para ele.

Encarando-o, dei uma grande mordida na torrada, determinada a me impedir de querer outra coisa. Era evidente que eu estava faminta.

Para me impedir de olhar para o prato de Chance, mirei os olhos mais acima, concentrando-me em seu boné de beisebol. Ele o havia comprado na loja de presentes do hotel e o estava usando virado para trás. Ficou bem nele, com os cabelos saindo pelas laterais. Um raio de sol atravessou a janela da nossa mesa, acentuando aquele tom azul número treze de novo.

*Droga.*

A voz dele me tirou dos meus pensamentos.

— Você sabe que quer, Aubrey.

*Hã? Será que ele me pegou analisando-o ou estava falando sobre a comida?*

Ele cortou um pedaço de linguiça ao meio e me ofereceu seu garfo enquanto exibia um sorriso sexy.

— Vamos. Só um pedaço.

O cheiro era apimentado... e delicioso. Incapaz de resistir, abri a boca e deixei que ele me alimentasse.

— Hummm — falei, enquanto mastigava lentamente a linguiça suculenta, fechando os olhos e saboreando cada mordida. Quando abri os olhos, o olhar de Chance estava fixo em meus lábios.

— Quer mais? — ele sussurrou, com a voz rouca.

Minha boca se encheu de água.

— Sim.

Desta vez, ele pegou um pedaço de bacon e me ofereceu. Odiava admitir, mas ele tinha razão sobre o molho de pimenta. Ficava muito bom em tudo.

— Mais?

Umedeci os lábios.

— Sim.

Chance deu comida na minha boca mais três vezes. Quando soltei um gemido, ele deixou o garfo cair e fez um barulho alto e estridente.

— Jesus Cristo. A comida está boa. Mas não *tanto* assim.

Minha boca estava tão cheia que era até nojento.

— O que você quer dizer?

— Quando foi a última vez que você pegou alguém?

— Peguei? O quê?

— Transou, princesa. Quando foi a última vez que você transou de maneira satisfatória?

— O que isso tem a ver?

— Você não teria esse tipo de reação à comida a menos que estivesse na seca. — Ele balançou as sobrancelhas. — O príncipe Harry não fez isso com você, não é?

— Isso não é da sua conta.

— Seu rosto está ficando mais vermelho que o molho de pimenta. — Chance se inclinou e sussurrou: — Aubrey... quando foi a última vez que você transou e teve um orgasmo?

— Não importa.

Seu tom se tornou mais insistente.

— Há... quanto tempo... foi?

— Faculdade — eu praticamente tossi. *Que merda eu admiti?* — Não posso acreditar que eu te disse isso. Agora estou envergonhada.

Ele soltou uma respiração profunda.

— Não fique. Mas não vou mentir. Estou realmente chocado. Uma mulher como você deveria estar com um homem que sabe o que está fazendo.

— Por que se importa? Você continua dizendo "uma mulher como eu". Nem acho que você gosta muito de mim.

Chance se recostou no assento e olhou pela janela antes de encontrar meus olhos.

— Apesar de você ser um pé no saco... eu gosto de você, Aubrey. Você é engraçada. Não engraçada tipo hahaha... mas engraçada. Você é consciente. É perspicaz e esperta. E muito bonita... — Ele olhou para baixo, quase que para se impedir de ir mais longe. — Mas, afinal, o que aconteceu?

— Como assim?

— Por que você está fugindo do babaca do Harrison? — Quando hesitei, ele chamou Bertha. — Pode nos servir mais café, por favor, linda?

Não sabia o que havia acontecido comigo. Talvez tenha sido o molho de pimenta. Uma parte de mim queria colocar tudo para fora. Depois que Bertha serviu duas canecas de café fresco, comecei a me abrir com ele.

— Harrison era sócio do escritório de advocacia no qual eu trabalhava em Chicago. Eu era uma associada. Lei de patentes e marcas registradas. Estávamos juntos havia pouco mais de um ano. Fomos morar juntos. Há mais ou menos dois meses, descobri que ele estava me traindo com uma das suas estagiárias. Então, sim...

— Então você se mudou?

— Sim. Também larguei meu emprego. Harrison passou todos os dias das últimas semanas tentando me convencer de que estou cometendo um erro, que estou jogando fora a minha carreira, pois ele teria me tornado sócia antes que eu pudesse fazer isso por conta própria. Deixei tudo para trás e peguei a primeira vaga que consegui, que aconteceu de ser em uma pequena *startup* em Temecula. Estou assustada. Não conheço ninguém no Oeste e não sei se estou tomando a decisão certa. Nem tenho certeza se quero ser advogada. Estou me sentindo muito perdida. — Admitir a última parte me fez começar a despedaçar um pouco.

Os olhos de Chance mantiveram um intenso grau de seriedade. Algo que eu não ainda tinha visto nele.

— Quais são as suas paixões, princesa?

Pensando um pouco, só uma coisa me veio à mente. Soltei uma risada nervosa.

— Nada de mais, só… animais. Amo qualquer coisa relacionada a eles. Queria ser veterinária, mas meu pai era advogado e me pressionou para seguir seus passos.

— Você provavelmente sente que se relaciona melhor com os animais do que com os humanos, não é?

— Às vezes eu realmente me sinto assim.

Ele coçou o queixo e sorriu.

— Você vai encontrar o seu caminho. Vai, sim. A merda que aconteceu em Chicago ainda está muito recente para que você possa pensar direito. Quando chegar à Califórnia, a mudança de ambiente vai te fazer bem. Você pode tomar seu tempo, fazer uma autoanálise e decidir o que realmente quer e, em seguida, traçar um plano para chegar lá. Você está no controle do seu destino, a não ser pelas próximas vinte e quatro horas. Eu estou no controle por enquanto. — Ele piscou e lançou um sorriso torto. — Você está presa a mim, gostando ou não.

— Acho que estou. — Sorri. Esse cara estava me fazendo gostar cada vez mais dele, e isso estava me deixando muito desconfortável. Eu não sabia nada a respeito dele.

— Sua vez. Quem é você, Chance Bateman? Há quanto tempo está nos Estados Unidos?

— Eu nasci aqui, na verdade. Sou americano. Me mudei para a Austrália quando tinha cinco anos. Meu pai foi recrutado para jogar futebol na Austrália e algum tempo depois se tornou treinador. Cresci nesse mundo.

— Isso é muito legal.

— Foi, por um tempo… até não ser mais. — Ele engoliu em seco e sua expressão se tornou triste.

— O que quer dizer?

— É uma longa história.

Meu telefone tocou, interrompendo a conversa. Era Harrison. *Merda. Merda. Merda.*

Virei o aparelho para mostrar a Chance o nome no identificador de chamadas.

Ele o pegou da minha mão e atendeu.

— Harry! E aí, safadão?

A voz de Harrison estava abafada.

— Coloque a Aubrey na linha.

— Aubrey e eu estávamos falando de você! Saímos para tomar café. Ela pegou uma daquelas salsichas pequenas e disse: "Está vendo isto aqui? É do tamanho do Harry".

Ele parecia irado pelo telefone.

— Seu babaca. Diga a Aubrey que se ela está com um lixo como você...

Chance desligou o telefone.

— Pronta para ir?

— Isso foi incrível. — Bati em sua mão aberta quando ele a ergueu. — Sim, estou.

— Tchau, Bertha! — Chance piscou para nossa garçonete.

— Tchau, gostosão.

Revirando os olhos, balancei a cabeça e ri enquanto seguia seu bumbum sexy pela porta.

A tarde estava clara e bonita. Eu disse a Chance que queria dirigir. Mas, honestamente, eu precisava ficar um tempo sem olhar para seus olhos e a barba por fazer. Minha atração indesejada estava começando a me deixar bem desconfortável. Ter o controle do rádio também era uma vantagem de estar no banco do motorista.

— Michael Bolton? Sério, princesa? Vai me fazer ficar sentado aqui ouvindo isso?

— O quê? Ele é bom! A voz dele é... calorosa... robusta!

Chance começou a cantar alto a letra de "When a Man Loves a Woman"*. Foi horrível. O dueto improvisado entre Chance e Michael foi o suficiente para me fazer trocar de música.

---

* "When a Man Loves a Woman", Andrew Wright, Calvin Lewis; Atlantic, 1966.

Logo em seguida, paramos para abastecer e Chance entrou no minimercado para comprar alguns lanches assim que terminou de encher o tanque do carro.

Ao voltar com um grande saco de papel, olhei para ele e congelei, prestes a ligar a ignição.

Ele tinha pó embaixo do nariz.

*Merda! Ele era viciado em cocaína? Tinha ido ao banheiro para cheirar?*

— Vai ligar o carro ainda hoje? — repreendeu ele.

Minha respiração se tornou pesada enquanto eu me preparava para uma grande decepção.

— Fale a verdade.

— Certo...

— Você estava usando drogas no banheiro?

Seus olhos escureceram.

— Que merda é essa? — Ele estava zangado. — Por que você me perguntou isso?

— Tem pó no seu nariz!

Ele fechou os olhos e, de repente, irrompeu em uma gargalhada que durou pelo menos um minuto. Ele nunca tinha rido tanto desde que o conheci. Chance continuou tentando falar, mas não parava de rir e apertar o peito. Ele se olhou no espelho retrovisor e limpou o pó de cima do lábio.

Praticamente empurrando o dedo na minha boca, ele disse:

— Prove.

Eu o afastei.

— Não!

— Prove!

Hesitante, passei a ponta da língua em seu dedo.

Tinha gosto de Ki-Suco de uva ou algo assim.

— É doce.

Ele abriu o saco de papel, tirou um pacote de Pixy Stix com açúcar em pó dentro e o jogou para mim.

— Sua cocaína, madame.

Fiquei aliviada, mas também me senti estúpida.
— Pixy Stix? Você gosta disso?
— Para falar a verdade, eu amo.
— Isso é açúcar puro. Não como isso desde que eu era criança.
— Eles não tinham DipnLik, então tive que comprar esse. — Ele olhou para baixo. — Não posso acreditar que achou que eu estava cheirando cocaína. Não sou perfeito, mas nunca usei drogas na vida. — Chance parecia bem ofendido por causa da minha suposição.

Eu ainda não tinha ligado o carro.
— Sinto muito por ter tirado conclusões precipitadas. É que... eu realmente não te conheço.
— Então me conheça — disse ele, suavemente.

Ficamos em silêncio por um tempo antes de eu perguntar:
— Por que você está indo para a Califórnia?
— Moro lá.

Eu sabia exatamente o que queria perguntar, mas não sabia por que importava tanto. Meu coração começou a bater forte.
— Com quem você estava falando ao telefone hoje de manhã?

Ele pareceu assustado com a minha pergunta.
— Quê?
— Ouvi sua conversa do meu quarto. Você estava contando seus planos do dia a alguém. Você mentiu e disse que estava em Los Angeles.

Ele levou um tempo para responder.
— É complicado, Aubrey. — Então, ele pareceu se fechar e se virou para a janela.
— Bem, esta foi uma ótima conversa. Estou feliz por ter perguntado — falei de forma amarga quando liguei o carro e saí em direção à rodovia.

Ficamos em silêncio por bastante tempo. Chance parecia tenso e continuava devorando os saquinhos de Pixy Stix, um a um. Depois de cerca de meia hora, decidi quebrar o gelo.
— Como você mantém um corpo desses comendo desse jeito?
— É a sua forma de dizer que gosta do meu corpo? Que gosta do que vê?

— Eu não disse exatamente isso.

— Não, mas insinuou.

— Idiota.

— Muito sexo, Aubrey. É assim.

— Sério? Só isso?

— Não. Só queria ver seu rosto se cobrir daquele tom rosado bonito que ele ganha quando você está envergonhada. — Ele riu. — Em resposta à sua pergunta, trabalho muito e não como assim todos os dias. Mas quando pego a estrada todas as regras dietéticas vão para o espaço. Precisamos nos permitir comer o que queremos para nos manter sãos.

— Bem, pelo que estou vendo, você é bem maluco, então não está funcionando.

Ele sorriu para mim, e eu retribuí. Não havia mais resquício da conversa tensa de mais cedo.

— Me dê um dos pacotes de pretzels, por favor.

Ele pegou um dos sacos de papel e o entregou para mim, então olhou para o banco traseiro cheio.

— O que tem em todas essas malas aqui atrás, afinal?

— Não toque nas minhas coisas.

— Aposto que há alguns tesouros aqui que me contariam tudo que preciso saber sobre você.

Ele começou a pegar coisas da mala aleatoriamente.

— Ah, um livro! *Happy bitch: the girlfriend's straight-up guide to losing the baggage and finding the fun, fabulous you inside...*[*]

— Coloque isso de volta e não toque naquela mala de novo!

— Tudo bem. Mas o que exatamente você está escondendo ali de tão ruim?

*Merda.*

Chance continuou a remexer.

— Mas o que é isto?

*Ah, não!*

---

[*] Solteira feliz: o guia da ex-namorada para esquecer o passado e encontrar diversão e alegria dentro de si mesma. (N.T.)

Ele pegou o vibrador realístico.

— Princesa... isso é um pau de silicone dentro de uma caixa de joias? Não me admira que você não se importe com o fato de Harry não te proporcionar prazer. Você estava se virando sozinha e dentro de sua própria...

— Me dá isso aqui!

Ele o tirou da caixa.

— Ah... esta coisa é patética. Poderíamos fazer muito melhor do que isso.

— Chance... sério, não estou brincando. Entregue-o... agora!

— Não tem nada do que se envergonhar. Todos nós nos divertimos.

Os eventos que se seguiram pareceram acontecer em sucessão rápida. Ele continuou balançando o vibrador enquanto eu tentava pegá-lo. Um motorista de caminhão que percebeu aquilo buzinou para nós. O carro estava se desviando. Então, eu o vi. Estava parado no meio da estrada com olhos assustados, congelado como um cervo olhando para os faróis. De repente, virei o volante para a direita, dirigindo direto para um aterro, sem saber se eu o havia matado.

# 4

— Ele está respirando? — Prendi a respiração ao parar atrás de Chance até que vi seu pequeno estômago subir e descer. Ele tinha pelos longos e desgrenhados e era manchado como uma vaca, mas seus olhos, muito arregalados, pareciam mais os de um sapo. O pobre cabrito era só um bebê. E eu o havia atropelado enquanto lutava pela porcaria de um vibrador.

A princípio, eu realmente não achei que o atingira. Mas então assisti, horrorizada, quando ele caiu durinho com as quatro patas rígidas voltadas para o alto, como se fosse algo saído de um filme ruim. Agora nós dois estávamos de pé sobre ele, esperando que algo acontecesse. Nenhum de nós sabia ao certo o que fazer.

Sem aviso, o cabrito se virou e, de repente, ficou de pé. Assustados, nós dois pulamos para trás. Os braços de Chance se estenderam, como que para me proteger de uma besta assassina.

O cabrito deu alguns passos cautelosos e passou a caminhar diretamente para o BMW, como se a massa de duas toneladas de aço não estivesse lá.

— Meu Deus. Devo ter machucado a cabeça dele. Olha como o coitadinho está confuso.

Estendi a mão para tocar o animal ferido, mas Chance agarrou meu braço, forçando-me a parar.

— O que você está fazendo?

— Vou buscá-lo. Olhe para ele. Está machucado. Eu o atropelei. — Contornei Chance e me apoiei em um joelho, estendendo a mão suavemente para o cabrito fofo. — E é tudo culpa sua.

— Culpa minha?

— Sim, culpa sua. Se você não tivesse me distraído, eu estaria prestando mais atenção à estrada, e isso não teria acontecido. — O cabrito roçou a cabeça na minha mão. — Meu Deus. Olha como ele é fofo. — Acariciei-o e ele se aconchegou ainda mais.

— Não é culpa minha. Se você não fosse tão pudica quanto à sua sexualidade, teria ficado calma quando encontrei a sua varinha mágica.

Parei de acariciar a cabeça do cabrito.

— Eu *não* sou pudica.

Chance cruzou os braços sobre o peito.

— Admita que você se dá prazer. Quero ouvir você dizer isso.

— Não vou admitir nada.

— Pudica.

— Pervertido.

— Pervertido é alguém que tem comportamento sexual errado ou inaceitável. Esse é o seu problema. Você acha que se dar prazer é errado. Acho perfeitamente aceitável. Na verdade, gosto muito da ideia de você usar aquela pequena varinha mágica.

Eu tinha certeza de que os meus olhos pareciam os do pobre cabrito – muito arregalados. Então um caminhão buzinou para nós. Um daqueles reboques duplos que sempre me deixavam nervosa quando dirigia perto de mim. Uma rajada de vento atrás dele me fez lembrar de como estávamos perto da estrada.

— Vamos. É perigoso aqui — disse Chance.

— O que vamos fazer com Esmerelda?

— Quem?

— Ele. — Acariciei a parte de trás da orelha do cabrito, e ele fez um ruído baixinho que soou como se estivesse dizendo "mããäe".

— Deixe que ele vá embora. — Chance acenou com o braço na direção da área arborizada atrás de si. — Vai voltar de onde veio. Ele está bem.

— Ele não está bem.

— Parece bem para mim.

— Acho que ele tem uma lesão na cabeça.

Chance balançou a cabeça.

— Ele está bem. Olhe. — Chance bateu palmas e fez sons de beijo como se estivesse chamando um cachorro. — Venha, amigo. Por aqui.

Esmerelda não fez nenhum esforço para se mover, bastante satisfeito com sua cabeça pressionada contra o meu peito e o corpo entre minhas pernas.

— Você precisa soltá-lo.

— Não o estou segurando.

— Fisicamente não. Mas ele está com a cabeça enterrada em seus seios e o corpo entre as suas coxas. Nenhum macho vai se afastar disso voluntariamente.

— Viu? Eu te disse. Pervertido.

Outro caminhão passou voando. Desta vez, o motorista enfiou a mão na buzina, e eu, que estava de cócoras, caí de bunda no chão. O cabrito… bem, deu um passo e caiu de novo – com as quatro patas para cima. Não podia acreditar que eu tinha machucado um cabrito tão adorável.

— Veja. Ele está machucado. Não podemos deixá-lo aqui.

— O que você quer fazer? Quer colocá-lo no banco de trás do carro e levá-lo a um veterinário para um *check-up* completo?

---

Duas horas depois, enfim saíamos da rodovia e chegávamos a Sterling, no Colorado, para levar o nosso passageiro ao Sterling Animal Hospital. Chance demorou quase meia hora para reorganizar a parte de trás do carro e abrir espaço para o bicho. Ele não parecia feliz com isso.

— Snowflake?

— Não.

— É do livro infantil…

— Heidi. Sim, eu sei.

— Sabe?

— O quê? Você está supondo que sou ignorante só porque não sou um babaca como o seu Harrison?

— Não foi isso que eu quis dizer.

— Ah, é? Então o que fez você presumir que eu não conheceria uma história da literatura clássica?

— Não sei. Você simplesmente não parece o tipo de pessoa que conhece.

— Bem, talvez você devesse parar de julgar as pessoas. Nem todo mundo se encaixa em pequenos compartimentos organizados.

Ficamos em silêncio por um tempo. A única coisa que interrompia de vez em quando era a voz da mulher do GPS para nos dar orientações.

— Carré.

— O quê?

— Para o cabrito. Um nome.

— Não vamos chamá-lo de Carré. Isso é cruel. — Estávamos discutindo sobre nomes havia mais ou menos uma hora. Eu preferia nomes da mitologia grega ou da literatura clássica, ao passo que Chance queria dar a ele o nome de pratos em que o pobre filhote poderia ser transformado.

Chegamos ao hospital veterinário e paramos em uma vaga bem em frente à porta. Fiz Chance carregar o bichinho, ainda que estivéssemos a menos de um metro da entrada. Segurando Esmerelda Snowflake, ele ficava... gostoso.

Eu estava demente? Realmente achei que ele ficava ainda mais sexy carregando o cabrito.

Dentro do hospital, as mulheres confirmaram que eu não era a única. Seus olhos se banquetearam na proeminência do bíceps de Chance enquanto ele levava nosso passageiro ferido para a recepção. Era uma delícia olhar para ele. Comecei a sorrir. Até que ele falou:

— Minha amiga bateu o BMW neste carinha enquanto tentava pegar seu vibrador. — Ele sorriu para mim e piscou para a recepcionista. Ela corou. Eu queria socá-lo.

— Queria que ele fosse examinado. Não acho que o atingimos, mas ele parece... meio tonto.

Chance riu e murmurou baixinho:

— Ele não é o único.

Quinze minutos depois, finalmente fomos atendidos por um veterinário. Ele examinou o cabrito como se aquilo fosse normal. Com uma mão, segurava o bichinho na mesa de exame clínico e com a outra pressionava sua barriga, examinava os olhos e balançava-lhe as quatro patas. Para mim, parecia um exame físico completo.

— Tudo parece muito bem. Ele tem os sintomas habituais de distrofia miotônica e provavelmente sofre de deficiência de tiamina. Mas essas condições não são ocasionadas por um acidente de carro. Na verdade, não vejo nenhum sinal de que esse rapazinho foi atingido. Provavelmente foi apenas o desmaio.

— Desmaio?

O veterinário riu.

— Isto é comumente conhecido como miotonia. É um problema genético. Popular nesta região. Até alguns fazendeiros apresentam isso. Eles desmaiam quando ficam nervosos. Todos os músculos do corpo congelam, e eles basicamente caem. Dura cerca de dez segundos. Não causa dor, mas é estranho quando acontece pela primeira vez.

— Mas... ele também está confuso. Quando se levantou, caminhou direto para o meu carro. E continuou batendo nas coisas durante o trajeto até aqui.

— Bem, provavelmente isso aconteceu por ele ser cego também.

— Cego?

— Deficiência de tiamina, acho. Infelizmente, isso está se tornando um problema bem comum. Alimentação imprópria, sobretudo muito grão e pouca gordura. Agricultores gananciosos tentando engordar o animal depressa. Um dos efeitos colaterais da deficiência é a cegueira.

— Deixe-me ver se entendi direito — disse Chance com um tom cético. — Não atropelamos o cabrito, mas ele desmaia quando fica assustado e é cego?

— Isso mesmo.

Chance irrompeu em gargalhadas. Era a segunda vez que o via cair no riso nas últimas vinte e quatro horas. Seu peito arqueou, e um som profundo e gutural ecoou pela sala. Não pude evitar. Aquilo me pegou. Quando vi, também estava rindo histericamente. Rimos tanto que lágrimas escorriam por nossos rostos.

— O que devemos fazer com ele? — Chance riu enquanto falava com o médico.

— O que vocês quiserem.

— Para onde o levaremos?

— Como assim?

— Existe um abrigo para animais para onde possamos levá-lo?

— Para cabritos? Não que eu saiba. Embora existam muitos agricultores por aqui. Talvez vocês consigam que um deles o leve junto com seu rebanho.

— O mesmo tipo de fazendeiro que tentou engordá-lo para ganhar dinheiro rápido e cegou o pobrezinho? — perguntei.

— Bem, há bons e maus agricultores por aí. Como em qualquer outra ocupação.

— E como podemos diferenciar o bom do mau?

O veterinário deu de ombros.

— Não podem.

⁂

Estávamos no carro havia quase dez horas. Chance dirigia enquanto nosso novo passageiro dormia profundamente no banco de trás, roncando bem alto. Eu nem sabia que cabritos roncavam.

—Acho melhor fazermos uma parada logo. Pode demorar um pouco para encontrarmos um hotel que permita animais de estimação.

Chance arqueou as sobrancelhas.

— Animais de estimação? Acha que vamos encontrar um hotel no meio do nada que aceite cabritos?

— Que escolha temos?

— Ele vai ficar no carro esta noite, Aubrey.

— Ah, mas não vai mesmo. — Cruzei os braços sobre o peito. — Ele não pode ficar trancado em um carro a noite toda.

— Por que não?

— Porque... — Eu estava com raiva por ele querer deixar o cabrito dentro do carro sem nem sequer hesitar. — E se ele ficar assustado?

— Aí ele vai desmaiar. — Chance riu.

— Isso não é engraçado.

— Claro que é. Vamos, Aubrey. Relaxe. Foi seu estresse que nos levou a essa confusão.

Eu não tinha ideia de onde aquilo tinha saído. A confissão escapou dos meus lábios:

— Eu me dou prazer. Tá bom? Está feliz em ouvir isso?

Chance sorriu.

— Sinceramente, sim. — Ele deu de ombros. — Também me dou prazer, Aubrey. Na verdade, da próxima vez que eu bater uma, vou pensar em você.

*Ele disse isso mesmo?* Fiquei chocada, mas também meio excitada. Abri a boca para responder, mas a fechei. Então, abri de novo.

Chance olhou para mim e depois para a estrada.

— Pois é, Aubrey, querida. Quem diria... Você gosta da ideia de que vou me dar prazer pensando no seu lindo rosto.

— Não gosto, não.

— Gosta, sim.

— Não gosto, não.

É claro que eu gosto.

Surpreendentemente, Chance deixou o assunto morrer. Ele pegou uma estrada lateral até o estacionamento do que parecia ser uma versão mais agradável do Walmart. Era um grande armazém de uma loja, e só a frente tinha uma fachada de pedra. Cabela's The World's Foremost Outfitters.

— Por que vamos parar?

— Suprimentos. — Ele estacionou o carro. — Volto daqui a uns dez minutos. Você pode ficar aqui com o Billy the Kid para que ninguém o roube.

Eu estava do lado de fora do carro esticando-me quando Chance voltou com as mãos cheias de sacolas. Curvei a cintura, terminando um alongamento, e me inclinei para a direita para falar com ele.

— O que é tudo isso?

Chance não respondeu por um tempo. Pulei um pouco, flexionando-me enquanto me inclinava, e depois olhei para seu rosto para descobrir o motivo de ele estar calado. Chance olhava para a minha camiseta. Não era culpa dele. Eu estava basicamente me exibindo bem diante dos seus olhos. Minha camiseta estava escancarada na frente, dando a ele uma boa visão dos meus seios. Parei de pular. Por fim, seus olhos se ergueram e encontraram os meus. Nos encaramos. Eu conhecia aquele olhar. Já tinha visto algo parecido antes. *No espelho, depois de eu ter dado uma olhada em sua bunda.*

Ele balançou a cabeça e piscou algumas vezes.

— Equipamentos.

— Que tipo de equipamentos?

— Barraca, lanterna, lenha, sacos de dormir. — Ele encolheu os ombros. — Itens básicos de camping.

— Para quê?

— Acampar.

— Você vai acampar?

Ele balançou a cabeça e enfiou as sacolas no primeiro canto vazio do carro que encontrou. O porta-malas e o banco traseiro estavam transbordando quando comecei essa viagem. E, agora, eu tinha um passageiro extra, um cabrito... e, aparentemente, equipamentos de camping.

— *Nós* vamos acampar.

— Hummm... eu não acampo.

Chance apontou para o banco de trás.

— Ele vai dormir no carro. — Ele fechou o porta-malas e suas mãos foram para a cintura. — O que vai ser, Aubrey? Acampar ou ele dorme no carro sozinho?

Aparentemente eu ia acampar. Sempre há uma primeira vez para tudo.

## 5

— Posso presumir que você já fez isso antes? — Estávamos no acampamento havia meia hora, mas Chance já tinha acendido uma fogueira e estava terminando de montar a primeira barraca.

— Todo verão, com a minha família. Meu pai levava minha irmã e eu para acampar todos os anos no Outback australiano. São as melhores lembranças da minha vida. E não era um acampamento de mentira como este.

— De mentira?

— O camping não era numerado, com banheiros e segurança. Acampávamos de verdade. E você? O que a fez não gostar de acampar?

— Nada. Só nunca fiz isso antes. — Chance terminou de armar a primeira barraca e deu um passo para trás, admirando seu trabalho. — Essa barraca é enorme.

— Não é a primeira vez que ouço isso. — Ele riu.

Balancei a cabeça.

— Por que você comprou barracas tão grandes?

— Droga! — Chance gritou, enquanto dava um tapa em um mosquito que pousou em seu rosto. O barulho repentino assustou o pobre Esmerelda Snowflake, que congelou no lugar e começou a se inclinar e desmaiar. Rimos muito por causa disso.

Chance jogou mais madeira no fogo e se sentou.

— E a outra barraca? — perguntei, olhando para a fogueira. Eu esperava mesmo que ele não estivesse imaginando que eu tentaria montar aquilo sozinha.

— Que outra barraca?

— Você só comprou uma?

Ele tirou um Pixy Stix do bolso de trás da calça e jogou um pouco do pó açucarado na boca.

— A barraca tem dois quartos. Tem uma divisória. Você e seu filho podem dormir de um lado. Vou dormir no outro.

Eu não tinha direito de reclamar, levando em conta que ele tinha feito todo o trabalho e pagado por tudo. Então fiquei quieta, para variar.

Comemos o equivalente a um mês do meu consumo de carboidratos e nos sentamos ao redor da fogueira. Chance cortou um graveto com um canivete e assou um marshmallow na ponta, antes de oferecê-lo para mim. Ele era bom mesmo nessas coisas.

— Vamos dividir uma barraca esta noite, adotamos um animal de estimação juntos, e eu nem sei em que você trabalha.

— Acho que podemos dizer que estou aposentado.

— Aposentado? Com o quê? Vinte e seis, vinte e sete anos?

— Vinte e oito — corrigiu ele.

— Ah. Claro, agora faz sentido. — Estava escuro, mesmo com a luz do fogo. Levantei meu marshmallow assado para analisá-lo. Ele estava bem tostado de um lado, mas do outro ainda estava branco. — Se aposentou do quê?

— Futebol.

— Você jogou profissionalmente?

— Na Austrália. Sim. Bem, não por muito tempo.

— O que aconteceu?

— Tive uma lesão no ligamento cruzado anterior.

— Não havia como corrigir?

— Fiz algumas cirurgias. Mas me lesionei de novo.

— Sinto muito. Por quanto tempo você conseguiu jogar?

— Um jogo.

— Um jogo? Quer dizer que você se machucou em seu primeiro jogo profissional?

— É. Primeiro e último jogo profissional, ambos no mesmo dia.

— Há quanto tempo foi isso?

— Cumpri meu contrato de três anos. Fiz algumas cirurgias... Mas nunca mais consegui voltar à forma que precisava ter. Me aposentei aos vinte e quatro anos.

— Uau. Que merda.

Ele sorriu.

— E o que você faz agora?

—Ainda recebo royalties, então não tenho que trabalhar em horário comercial ou algo assim. Mas passo os dias fazendo arte com sucata.

— Arte com sucata?

— Algumas pessoas chamam de arte reciclada.

— Fui a uma exposição como essa no Guggenheim. Eu amei. Adoraria ver seu trabalho algum dia.

Ele assentiu. Bem evasivo.

— Posso ser intrometida?

— Você quer dizer *mais* intrometida?

— Foi você quem sugeriu que eu deveria te conhecer melhor. Antes de me fazer atropelar o pobre Esmerelda Snowflake.

— Você nem bateu nessa coisa. E o nome dele não é Esmerelda Snowflake.

Meu marshmallow estava pegando fogo. Soprei-o, tirei-o do espeto e dei uma mordida. Estava quase todo derretido.

— Hummm.

Notei que Chance me observava com atenção.

— Quer um pedaço?

Ele meneou a cabeça lentamente.

— Por que não? Você que é o viciado em açúcar.

— Sinto mais prazer em te ver comer do que comendo. — Ele engoliu em seco. Ver sua garganta trabalhando me esquentou, e não tem nada a ver com o fogo.

— Enfim... Como você ainda está vivendo de royalties se seu contrato era de apenas três anos?

Ele desviou o olhar.

— Pôsteres e coisas do tipo.

— Pôsteres? Seus?

— Já não conversamos bastante sobre mim? Harry está calado hoje, não é?

— Sem chance. Você já desconversou uma vez, e eu te deixei se safar.

Acontece que eu não era a única que achava Chance Bateman incrivelmente gostoso. Mesmo depois de estar aposentado do futebol profissional, uma legião de mulheres na Austrália continuava comprando pôsteres e camisas com seu nome, e em quantidade suficiente para que ele vivesse disso. Tinha algo muito cativante no fato de ele estar um pouco envergonhado com a situação.

Depois de mais algumas horas ao redor da fogueira, decidimos ir dormir. Chance desenrolou meu saco de dormir e fechou a divisória da nossa barraca de dois quartos. Então me deu a lanterna para que eu pudesse me trocar primeiro.

Minhas roupas cheiravam a fumaça, então tirei tudo. Havia algo excitante em ficar nua, com apenas um pedaço frágil de náilon nos separando. Eu poderia ter demorado um minuto a mais para vestir o sutiã e calcinha de novo. Quando terminei, desabotoei o canto da divisória da barraca e entreguei a lanterna a Chance.

Ele sorriu de um jeito malicioso e fechou a divisória. Meu lado ficou escuro, mas, quando entrei no saco de dormir, percebi que podia ver tudo do lado dele. Era uma sombra, mas uma sombra *muito detalhada*.

Chance estava de frente para mim, parado, muito quieto. Eu não tinha certeza, mas parecia que ele me olhava. Era impossível me ver pela divisória de náilon, mas senti seus olhos em mim. Ele estendeu a mão até a barra da camisa e a ergueu lentamente sobre a cabeça. A sombra do seu corpo era larga nos ombros, mas se estreitava na cintura. Mesmo que não pudesse ver com detalhes, imaginei o que sabia que estava lá. O cume de seu abdômen musculoso, as planícies duras daquele V esculpido. Minha boca de repente secou.

Chance ficou ali de pé por bastante tempo e então começou a tirar as calças. O som do jeans se abrindo lentamente fez os pelos em minha nuca se arrepiarem. Suas coxas eram grossas e musculosas. A cueca boxer envolvia suas pernas como uma segunda pele. Prendi a respiração quando seus polegares engancharam no elástico da cueca, e ele começou a tirá-la do corpo. Ele se inclinou para deslizá-la para baixo e depois se levantou.

Santa mãe de todos os cretinos abusados! *Ele era enorme.* A coisa estava balançando e batia quase no meio das coxas. Respirei fundo. Quando percebi que havia sido audível, coloquei a mão sobre a boca. Eu a mantive lá até que ele estivesse completamente vestido, com medo de que eu pudesse deixar escapar um gemido.

Quando finalmente terminou de se despir, eu o vi entrar no saco de dormir. Ele rolou para o lado e olhou na minha direção. Eu me perguntei se ele estava olhando para mim. Então apagou a luz.

— Boa noite, Aubrey.

*AH-BREE.*

Talvez eu pudesse estar imaginando coisas, mas sua voz soou tão rouca e necessitada quanto eu me sentia.

— Boa noite, Chance.

Respirei fundo e fechei os olhos, tentando recuperar meu juízo. Então pela primeira vez me dei conta... Ele tinha me visto dar o mesmo show e devolveu o favor?

---

*Onde estou?* Esse foi o primeiro pensamento que tive quando acordei. Depois de alguns segundos, a ficha caiu. A luz do sol tentou penetrar a barraca. Deslizei a mão para a lateral do saco de dormir antes de começar a tatear o chão de forma frenética.

*Onde estava o cabrito?*

Pulei para fora do saco de dormir.

— Chance!

— Humm — ele gemeu, meio grogue, do outro lado da divisória.

— O cabrito! Ele sumiu. — Uma onda de pânico me atravessou. — Ele sumiu!

Abri a divisória sem pensar duas vezes.

— Relaxa. Ele está aqui comigo.

— Béé. — O cabrito soltou um balido como que para confirmar que eu tinha exagerado. Meu pulso desacelerou imediatamente enquanto apoiava a mão sobre o coração, que batia forte.

— Ah, graças a Deus.

Chance se sentou e passou as mãos pelo cabelo desarrumado. Piscando quando olhou para cima, ele parecia estar paralisado.

— Meu Deus do céu. Está tentando me matar?

Olhei para o meu corpo e cruzei os braços sobre o peito. Fiquei tão desesperada que não lembrei que havia dormido só de sutiã e calcinha.

— Merda. Desculpe. Fiquei em pânico. Não pensei direito e acabei não vestindo nada.

Totalmente envergonhada, voltei para o meu lado da barraca e falei pela divisória fechada, enquanto começava a me vestir:

— Como ele foi parar aí?

— Você apagou. Ele começou a resmungar, tentando abrir caminho para o meu lado. O sujeito não se acalmou até que eu o deixei entrar. Dormiu ao meu lado o resto da noite. Pior bafo que já senti na vida.

Não pude deixar de rir.

— Acha isso engraçado, princesa?

— Acho.

Depois de vestir a última peça de roupa, abri a divisória novamente. Chance estava de pé diante de mim, usando apenas a boxer apertada. Ele me encarou.

— Pedir um pouco de privacidade é demais? E se eu tivesse entrado no seu lado alguns segundos atrás?

Ele nunca tinha estado tão sexy, com o cabelo bagunçado e aquele olhar quase irritado. Meus olhos percorreram descaradamente seu peitoral, descendo pela linha fina de pelos que levava à cueca e parando na... ereção maciça.

*Ah, Deus. Agora fazia sentido ele ter ficado envergonhado de repente.*

Limpando a garganta, falei:

— Você... você está...

— Duro.

— Sim.

— Chama-se ereção matinal. Não posso ser responsabilizado pela forma como acordo... especialmente sob essas condições.

— Dormindo ao lado de um cabrito? Ficou excitado? — Eu ri.

— Estava me referindo ao seu striptease improvisado agora há pouco. E você voltou aqui antes que eu tivesse a chance de acalmar essa merda.

— Ah.

— Tenho meus limites. — Chance vestiu a calça.

O olhar dele queimava no meu. Ele parecia ainda mais sexy com a ereção pressionando a calça jeans. Por mais que eu me sentisse constrangida por colocá-lo naquela situação, adorava a ideia de ser a responsável por seu excitamento. Na verdade, minha capacidade de lidar com a atração que sentia por ele estava diminuindo muito rápido. A cada segundo que passava, os músculos entre minhas pernas se apertavam mais, simplesmente pela forma como ele me olhava. Nesses momentos eu me sentia grata por ser mulher, porque, pelo menos, minha excitação podia ser escondida. Ainda assim, eu estava em apuros ali. Eu precisava quebrar o gelo.

Limpando a garganta, perguntei:

— Quais os planos para hoje?

Ele vestiu uma camiseta.

— Precisamos comer.

— Então vamos tomar café da manhã? — perguntei, de forma estúpida.

— Sim, café. O que mais eu comeria a essa hora?

*Hã.*

Engasgando com as minhas palavras, respondi:

— Não. Café da manhã está ótimo. Estou com fome. E você?

— Faminto. — Seu olhar implicava que ele não estava necessariamente se referindo à comida.

*Eu também estava faminta.*

— Ok, então — falei, enquanto ia para o meu lado da barraca para me acalmar.

Demorou mais ou menos uma hora para desmontarmos a barraca e arrumar tudo dentro do carro.

Optamos por parar e comprar café da manhã para viagem em uma lanchonete fast-food que ficava perto da via de acesso à rodovia. Chance entrou para pedir burritos de *huevos rancheros* e café. Aproveitei a oportunidade para pegar meu telefone e digitar no Google: *Chance Bateman Austrália*.

E lá estava ele. Uma infinidade de imagens apareceu. Havia uma, em particular, em que ele estava sem camisa, apenas com uma camiseta branca pendurada ao redor do pescoço, e era possível ver um pedacinho de sua deliciosa bunda. A foto mostrava o sorriso sexy que era a sua marca registrada e fez com que eu me contorcesse no banco. *Aquele sorriso arrogante.* Droga, como ele era bonito. Essa imagem parecia ser a mais conhecida. Também era a que estava sendo vendida como pôster por dezenove dólares e noventa e nove centavos mais o frete. Tinha até uma foto de uma garota ao lado do pôster colado na parede, fingindo morder a bunda de Chance. Suspeitei que houvesse mais pessoas por aí imitando das maneiras mais perversas esse tipo de pose.

Sabendo que ele voltaria a qualquer minuto, eu lia artigos antigos e fóruns tão rápido que meus olhos doíam. Era bem evidente que Chance era mais conhecido pela lesão no primeiro jogo e pela aparência do que qualquer outra coisa. Mas não pude deixar de sentir orgulho por ver como ele havia transformado limões em limonada. Deslizando a tela, deparei-me com algumas fotos dele em vários eventos com a mesma modelo loira e atraente. *Piper Ramsey*. Uma pontada – bem, talvez uma pancada – de ciúme abriu um buraco no meu estômago.

Uma batida na janela me assustou. Lancei o telefone para o lado e ele caiu no banco do motorista. Bem, eu meio que o *joguei* lá.

— Abra para pegar seu café — eu o ouvi dizer pela janela. Peguei o copo enquanto ele dava a volta e se sentava no banco do motorista.

— O que você estava olhando?

— Hum, nada. Só estava...

*Merda.*

Antes que eu pudesse me explicar, ele pegou o telefone e percorreu as fotos com o polegar. Em seguida, jogou-o no console central.

— Bem, agora você já viu tudo, não é?

— Sim... e é... incrível.

Ele soltou uma risada irritada.

— Incrível, é?

— Sim!

— Então me diga, Aubrey, o que há de tão incrível em trabalhar praticamente a vida toda por um único momento e ver tudo ir por água abaixo na primeira tentativa? O que há de tão incrível em ser mais famoso pelo seu fracasso do que pelo sucesso? Sabe o que *estava* sendo bom nessa viagem com você até agora? O fato de que você não me via como *aquele* cara que todo mundo *acha* que conhece. Mas agora você vê.

*Merda. Eu realmente o aborreci.*

— Desculpe, mas eu não estava pensando nesse tipo de coisa.

— No que você estava pensando, então?

— Que foi maravilhoso você ter se reerguido diante da adversidade e transformado sua imagem sozinho. Também estava pensando em quanto você é impressionante, se quer mesmo saber. E queria saber quem era a tal da Piper. Estava curiosa sobre tudo, sim, mas não de uma forma ruim. Não pensei em nada negativo.

Chance soltou uma respiração longa e profunda e murmurou:

— Vamos embora.

Eu me senti horrível por tê-lo chateado e, embora a internet fosse pública, parecia que tinha invadido sua privacidade. Mais do que qualquer outra coisa, sentia como se o tivesse magoado, e isso me machucou, pois querendo admitir ou não, meu peito doía de uma forma indesejada. Eu podia sentir que estava me apaixonando por ele, e isso me assustava.

Um silêncio desconfortável permeou o ar durante um bom tempo. A única vez que ele tirou as mãos do volante foi para dar pedaços de bolinho frito de batata mergulhados no molho do cocky sana a Esmerelda Snowflake. Até o cabrito gostava do molho de Chance.

Em certo momento, ele finalmente olhou para mim.

— Sinto muito por ter sido grosseiro.

— Tudo bem. Desculpe-me por ter feito você se sentir desconfortável.

— Eu provavelmente teria feito a mesma coisa se fosse você. É só que… todas essas coisas on-line, é tudo besteira. Não é desse jeito que você vai me conhecer. Se quiser saber algo, é só me perguntar. As pessoas que postam essas merdas não me conhecem.

— Mas eu sinto como se conhecesse você de verdade.

— Provavelmente você me conhece melhor do que a maioria das pessoas. Tenho sido bem sincero desde o momento em que nos conhecemos. Mesmo que eu te importune, me sinto confortável perto de você, e isso é raro.

Meu peito apertou de novo.

— Sinto o mesmo e não sei direito por quê. Só sei que estou muito feliz por nossos caminhos terem se cruzado.

Ele deu um tapinha na miniatura do Obama.

— Pensa só… se você nunca tivesse pegado o sr. Obama aqui, quem sabe onde nós dois estaríamos agora? — Ele apontou para o banco traseiro. — Onde essa besta estaria agora?

— Provavelmente desmaiada no acostamento.

Chance olhou para o cabrito.

— Em vez disso, ele está comendo nossa comida e dormindo com a gente. Não me agradeça. O mérito foi todo seu. — Ele me olhou de lado, de um jeito sexy, e me assustou quando colocou a mão no meu joelho, provocando uma súbita onda de desejo. — Você é um doce. Tem um bom coração. Esse idiota do Harrison vai se arrepender um dia.

— Quando ele tirou a mão do meu joelho, fiquei ansiando para que a colocasse de volta. O que ele disse também fez meu corpo todo tremer. Um sentimento indescritível me dominou. Eu não sabia como responder, então liguei o rádio. "Good Vibrations"[*], do Beach Boys, estava tocando.

---

[*] "Good Vibrations", Brian Wilson, Mike Love; Capitol, 1966.

Chance aumentou o volume.

— Olha só! Eles estão cantando sobre você e a sua varinha mágica, princesa.

Cobri a boca enquanto ria, e nós dois gargalhamos. Finalmente rompemos a tensão anterior, e isso me deu uma sensação de alívio.

Depois de pararmos para almoçar e seguirmos por mais algumas horas, Chance se virou para mim.

— Está com pressa para chegar a Temecula?

— Só começo no emprego novo daqui a uma semana, e a casa que estou alugando é mobiliada, então não, não estou com pressa. Por quê?

— Quer fazer um pequeno desvio antes que escureça?

— Claro. Por mim, tudo bem. O que você tem em mente?

— Um lugar duro como pedra e profundo. — Ele piscou.

Bem, isso despertou a minha curiosidade.

# 6

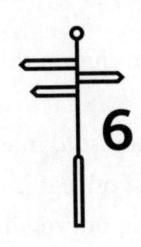

Estacionamos o carro perto do lugar perfeito para apreciarmos as paredes rochosas e íngremes do Grand Canyon. A beleza era eletrizante.

— Ah, meu Deus, Chance. Não posso acreditar que não pensei em parar aqui. Sempre quis ver este lugar ao vivo. Não tinha percebido que estava bem no nosso caminho. É de tirar o fôlego.

Então percebi que, em vez de estar observando aquela paisagem majestosa, Chance estava olhando para mim.

— Sim, é muito bonito — disse ele em voz baixa.

— Vamos tirar uma foto.

Com o Canyon como pano de fundo, Chance tirou uma *selfie* nossa com o celular. Em seguida, me enviou a foto por mensagem de texto. Tinha ficado muito boa. O sol refletia no azul dos seus olhos, e nós dois parecíamos estar muito felizes e em paz. Desejei que esse momento durasse para sempre e que nunca tivéssemos que deixar esse lugar.

Enquanto nos sentávamos, olhando para uma infinidade de tons vermelhos durante o pôr do sol sobre a paisagem, Chance pediu de repente:

— Me conte sobre sua família.

— Minha mãe mora em Chicago. Ela não ficou feliz com a minha mudança. Sou filha única, mas, desde que ela se casou de novo, não sinto que precise tanto de mim. Meu pai morreu um ano depois que me formei na faculdade, mas ao menos conseguiu me ver realizando seu sonho, que era me tornar advogada como ele.

— Era o sonho dele, mas não o seu... — ele disse em tom compreensivo.

— Não. Não era o que eu queria de verdade.

— Qual é o seu sonho?

— Só quero ser feliz e realizada, mas não tenho mais ideia do que isso significa e nem de como conseguir. Tem muita coisa incerta para mim. Sinto que estou em uma encruzilhada.

— Essa não é a pior coisa do mundo. Parece um bom momento para se encontrar, principalmente porque não há nada te prendendo.

— É, acho que sim.

— Por falar nisso, acho que espantamos o babaca do Harry definitivamente.

Nossa risada ecoou pelo local.

Estiquei os braços para trás e olhei para o céu.

— Sabe de uma coisa? Estou muito feliz agora. Essa... nossa pequena aventura... fez bem para a minha alma.

Ele abriu um sorriso sincero.

— Você tem uma alma boa. Pude perceber isso de imediato, apesar da fachada de cretina. Sabe por que está feliz?

— Por quê?

— Porque você finalmente está se soltando.

— Acho que você tirou toda a minha tensão na noite passada enquanto eu estava dormindo na barraca, não é?

— Sim. Queimei toda ela na fogueira. — Ele me cutucou com o ombro.

Sorri e mudei de assunto.

— E a sua família? Onde está?

Chance ficou em silêncio e coçou o queixo.

— Assim como você, também perdi meu pai. Ele morreu de câncer no pâncreas alguns anos depois da minha lesão.

— Sinto muito.

— Só tenho uma irmã, Adele. Ela é dois anos mais nova. Quando meu pai morreu, minha mãe e ela decidiram voltar para cá, mas eu fiquei em Melbourne. Eu não pretendia voltar, mas Adele se meteu em umas merdas. Ela precisava de mim. Não tive escolha a não ser largar tudo e vir tentar resolver as coisas.

— O que aconteceu?

— É uma longa história, mas, basicamente, ela começou a sair com um traficante de drogas e a usar também. Foi um baita pesadelo.

— Meu Deus, isso é horrível.

— Eu me senti muito culpado porque, com a morte do meu pai, eu deveria ser o homem da família, aquele que cuidaria dela. Mas eu estava tão absorto na minha vida em Melbourne que não sabia como as coisas estavam ruins para Adele.

— Onde ela está agora?

— Hermosa Beach... Ela mora perto de mim.

— E ela está bem?

— Melhorou muito, embora ainda esteja em recuperação. Mas ela não está mais com aquele filho da puta, que é o principal.

— E a sua mãe?

— Eu voltava de uma visita a ela quando te encontrei. Ela está passando um tempo em Iowa para ficar mais perto da mãe. Minha avó está morrendo. Mas minha mãe também morava perto da gente, na Califórnia, antes de minha avó ficar doente.

— Sinto muito por sua avó.

— Obrigado.

— Acho que foi muito altruísta da sua parte largar tudo e voltar pela sua irmã.

— Bom, até então a minha vida era bem egoísta. Nada deve vir antes da família. Aprendi isso da pior maneira possível. Adele e minha mãe significam tudo para mim.

— Elas têm sorte em ter você. Eu gostaria de ter uma família maior.

— Um dia você terá a sua própria.

— Eu gostaria, mas acho isso improvável. Não tive muita sorte com os homens.

— Não me diga que namorou babacas piores que Harrison.

Eu ri.

— No mesmo estilo.

— Deixe-me adivinhar. Depois que você terminou, aposto que eles voltaram correndo. Estou certo?

Após uma pausa, falei:

— Pensando bem... sim. Só tive alguns namoros sérios, mas em algum momento todos voltaram pedindo uma segunda chance. Como adivinhou?

— Foi só um palpite.

— Não entendi.

— Mulheres como você são difíceis de encontrar.

— Mulheres como eu? Explique.

— Ok. Não é difícil encontrar uma mulher bonita, certo? Definitivamente não é difícil encontrar uma mulher inteligente. E, com certeza, existem mulheres com bom coração. Mas, pela minha experiência, é extremamente raro encontrar o pacote todo.

— Nem tente dizer que você tem dificuldade em encontrar mulheres, Chance Bateman. Você pode namorar quem quiser.

Ele semicerrou os olhos.

— Você acha isso mesmo?

— Estou errada? Você não é um ímã de mulheres?

— Ímã de mulheres loucas, talvez.

— Você nunca encontrou o pacote completo?

— A única vez que pensei ter encontrado, eu estava completamente errado. Pensei que era amor, mas, em retrospecto, era só paixão.

— Está falando da tal da Piper?

Sua expressão se tornou triste enquanto ele olhava para baixo.

— Sim.

— O que aconteceu?

— Piper era minha noiva.

— Uau. Você ia se casar com ela?

— Sim. Eu a pedi em casamento depois de três meses de namoro. Não foi muito inteligente.

— Ela é maravilhosa.

— Você é mais bonita — ele disse, sem hesitar.

— E você é um baita mentiroso.

— Não tenho motivos para mentir. Eu vi as duas sem maquiagem e você é mais bonita.

Nas fotos que vi, Piper era loira, magra e bonita de um jeito convencional. Com meus cachos castanho-avermelhados e forma curvilínea, eu não era nada parecida com ela.

— Como você pode dizer isso? Ela é uma supermodelo. Como posso competir com alguém como ela?

— Sua beleza é mais natural. Você não precisa de um pingo de maquiagem. Seu cabelo é bagunçado e selvagem. Sexy. As sardas espalhadas pelo seu nariz te dão personalidade. Eu fico brincando mentalmente de ligar os pontos com elas. Quando você se mexe, seus seios se mexem junto, porque não são falsos. E não me faça falar da sua bunda. Devo continuar?

Me sentindo tímida de repente, sorri nervosa e desviei o olhar antes de perguntar:

— O que aconteceu com ela?

— Bem, como sua busca na internet te informou, Piper é uma espécie de celebridade. Eu a conheci em uma casa noturna na época em que fui contratado pelo time. Ela ficou comigo por um tempo depois da lesão. Ela gostava da publicidade que veio com a minha súbita e estranha fama. Mas, conforme os meses se passaram, o entusiasmo dela começou a desaparecer. Eu já não era suficiente para ela. Quando tive depressão, parei de querer sair. Ela continuou com a vida agitada e acabou me traindo com um dos caras do time. Agora está casada com ele e teve dois filhos.

— Uau. Que puta!

Chance inclinou a cabeça para trás e gargalhou.

— Princesa, você acabou de usar a palavra com P?

— Sim. Pela primeira vez na vida, mas valeu a pena.

— Não sabia que você tinha uma boca tão suja.

— Eu também não, mas, caramba, foi bom dizer isso.

— Gostei de te ouvir falando isso. Acho que você deveria gritar isso na direção do cânion.

— Acha mesmo?

— Sim. Manda ver! Grite.

— Puta!

— Mais alto!

— Puta! — Minha voz ecoou.

— Mais uma vez.

— PUTA! — gritei a plenos pulmões.

Ouvimos um baque vindo do carro que estava estacionado atrás de nós. Chance levantou para ver o que tinha acontecido.

—Ah, merda. Você fez o pobre Carré se cagar de medo. Ele desmaiou.

— Ah, não.

— E não é só isso.

— O que houve? — Me levantei e corri até ele.

— Quando disse se cagar de medo... foi literalmente. O carinha fez cocô no banco de trás.

— Como é?

Depois que Chance usou alguns lenços umedecidos para limpar como pôde a sujeira, o clima do nosso passeio ao Grand Canyon foi oficialmente arruinado. De toda forma, estava ficando escuro demais para aproveitar o lugar.

— Você se importa se não acamparmos esta noite? — perguntei. — Gostaria de tomar banho e dormir em uma cama.

— O que acha de procurarmos um hotel perto daqui, pedirmos uma comidinha gostosa, tomarmos um banho quente e descansarmos? Também gostaria de dormir na sua cama.

— O que você disse?

— Disse que gostaria de dormir em uma cama também.

—Ah.

— E se não encontrarmos um hotel que deixe a gente entrar com ele?

— Tenho certeza de que não vamos encontrar. Vamos precisar entrar com ele escondido.

Chance parou em uma farmácia no caminho para o hotel e fiquei esperando no carro. Quando voltou, ele me entregou uma sacola de plástico contendo garrafas de água, lanches, fita adesiva e... fraldas.

— Você comprou fraldas?

— Sim. Já que vamos levá-lo a um hotel legal, melhor dar um jeito de colocar uma nele, principalmente se ele ainda estiver com diarreia.

— Não posso acreditar que não pensei nisso antes. Será que ele não foi ao banheiro esse tempo todo?

Chance apontou para trás.

— Viu o quanto ele cagou? Ele estava sem fazer isso há dias!

Explodimos em um riso histérico, enxugando lágrimas dos olhos. Quando finalmente nos acalmamos, Chance ligou o carro e dirigiu em direção à rodovia.

Em algum lugar no meio do Arizona, ele parou no estacionamento de um hotel bem bacana, a dez minutos da interestadual. Depois que peguei as chaves dos nossos quartos, colocamos em prática nosso plano – eu distrairia o recepcionista enquanto Chance entrava com o cabrito. Ele o envolveu em um dos meus edredons e andou apressado, passando pela recepção e indo para o elevador.

Chance tinha aberto a porta de comunicação dos nossos quartos quando cheguei ao andar superior.

Ele já tinha conseguido colocar duas fraldas em Esmerelda Snowflake, passando uma fita ao redor da parte de cima para segurá-las. Chance não tinha me visto, e eu fiquei olhando enquanto o cabrito pulava em seus braços e lambia seu rosto.

— Tudo bem, amigo. Calma. Você é um bom companheiro, sabia? Um bom companheiro.

— Você está sendo tão fofo com ele.

Chance virou a cabeça para mim de repente, surpreso ao me ver parada ali.

— Estou começando a gostar desse carinha.

— Conheço o sentimento.

*Porque estou gostando de você.*

— Estava pensando em sair e comprar algo gostoso para comermos. Gosta de vinho?

— Sim. E daria tudo por uma taça.

— De que tipo?

— Qualquer tipo de branco.

— Eu gosto de tinto. Vou trazer os dois.

— Ótimo. — Sorri. — Sabe para onde está indo?

— Este mapa aqui diz que há vários restaurantes e uma loja de bebidas a uns três quilômetros seguindo a estrada.

— Certo. Acho que vou tomar um banho enquanto você vai lá.

— Ok. Algum pedido especial para o jantar?

— Surpreenda-me.

Ele saiu, e eu fui para o luxuoso banheiro. À medida que a água quente caía sobre mim, todas as emoções que eu vinha contendo nos últimos dias pareceram me abalar de uma só vez. Me dei conta de que estávamos na última etapa da viagem. Não tinha ideia se Chance e eu simplesmente seguiríamos caminhos separados quando chegássemos ao nosso destino ou se ele estaria interessado em algo mais. Com base na ligação que eu tinha escutado, havia algo que ele, com certeza, estava me escondendo. Em momento algum fui direta e perguntei se ele estava com alguém quando admitiu que era uma situação "complicada". Mesmo sabendo que era uma possibilidade, não pude conter meus sentimentos por ele. Chance era a única coisa que me parecia certa em relação à minha vida naquele momento – a única coisa que fazia sentido.

Vesti uma camiseta e um short de algodão e tentei assistir à HBO enquanto esperava por ele. Esmerelda Snowflake pulou na cama ao meu lado. Uma hora se passou, e nada de o Chance voltar. A cada minuto, uma sensação de desconforto crescia em meu estômago.

*E se ele não voltasse?*

Era um pensamento tolo. Ele não me dera nenhuma razão para acreditar nisso. Ainda assim, senti um pânico repentino. Talvez eu só estivesse exausta por causa da viagem e um pouco delirante. Quando outra meia hora se passou, liguei para ele. Não houve resposta.

A cada minuto, o pânico aumentava e então comecei a chorar. Não pude evitar. Sabia que era uma reação exagerada, mas já tinha perdido o controle das minhas emoções no chuveiro, e o fato de Chance não voltar estava adicionando combustível ao fogo.

A porta se abriu de repente, e eu corri para secar as lágrimas.

— Meu Deus, que porra de lugar cheio — ele reclamou. Chance estava segurando duas sacolas e as colocou em cima da mesa do meu quarto quando me viu esfregando os olhos freneticamente.

— Aubrey, você está chorando? Aconteceu alguma coisa?
— Não, estou bem. Não é nada.
Ele caminhou em minha direção.
— Não é o que está parecendo. O que diabos aconteceu?
— Você demorou para voltar. Eu liguei para o seu telefone, mas você não atendeu. Comecei a achar que talvez...
*Merda.*
Ele piscou várias vezes.
— Você achou que eu não ia voltar?
— Foi só algo que passou pela minha cabeça. No fundo, eu sabia que era ridículo, mas não consegui evitar. Tem sido uma longa viagem, e acho que estou cansada.
Chance enxugou minhas lágrimas suavemente com o polegar.
— Sinto muito que você tenha ficado com medo. — Ele segurou meu queixo e ergueu meu rosto para olhar em meus olhos. — Eu não faria isso com você.
Meu coração disparou quando ele me puxou para si. Meu corpo parecia derreter. Seu coração bateu acelerado contra o meu enquanto ele me abraçava com força. Queria que ele nunca me soltasse. *Não me solte.*
Quando ele se afastou, o ar frio substituiu o calor do seu corpo.
— Por favor, podemos esquecer isso? — perguntei. — Foi um lapso de sanidade. — Enxuguei a última lágrima e funguei. — Por que demorou tanto?
Ele não respondeu. Ainda estava me olhando com uma expressão séria enquanto examinava meu rosto. Parecia estar pensando em alguma coisa. Eu não conseguia me lembrar de tê-lo visto tão sério antes. Finalmente, ele disse:
— Tive que ir a dois restaurantes. No primeiro me disseram que demoraria uma hora, e no segundo acabou demorando a mesma coisa. — Ele tirou o celular do bolso e o conectou a um carregador. — Fiquei sem bateria. Por isso que você não conseguiu falar comigo.
Balancei a cabeça, murmurando comigo mesma e me sentindo muito estúpida por ter reagido daquela forma exagerada.

Ele me entregou um copo.

— Vamos esquecer isso e jantar tranquilamente?

Tentando o melhor para abrir um sorriso genuíno, eu disse:

— Ótima ideia.

Nos sentamos um em frente ao outro na mesinha do meu quarto enquanto comíamos em silêncio. Chance tinha comprado três pratos de um restaurante italiano: lasanha de berinjela, parmegiana de frango e massa primavera.

Ele serviu vinho em copos plásticos.

— Sei que é muita comida, mas achei que ele fosse querer comer também — disse Chance, colocando um prato de comida no chão para Esmeralda Snowflake.

A tensão não desapareceu durante todo o jantar. Continuei bebendo cada vez mais Chardonnay para anestesiar meus sentimentos.

Chance foi direto para o quarto depois que terminamos, e eu comecei a me sentir vazia e confusa, como se o tivesse assustado com o episódio de choro. Depois de tomar muito vinho, deitei na cama e olhei para o teto, que parecia estar girando devagar. Com a falsa coragem provocada pelo álcool, me levantei e abri a porta de comunicação.

O chuveiro estava ligado e o cabrito esperava do lado de fora da porta fechada do banheiro. Deitada na cama de Chance, abracei o travesseiro de plumas. Quando saiu do banheiro, ele parou perto da cama. Estava só com uma toalha branca enrolada no corpo. Seu denso cabelo estava molhado e alisado para trás. Gotas de água escorriam lentamente pelo seu peito. Dominada pelo desejo reprimido, umedeci os lábios. Meu coração estava batendo fora do peito.

— O que está fazendo aqui, Aubrey?

Sentei-me de repente.

— Você não me quer aqui?

Ele fechou os olhos por um momento e disse:

— Está tarde. Acho que é melhor você voltar para o seu quarto.

*Aquela atitude não tinha nada a ver com ele.*

Meu estômago se contraiu. A palavra "humilhação" nem sequer podia começar a descrever como eu me sentia quando respondi:

— Ah. Sim. Você está certo. Não percebi que estava tão tarde.

Ele ficou parado ali, com as mãos grandes ao lado do corpo enquanto eu passava por ele.

Voltei para o meu quarto sozinha e fiquei me virando de um lado para o outro na cama enquanto pensava no motivo de ele ter ficado tão frio de repente. Chance havia mandado vários sinais indicando que me queria. Nós nos abrimos um com o outro. Rimos. Ele me disse que eu era bonita. Talvez eu tivesse interpretado tudo errado. Ele devia estar só sendo simpático. Talvez ele estivesse atraído por mim, mas não me *quisesse* de verdade. Talvez o choro o tivesse assustado. Eu estava mais confusa do que nunca. A única coisa que parecia certa era: ao final desta viagem, eu ia acabar machucada.

# 7

A manhã seguinte foi estranha, mas não o tipo de estranheza empolgante que havíamos experimentado na barraca. Tinha dormido muito mal, e a rejeição da noite anterior fez com que a tristeza se transformasse em raiva. Nos sentamos na Waffle House, que estava cheia de caminhoneiros e aposentados. Mexi o café e bati a colher em cima da mesa.

— Está tudo bem, princesa?

— Sim, tudo bem. — Evitei contato visual e olhei pela janela enquanto tomava um gole do café. Estava amargo... assim como eu.

Chance se recostou no assento e apoiou os braços na mesa.

— Posso não ser especialista em mulheres, mas as conheço o suficiente para saber que esse *sim, tudo bem* significa que *nada* está bem.

— Então aparentemente você não me conhece. Porque *bem* significa *bem*.

Ele me ignorou e continuou analisando aquela palavrinha.

— E a velocidade com que o *bem* é dito é diretamente proporcional ao nível de irritação. — Ele bebeu o café e inclinou a caneca em minha direção. — E o seu veio bem rápido.

A garçonete interrompeu enquanto nos olhávamos.

— Está tudo bem aqui?

— Tudo bem — respondi. Falei tão brusca e rapidamente que a garçonete ficou surpresa.

— Desculpe. É aquela época do mês, e ela fica assim. — Ele encolheu os ombros, e a garçonete se desculpou com o olhar. Acho que ela realmente sentiu pena dele.

Esperei até que ela se afastasse.

— Será que você pode não fazer isso?

— O quê?

— Inventar histórias a meu respeito.

— Não tenho certeza de que foi mesmo invenção. Você está agindo como uma cretina esta manhã. Talvez esse seja o seu problema. Está naquela época do mês, Aubrey? É isso que está te incomodando?

— Não sou cretina e não... não é isso que está me incomodando.

— Então você admite que alguma coisa está te incomodando?

— O que é isso, um interrogatório? Você é advogado agora? Achei que era um modelo de bunda.

Chance me olhou e o encarei de volta. Pelo menos eu o aborrecera o suficiente para fazê-lo se calar pelo resto da refeição. Comemos em um silêncio mal-humorado e, em seguida, ele levou o cabrito para dar uma volta antes de pegarmos a estrada outra vez.

Chance começou dirigindo. Com cinco minutos de viagem, meu telefone começou a tocar. O nome de Harrison apareceu na tela.

— Não vai falar com o seu namoradinho? — perguntou.

Respondi com honestidade:

— Não. Só faço papel de idiota uma vez. Ele me mostrou quem realmente era com suas ações. Não importa o que diga agora.

Ele me encarou por um momento e depois olhou para a estrada. Ficamos calados por mais uma hora depois disso.

— O que você acha de fazermos outro desvio? Las Vegas por uma noite ou duas?

Fiquei triste em responder, mas passar mais duas noites com ele não era uma boa ideia. Eu já estava sentindo algo que não era correspondido. Nos distanciarmos era a coisa certa a se fazer.

— Acho que eu deveria ir direto para a Califórnia.

Ele pareceu verdadeiramente triste com a minha resposta, o que me confundiu ainda mais.

— Se é o que você quer, beleza.

Horas mais tarde, sabendo que seria nosso último dia inteiro juntos, uma sensação de melancolia se instalou. Paramos para abastecer e, como de costume, Chance estava chupando um Pixy Stix quando voltou para o carro.

— Quer chupar um? — Ele tirou vários pacotes roxos do bolso de trás.

— Não, obrigada.

— Tem certeza? Você parece precisar de uma boa chupada. — Ele piscou para mim.

— Por que você faz isso?

— Comer açúcar? — Voltamos para o carro. Chance ia dirigir de novo.

— Não. Você faz insinuações sexuais o tempo todo.

— Acho que fico meio tarado quando estou perto de você. — Ele afastou o carro da bomba de gasolina e saiu do posto.

— Menos na noite passada — murmurei, aparentemente mais alto do que pretendia.

— O que isso quer dizer?

— Podemos esquecer a noite de ontem? Já me senti idiota por tempo suficiente. Você não tem que fingir estar atraído por mim para fazer com que eu me sinta melhor hoje. Sou adulta.

— O quê? — Ele franziu as sobrancelhas. — É isso que você acha? Que você não me atrai?

Dei de ombros e revirei os olhos.

Chance murmurou uma série de palavrões e parou no acostamento. Não tínhamos andado nem um quilômetro desde o posto de gasolina. Nesse ritmo, eu nunca me afastaria dele. Ele saiu do carro, batendo a porta com força. O carro inteiro tremeu. Observei de dentro enquanto ele andava de um lado para o outro. Ele puxou os cabelos enquanto caminhava pela terra batida, resmungando algo consigo mesmo. Eu não conseguia entender o que ele estava dizendo, mas nem precisava para ter certeza de que era um monte de palavrões.

Por que ele estava bravo? Por eu ter falado do seu comportamento? Por tê-lo feito se sentir mal por me rejeitar? Fiquei feliz por ele estar chateado… porque eu também estava. Depois de alguns minutos, saí do carro.

— Quer saber de uma coisa? Pare de ser tão egocêntrico. Alguém finalmente percebeu seu joguinho. Ser rejeitado é uma merda — zombei. — Embora eu tenha certeza de que você não sabe de verdade como é.

Chance parou de andar e olhou para mim. O músculo em sua mandíbula se mexia, e ele parecia estar quase bufando. Eu queria que ele bufasse.

— E sabe o que mais? Muitos homens me acham atraente. Não me importo que você não ache. Você não é diferente do Harrison. Diz uma coisa e faz outra.

Aquilo funcionou. Ele explodiu. Embora não fosse do jeito que havia imaginado. Chance veio até mim. Ele parecia muito zangado. Recuei até ficar encostada contra o carro, sem ter para onde ir. Então ele invadiu meu espaço. Os braços se apoiaram nas laterais do meu corpo, prendendo-me entre ele e o carro. Ele aproximou o rosto do meu e falou com nossos narizes a alguns centímetros de distância.

— Você está certa sobre uma coisa, princesa. Você não me atrai.

Recusei-me a dar a ele a satisfação de ver minhas lágrimas, embora meu coração estivesse lentamente se quebrando. Então ele continuou:

— Você me atraiu quando te vi na loja, naquele primeiro dia. Brincando com aquela miniatura. Te achei linda. Linda mesmo. Mas agora não estou mais atraído por você. Agora que te conheci, não é atração.

Queria mandá-lo se ferrar. Mas, mesmo enquanto ele dizia coisas terríveis para mim, eu estava hipnotizada. A forma como seus olhos se transformavam de um azul com um toque de cinza a cinza com um toque de azul quando ele estava com raiva. A maneira como seu peito subia e descia e, droga, ele era tão cheiroso também. Fiquei ali parada e esperei o resto do seu discurso. Porque, sinceramente, eu não era capaz de fazer outra coisa.

— Agora que sei o que realmente existe por trás dessa fachada mal--humorada. Existe uma mulher que foi muito magoada, mas que ainda está disposta a seguir em frente e tentar de novo porque, no fundo, é uma romântica. Não é atração o que eu sinto quando te olho. Quer saber mesmo o que sinto quando olho para você?

De alguma forma, consegui acenar que sim com a cabeça.

— Atração é algo muito pequeno para descrever o que acontece quando eu olho para você. Eu quero dominar você. Quero olhar para o seu lindo rosto quando eu te penetrar tão fundo e com tanta força que chegará a doer. Quero me enterrar tão intensamente em você que não será capaz de andar por dias. A única coisa que pode ser mais bonita do que seu rosto quando sorri para mim é seu rosto quando eu estiver dentro de você.

Ele fechou os olhos e encostou a testa na minha.

— Então, sim, você está certa. Você não me atrai. É mais como se você me fascinasse.

Eu tinha certeza de que ele podia sentir meu coração batendo forte, ainda que nossos peitos não estivessem se tocando.

— Então eu não entendo.

Chance levou uma mão ao meu rosto e a apoiou sobre minha bochecha. Ele me acariciou com ternura antes de deslizá-la até minha garganta. Ficamos em silêncio por um bom tempo. Meu coração pulsava sob seu polegar quando ele finalmente falou.

— Queria que as coisas fossem diferentes.

Durante as horas de viagem seguintes, minhas emoções ficaram confusas. Estávamos quietos, embora não houvesse mais aquela irritação tensa no ar. Eu estava confusa, para dizer o mínimo. Quando começamos a ver as placas que indicavam Las Vegas, a única coisa clara na minha cabeça desordenada era que eu não estava pronta para encarar o término da viagem.

— Se a oferta ainda estiver de pé, eu gostaria de fazer o desvio. — Minha voz era baixa, quase hesitante.

Chance me olhou. Um olhar sério a princípio, até que um sorriso se abriu lentamente.

— Está querendo pecar comigo, princesa?

*Eu já estava.*

Eu não conseguia acreditar que havíamos encontrado um hotel para animais para deixar o cabrito. A mulher na recepção nem piscou quando perguntamos se ela poderia hospedar nosso passageiro por uma noite ou duas. Algo me dizia que ela já tinha visto um monte de coisas estranhas em Las Vegas.

Estacionamos e decidimos caminhar ao longo da Las Vegas Boulevard até encontrarmos um hotel que tivesse vaga para nós. O sol estava escaldante enquanto caminhávamos de uma ponta a outra da infame avenida. Tirei a camiseta branca e fiquei só com um top justo na cor nude. Normalmente eu não andava assim tão exposta, mas já estava começando a transpirar. Rindo, coloquei a camiseta ao redor do pescoço e caminhei na frente de Chance, olhando para ele por cima do ombro.

— Te lembra alguma coisa? — Brinquei, colocando a peça exatamente como estava posicionada no pôster que eu tinha encontrado à venda na internet.

— Uma graça. — Ele balançou a cabeça e riu.

Meu humor estava melhorando enquanto caminhávamos. Um mímico de rua me surpreendeu quando passamos e me segurou. Ele puxou uma flor da manga e a estendeu para mim, levando minha mão até sua boca para um beijo. Chance me pegou e me puxou para longe antes que seus lábios pudessem alcançar minha pele.

— Ei. Por que você fez isso?

— Estamos em Vegas, não no Kansas. Você não deveria deixar caras estranhos te tocarem com os lábios. — Minha primeira reação foi ficar irritada. Então percebi que ele não havia soltado minha mão. Estávamos andando de mãos dadas, o que me fez pensar que não deveria discutir, já que estava gostando do resultado final.

No Mirage, visitamos os tigres brancos; no Bellagio, vimos o show das fontes de água com música. Caminhamos pelo que pareciam quilômetros, embaixo do sol quente, antes de chegarmos ao Monte Carlo. Uma grande placa indicando o The Pub estava pendurada na lateral do imponente hotel.

Estávamos com calor e sede. De que outro sinal nós realmente precisávamos para saber que tínhamos encontrado o lugar onde deveríamos ficar?

O ar frio dentro do pub bateu na minha pele suada, provocando um arrepio que atravessou meu corpo e um pequeno tremor. Meus braços e pernas se arrepiaram, e não precisei olhar para baixo para saber que meus pelos não eram a única coisa proeminente na minha pele.

Os olhos de Chance se demoraram por um momento nos meus mamilos eriçados, mas depois se ergueram para encontrar os meus. Arqueei uma sobrancelha, mas não disse nada.

— Pode esconder essas coisas? — Ele balançou a cabeça e forçou os olhos para baixo, concentrando-se no cardápio do bar.

— Não posso evitar. Eles têm vontade própria. Ficam em estado de alerta sempre que querem.

— Sei como é — ele resmungou enquanto se remexia na cadeira.

— O que posso trazer para vocês? — perguntou a garçonete quase sem roupa. Chance não olhou para cima, mas respondeu rapidamente:

— Duas cervejas, por favor.

Gostei do fato de ele não ter notado a garçonete.

— E aí, o que quer fazer hoje à noite?

— O de sempre. Vinte e um, peitos e bebidas.

— Como é?

— Quando se vem a Vegas, é por três coisas: jogos de azar, mulheres seminuas e divertir-se como um astro do rock.

Um garçom nos trouxe talheres e sorriu para mim. Chance notou.

— Já temos a mulher seminua — resmungou.

— Bem, deixe-me ver se entendi. Você gosta de mulheres seminuas. Desde que não seja eu?

A garçonete trouxe nossas cervejas, e Chance tomou metade da caneca em um grande gole. Deus, por que sou fissurada em pomos de adão? Enquanto o observava, senti um frio na barriga.

— Gosto de você seminua. Mas só... no carro ou em uma barraca fechada. Não se exibindo por toda a cidade para que qualquer um possa ver.

— Você estava namorando a Piper quando aquele cartaz começou a ser vendido?

Ele semicerrou os olhos.

— Isso é diferente.

— Ah, é? Como?

— Eu estar sem camisa não tem o mesmo efeito que você andando por aí com esse top apertado da cor da pele com seios enormes pulando para cima e para baixo.

Bebi minha cerveja.

— Quer apostar?

Chance levantou as sobrancelhas.

— Princesa. Está sendo descarada de novo?

— Você gosta de descaramento? — perguntei com um sorriso malvado.

Ele riu e balançou a cabeça.

— Você está tentando me matar. Eu sabia.

Comemos dois hambúrgueres enormes e bebemos canecas de cerveja ainda maiores. Eu ia precisar de um mês para me desintoxicar depois dessa viagem.

— E aí, o que você quer fazer hoje à noite? — Chance perguntou enquanto caminhávamos até o *lobby* para reservar os quartos.

— O que você quiser.

Ele parou.

— É uma oferta perigosa, princesa. Você pode querer mudar sua resposta antes que eu decida.

Depois da confissão de Chance daquela manhã e a cerveja que havia me deixado um pouco tonta, eu estava me sentindo corajosa. Aproximei-me dele e sorri.

— O que você quiser. Sou sua para fazer o que te der prazer esta noite.

Ele gemeu, e eu fingi não perceber que ele ajeitou a bermuda algumas vezes enquanto fazíamos o *check-in*.

Levei menos tempo para me arrumar para o baile de formatura do que para sair naquela noite. Em geral, eu tentava domar meu cabelo, naturalmente ondulado, mas em vez disso encorajei-o a ficar desarrumado. Os olhos esfumados e os lábios com gloss combinavam com a sensualidade dos meus peep toe de salto, e o vestido simples preto mostrava minha boa forma nos lugares certos. No fim das contas, carregar todas as minhas coisas teve seu lado bom.

Aquele look não tinha nada a ver comigo e, definitivamente, eu não costumava sair assim à noite. Mas, quando Chance bateu e eu abri a porta, qualquer apreensão que eu estivesse sentindo sumiu.

— Porra. — Ele passou os dedos pelo cabelo.

Envaideci-me por dentro.

— Só preciso pegar a bolsa. Entra.

— Não, obrigado. Vou esperar aqui fora.

Se eu não pudesse tê-lo, ia me certificar de esfregar na cara dele tudo que estava perdendo.

Um grupo que parecia estar vindo de uma despedida de solteiro apareceu aos tropeços no hall de elevadores enquanto esperávamos. Eu meio que adorei quando Chance colocou a mão nas minhas costas em um discreto gesto de possessão. Adorei o fato de ele não a tirar dali, mesmo quando começamos a caminhar na rua.

— Para onde estamos indo?

Chance fez sinal para um táxi e abriu a porta para mim. Ele respondeu ao orientar o motorista.

— Spearmint Rhino, por favor.

Cinco minutos depois, estávamos parando em um estacionamento. A placa de neon dizia Spearmint Rhino. Mas, abaixo, havia uma explicação: *clube de cavalheiros*.

— Vamos a um clube de striptease?

— Sim. Você disse que a escolha era minha. — Ele piscou.

Embora eu nunca tivesse entrado em um, estava estranhamente mais intrigada do que aborrecida. O interior não era nada como eu havia imaginado. Acho que eu esperava escuridão e pisos grudentos. Mas, em vez disso, fiquei surpresa ao encontrar dois andares, um grande palco e uma decoração opulenta. No início, parecia mais uma boate elegante do que um lugar onde mulheres tiravam a roupa. Cadeiras circundavam o palco principal e havia uma área com sofás compridos para grandes comemorações. Outras áreas poderiam ser fechadas com cortinas para se ter privacidade. Algumas delas estavam fechadas; outras estavam abertas e eram convidativas. Observei enquanto duas mulheres atraentes conduziam um homem pela mão para uma área privativa atrás de uma porta.

Meus olhos absorveram tudo ao redor, mas, quando olhei para Chance, ele estava apenas observando a mim.

— Já esteve aqui antes?

Ele assentiu.

— Na despedida de solteiro de um colega, ano passado.

— Quer dizer que não costuma ir a lugares como este em seus encontros?

Chance riu e pegou minha mão.

— Só você, baby. Você ainda acha que sou mulherengo, não é?

Deixei que ele me levasse para uma cabine num canto. Era tranquila, quase privativa, mas não ficou assim por muito tempo. Uma dançarina usando apenas um fio dental, com um corpo que eu só podia sonhar em ter, sorriu quando se aproximou.

— Sua acompanhante gostaria de uma dança?

Ele olhou para mim, viu meus olhos arregalados e recusou graciosamente:

— Ainda não. Acho que vamos beber primeiro.

Ele voltou sua atenção para mim.

— Ainda concorda com a minha escolha de programa para a noite?

Aceitei o desafio.

— Claro.

Nós dividimos uma garrafa de vinho extremamente cara, e eu realmente me esqueci de onde estávamos por um tempo. Olhei em volta e suspirei.

— Onde eles acham todas essas mulheres perfeitas?

Chance esvaziou a taça.

— Só vejo uma.

— Isso foi fofo. Mas não posso levantar a perna sobre o ombro desse jeito. — Apontei para uma mulher que parecia ser de borracha. — Acho que ela ganhou de mim.

— Graças a Deus.

— Graças a Deus por ela ganhar de mim?

— Não. Graças a Deus que você não consegue fazer isso. Há limites do que um homem pode aguentar antes de quebrar. — Havia intensidade em seus olhos e senti como se eu pudesse quebrá-lo se forçasse um pouco mais. Só que eu não queria quebrá-lo. Eu o queria inteiro.

— E aí? Já passei no teste? Ou temos que pagar cem dólares por outra garrafa que custa nove?

— Só mais uma coisa antes de irmos.

Estava quase com medo de perguntar.

— O quê?

— Vou pagar uma lap dance pra você.

— E isso vai provar que não sou pudica de uma vez por todas?

— Não. Mas com certeza fará a minha noite ter valido a pena.

A lap dance não foi como eu esperava. Ela meio que... me excitou, e eu não sabia como processar aquilo. Eu gostava de homens. Nunca tive interesse em mulheres, então me senti um pouco confusa no caminho de volta para o hotel.

— Em que está pensando, Aubrey?

As ruas estavam lotadas como se fossem nove horas da manhã no centro de Manhattan, embora fosse quase uma da manhã em Las Vegas. Eu tinha bebido um pouco de soro da verdade demais... quer dizer, vinho. No banco de trás do táxi, apoiei a cabeça no ombro de Chance e respirei.

— Diz meu nome de novo?

— Princesa.
— Não, meu nome de verdade.
— Ah. Princesa pudica.
Dei uma cotovelada em seu peito e ri.
— Esse não. Gosto do jeito como você diz Aubrey.
— Ah, é?
— É.
— Tudo bem, Aubrey. — Ele colocou o braço em volta do meu ombro e me puxou para perto.
*AH-BREE.*
Firmemente aconchegada ao lado de Chance, cochilei por alguns minutos. Sua voz rouca dizendo meu nome com aquele sotaque incrível me aqueceu toda. Parecia tão bom que quase doeu pensar que, em breve, não estaríamos o tempo todo juntos.

# 8

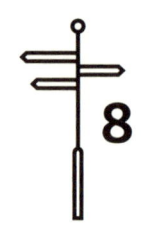

Uma batida em minha porta soou às oito da manhã. Eu estava acordada, mas não o suficiente para entrar em uma academia. No que estava pensando quando concordei em ir? Eu estava muito receptiva na noite anterior. O álcool havia me suavizado por um tempo, mas naquela manhã já me sentia tensa de novo.

— É muito cedo — resmunguei ao encontrar Chance. Ele estava incrivelmente sexy com um short de cintura baixa e tênis, mas nem isso era suficiente para afastar minha preguiça. Ele segurou a porta quando voltei para a cama e deslizei para debaixo do edredom.

Chance arrancou o cobertor de cima de mim.

— Que diabos você está fazendo?

— Levante e se anime, princesa.

— Não quero me levantar.

— Vai se sentir melhor depois que fizermos isso.

Ergui uma sobrancelha, e ele sorriu.

— Ah. Acho que te corrompi. Quem é o pervertido agora?

— Pervertido é alguém que tem comportamento sexual errado ou inaceitável. — Repeti a definição que ele tinha me dado quando estávamos discutindo sobre o fato de eu não admitir que me masturbava.

Ele riu. Mas também me pegou da cama e me levou para o banheiro.

— Viu o tamanho do hambúrguer que comeu ontem? Preciso ir à academia, e você vem comigo.

Franzi os lábios.

— Está me chamando de gorda?

— De jeito nenhum. Estou dizendo que gosto de olhar para a sua bunda torneada e sou egoísta. Quero que ela continue assim.

Revirei os olhos, mas entrei no banheiro e tomei banho. Quando saí, Chance estava deitado na cama, com as duas mãos atrás da cabeça enquanto assistia despreocupadamente a um jogo de futebol europeu.

— Sente falta de jogar? — perguntei. Era uma pergunta estúpida. Arrependi-me no momento em que as palavras saíram da minha boca.

— Sinto.

— Existe alguma forma de voltar? Não digo jogando, mas talvez treinando, liderando uma equipe ou algo assim?

— Já pensei nisso.

— E?

— Não terminei os estudos. Passei para a equipe profissional no segundo ano da faculdade. A maioria das universidades e até mesmo as escolas de ensino médio querem que os técnicos sejam formados. Serve de exemplo para os alunos.

— Então volte a estudar.

— Pode ser. Isso me manteria ocupado por uns dois anos.

Caminhei até a mala e peguei um top de ginástica e uma legging de lycra da mesma cor.

— Estou quase pronta, só preciso me trocar.

Dentro do banheiro, prendi o cabelo e vesti a roupa de academia. Gritei para Chance pela porta do banheiro enquanto escovava os dentes.

— O que vamos fazer? Eu gosto de ioga.

— Ioga não é malhar de verdade. Costumo treinar com pesos e correr na esteira por quarenta e cinco minutos.

— Certo. Talvez a academia tenha os dois e cada um possa fazer o que gosta. — Abri a porta do banheiro e saí, pronta para irmos.

— Você vai usar isso na academia?

Olhei para baixo. Minha barriga estava à mostra, mas não achei que estava muito sugestivo ou estranho.

— Qual o problema?

— Nada. — Ele desligou a TV e segurou minha mão no caminho até a porta. — Acho que vou fazer ioga hoje também.

Nos esforçamos para valer na academia. Ele fez uma aula de ioga comigo e então corremos lado a lado nas esteiras durante uma meia hora. Estávamos famintos quando acabamos. No dia anterior, tínhamos conversado sobre ficar mais uma noite, e eu toquei no assunto no caminho para o café da manhã.

— Estava falando sério sobre querer passar mais uma noite aqui?

— Ficaria para sempre se pudéssemos. — Essas coisinhas que ele dizia me davam esperança, mesmo que ele escrevesse as palavras *nunca vai acontecer* na minha testa.

— Bem, então esta noite é minha. Você escolheu nosso programa de ontem. Agora é a minha vez.

Chance semicerrou os olhos e me encarou por um bom tempo.

— Combinado.

— Ótimo. — Sorri. — Quero visitar Esmerelda Snowflake agora de manhã. Ele deve estar com medo.

— Estamos pagando um lugar cheio de regalias a oitenta dólares por dia para que cuidem daquela coisa. Ele está em um lugar espaçoso e dorme no ar-condicionado, sendo que normalmente vive por aí e anda na frente de BMWs em alta velocidade. E você está preocupada que ele esteja com medo?

— É o meu dia. Reclamei quando você escolheu o que íamos fazer?

— Só tive uma noite. Por que você vai ter um dia e uma noite inteiros?

— Porque sim.

Ele riu.

— Boa resposta, advogada. Você argumenta bem no tribunal?

— Cale a boca. — Arrumei uma desculpa qualquer. — Ganhei um dia e uma noite inteiros porque você me fez ir a um clube de striptease e ainda me pagou uma lap dance.

— Mesa para dois — disse Chance ao nos aproximarmos da recepcionista do restaurante. Ele voltou sua atenção para mim. — Você gostou. Acho até que ficou um pouco excitada.

— Não fiquei. — Meu rosto ficou vermelho.

Chance falou com a recepcionista quando ela nos acomodou. A mulher provavelmente tinha uns sessenta anos, não que ele se importasse.

— Ela ganhou uma lap dance de uma stripper na noite passada, e não quer admitir que gostou.

A mulher sorriu e balançou a cabeça. O sotaque jamaicano ficou nítido quando ela falou:

— Não se sinta envergonhada aqui, linda. O que acontece em Las Vegas fica em Las Vegas. Não tem nada de mais em apreciar uma lap dance. Pode voltar à sua postura conservadora na segunda-feira. Vou pegar café para vocês e podem se servir no bufê à vontade. — Ela se afastou.

— Vamos, admita. Você gostou da bunda daquela mulher se esfregando em você. — Chance encolheu os ombros. — Pode ter certeza de que eu gostei.

— Por que você gosta de me fazer admitir coisas constrangedoras? — Eu já tinha feito isso uma vez. Não tinha a intenção de revelar mais nada.

— Está falando de quando você admitiu que se masturba?

Senti o rosto esquentar. Levantei-me e fui para o final da fila do bufê, embora tivesse acabado de me sentar. Mas Chance segurou meu pulso e me fez parar.

— Nunca se sinta envergonhada por se satisfazer ou por curtir uma lap dance. É lindo, e você também.

※

Fomos dar um passeio no início da tarde e havíamos acabado de voltar de uma visita ao cabrito. O fofinho ficou muito animado e pulou em Chance, lambendo seu rosto quando chegamos. O coitado devia ter achado que nunca mais voltaríamos.

— Esmerelda Snowflake ficou tão feliz quando te viu.

— Meu rosto ainda está melado daquele ataque.

— Você sentiu falta dele. — Eu ri.

— O que vamos fazer com aquela coisa?

— Aquela *coisa*? Não se refira a ele assim. Ele é como nosso filho adotivo.

Chance parou e olhou para o céu, rindo.

— Nosso filho?

— Sim! Ele não tem mais ninguém além de nós neste mundo inteiro.

— Sério, Aubrey. Depois que a viagem acabar e nos separarmos, o que você vai fazer? Você não pode ficar com ele.

Meu coração de repente parou.

*Depois que nos separarmos.*

Minha cabeça estava tentando lidar com o fato de que ele tinha deixado implícito que essa viagem era o máximo que teríamos. De um jeito típico, sempre que Chance me dava um pouco de esperança de que algo estava rolando entre nós, ele a arruinava em seguida.

Fiquei em silêncio por um tempo antes de me forçar a falar.

— Vou tentar encontrar uma fazenda em que confie. Vou dar um jeito de ficar com ele até que tenha certeza de que estou fazendo a escolha certa.

— Justo. Ele tem sorte de ter você. — Ele estava me observando, tentando ler minha expressão desanimada.

— Já pensou no que quer fazer pelo resto da tarde?

— Quer saber? Não me importo. Você decide.

Chance parou de andar novamente e se virou para mim.

— Espera. Você está abrindo mão de escolher o que faremos hoje? Por que diabos você faria isso?

*Porque você simplesmente admitiu que não significo nada para você, e eu não quero estar ao seu lado agora.*

— Não estou com vontade de decidir nada.

— O clima ficou estranho, princesa. Não sei o que fiz ou disse desta vez, mas sinto que já te conheço bem o suficiente para saber que algo te irritou.

— Deixa pra lá, tá bom? Não temos muito tempo aqui. Não o desperdice tentando me decifrar. Às vezes, as pessoas ficam de mau humor. Ponto-final. Só escolha alguma coisa.

Seu rosto ficou sério.

— Você está bem?

— Sim. Eu juro.

— Sei que estava brincando com relação a isso antes... mas é aquela época do mês?

— Não!

Ele coçou o queixo enquanto estávamos de frente um para o outro, na calçada cheia de gente.

— Acho que sei do que você precisa, algo que vai aliviar toda a tensão que vem se acumulando aí dentro nos últimos dias.

— Ah, é mesmo?

Ele levantou as sobrancelhas.

—Ah, sim. Espere aqui. — Ele se afastou para fazer um telefonema.

Enquanto esperava em meio ao calor seco, prometi a mim mesma tentar ficar de bom humor. Eu tinha que aceitar a situação pelo que ela realmente era: uma viagem, nada mais, nada menos. Precisava aproveitar as últimas horas com ele e parar de exagerar.

Ao retornar, sua boca exibia um largo sorriso. *Aquelas covinhas*. Um lembrete de que minha nova postura não seria fácil de manter.

Segurando minha mão, ele disse:

— Vamos.

Eu não tinha ideia de para onde Chance estava me levando. Não saberia dizer se ele me levaria para tomar sorvete ou para seu quarto. Depois de caminharmos por cinco minutos, acabamos no hotel. Seguindo-o até o elevador, notei que ele apertou o botão para um andar diferente do nosso.

— O que tem no terceiro andar?

Ele piscou.

— Você vai ver.

Quando as portas se abriram, vi a placa: Tranquil Waters Spa.

— Vamos ao spa?

— Bem, você vai ganhar uma massagem.

Antes que eu pudesse pedir a ele que explicasse melhor, Chance caminhou até a recepcionista.

— Massagem para casal, reservada em nome de Bateman.

Não pude deixar de rir e balançar a cabeça.

— Massagem para casal?

— Sim. Vamos fazer juntos. Eu também estou precisando aliviar a tensão.

Uma mulher atraente se aproximou e piscou para ele.

— Por aqui.

*Vaca.*

Nós a seguimos por um longo corredor e entramos em uma sala com iluminação fraca.

— Tirem tudo, menos a cueca e a calcinha, e cubram-se com essas toalhas — disse ela. — Os massagistas virão em breve.

O local estava completamente tranquilo, exceto pelo som suave de uma música instrumental. O quarto cheirava a hortelã e havia velas elétricas cintilantes dispostas pelo espaço. Normalmente seria uma experiência relaxante, se não fosse...

— Você a ouviu. Tire a roupa — disse Chance, bruscamente.

Um arrepio percorreu meu corpo ao ouvir o tom dominante de sua voz.

— Você realmente acha que eu vou me despir na sua frente?

Em vez de responder à minha pergunta, ele segurou a camisa. Observei os movimentos dos músculos do seu abdômen enquanto ele a tirava lentamente. Se essa cena fosse um *gif* no Tumblr, eu a teria repetido inúmeras vezes.

Ele desabotoou o jeans e o deslizou para baixo antes de jogá-lo em uma cadeira. E então ficou na minha frente usando apenas a cueca boxer azul-marinho enquanto olhava descaradamente para o meu peito.

— Sua vez.

— Vire-se, então — falei, suavemente.

— Preciso mesmo? — ele brincou e abriu um sorriso irônico antes de se virar para a parede.

Tirando o top, olhei fixamente para os músculos definidos das suas costas e para a sua bunda. Ele estava parado debaixo de uma das lâmpadas da iluminação embutida. Ela iluminava seu traseiro delicioso como um projetor. A divisão das nádegas estava perfeitamente marcada através do tecido. Ele tinha a bunda mais fenomenal de todas. *Eu queria mordê-la.*

Quando soltei o sutiã e o joguei sobre sua calça jeans, sua respiração acelerou.

Envolvi-me na toalha branca macia e me deitei de barriga para baixo na mesa de massagem. Essa deveria ser uma experiência relaxante, mas eu definitivamente me sentia um pouco nervosa.

— Pode se virar.

— Você não é nada divertida — ele disse enquanto se deitava na mesa ao meu lado.

— O que você esperava? Que eu ficasse de pé na sua frente completamente nua?

— Não se pode sonhar?

Estávamos deitados de barriga para baixo com as cabeças viradas um para o outro. Ocasionalmente, seus olhos passeavam pelo meu corpo.

Ele sussurrou:

— Você está bem, princesa?

Algo no tom de sua pergunta apertou meu coração. Tentei relaxar. Eu ia manter a promessa de continuar de bom humor, ainda que isso me matasse.

— Sim, estou bem. — Quando ele levantou a sobrancelha com ceticismo, sorri. — Sério. Estou, sim. Foi uma boa ideia. Obrigada.

— Estou feliz que tenha gostado.

Depois de dez minutos de espera, eu começava a me perguntar se eles haviam se esquecido de nós quando a porta se abriu lentamente. Uma pequena mulher asiática chamada Anna caminhou para o lado de Chance. À minha esquerda, havia um homem grande e musculoso que se assemelhava ao ator Joe Manganiello.

O olhar de Chance ficou sério, e ele se virou para a mulher.

— *Ele* vai tocar nela?

— Pelo menos alguém vai tocar em mim — murmurei.

— Sim. Achamos que funciona melhor assim. Os homens tendem a ficar mais confortáveis com uma massagista, e as mulheres gostam muito do James. Algum problema?

Chance estava me olhando boquiaberto.

— Não. Problema nenhum — respondi, olhando diretamente para os olhos de Chance. — Prefiro um homem.

A voz de James era baixa e profunda.

— Por favor, desenrole a toalha e a deslize até a cintura. Você pode ficar de bruços.

*Isso era bom demais para ser verdade. O plano de Chance fracassara totalmente.*

Os olhos de Chance estavam colados nos meus movimentos enquanto eu me desvencilhava da toalha. Então seu olhar pousou na lateral do meu seio nu, pressionado contra a mesa.

Anna pingou óleo quente por toda a extensão das costas de Chance. Ele deveria ter fechado os olhos e relaxado. Em vez disso, estava olhando diretamente para James, que derramava o mesmo óleo em mim. Eu podia ver as costas dele se erguendo e baixando enquanto sua respiração acelerava.

James começou a esfregar o óleo em minha pele. Em certo ponto, suas mãos estavam massageando a parte inferior das minhas costas e praticamente apertando o topo da minha bunda. O olhar de Chance se transformou em algo meio mortal. Ele estava muito zangado, mas eu não conseguia deixar de me sentir feliz com isso.

Olhar aquela mulher tocando Chance da mesma maneira também estava me deixando muito irritada, mas eu estava mais preocupada com ele me observando e não conseguia descobrir se estava com ciúmes ou excitada. Provavelmente ambos.

Depois de vários minutos observando Chance seguir cada movimento das mãos de James, não pude deixar de perguntar:

— Você está bem?

Sua voz estava rouca.

— Não.

Ele estava mesmo se mordendo de ciúme. Eu não conseguia entendê-lo. Se ele soubesse que o tempo todo fiquei imaginando que era *ele* me tocando... Eu o queria mais do que qualquer coisa.

— Quanto tempo falta? — ele perguntou à mulher.

— Tente relaxar, senhor. Você está extremamente tenso.

Quarenta minutos depois, nossas massagens terminaram. Chance não tirou os olhos das mãos de James. Acho que a única razão para eu saber disso era porque eu não tinha tirado meus olhos *dele*.

Ficamos em completo silêncio quando Anna e James nos deixaram sozinhos para nos vestirmos.

Chance estava de costas para mim quando perguntei:

— Como está se sentindo?

— Mais tenso do que quando entrei.

— E por quê?

— Porque eu acabei de pagar trezentos e cinquenta dólares para ver um homem tocando você por uma hora.

— Então tudo bem uma mulher te tocar, mas eu não posso ser tocada por um homem?

Ele se virou de repente, antes de eu estar vestida, impelindo-me a cobrir os seios com a blusa.

— Não gosto que um homem toque em você quando eu não posso — ele falou, antes de se virar de novo, permitindo que eu terminasse de me vestir. Depois de alguns segundos de silêncio, ele finalmente disse: — Desculpe, princesa. Agi como um babaca.

*Eu realmente amava seu ciúme.*

— Você tem sorte por eu me sentir atraída por babacas. Cretinos abusados também. — Enfiando os braços na blusa, eu disse: — Pode se virar, idiota.

— Como eu fracassei na minha escolha, gostaria de te devolver a vez de escolher o que vamos fazer pelo resto do dia.

— Vou aceitar. Acho que nós dois precisamos nos refrescar. Além disso, estamos melados de óleo. Por que não ficamos na piscina?

— Eu topo.

— Espere... Não temos roupa de banho.

— Vamos comprar na loja lá embaixo. Por minha conta, se eu puder escolher a sua. — Ele piscou.

— Combinado.

— Sério? — Ele pareceu surpreso. — Você confia em mim?

— Sim. — Sorri. — Confio.

*Era a nova Aubrey. Despreocupada. Eu não ia me apegar a ele. Ia me soltar e me divertir.*

— Certo.

Chance me surpreendeu com sua escolha de biquíni. Havia alguns com tirinhas bem finas, mas ele escolheu um que tinha um sutiã esportivo simples e uma calcinha que cobria a maior parte da minha bunda. Era branco com bolinhas pretas e tinha um babadinho na parte de trás da parte de baixo. Ele também comprou um lustroso calção de banho preto que contornava seu traseiro lindamente.

Encontramos duas espreguiçadeiras brancas, uma ao lado da outra, e levamos alguns lanches e revistas. Era final de tarde e a piscina não estava lotada. Demos um mergulho juntos antes de retornar às espreguiçadeiras para relaxar. Até agora, era a minha parte favorita da viagem.

— O que você quer beber? — Chance perguntou.

— Algo gelado e com frutas.

Ele se levantou para ir ao bar. Algumas garotas o olhavam enquanto ele caminhava até o outro lado da piscina. Ele não parecia notar que atraía a atenção das pessoas frequentemente. Ou talvez notasse, só não era afetado por isso.

Depois que ele voltou com dois daiquiris, bebemos em silêncio.

Brincando com o guarda-chuva de papel da minha bebida, olhei para ele.

— Isso é legal.

Ele sorriu.

— Tenho certeza de que se eu pudesse escolher qualquer coisa para fazer no mundo agora, seria isso.

— Esta piscina é linda.

— Não é só o lugar. É a companhia.

Quando ele me olhou naquele momento, seus olhos me contaram uma história. Estavam me dizendo que ele estava sendo sincero. Eu acreditava que Chance me desejava, que queria estar comigo, mas que ele realmente não podia. O que quer que fosse que o estava segurando, era algo fora do seu controle. Esses sentimentos desagradáveis que eu estava tentando suprimir começaram a reaparecer, então enfiei o rosto em uma revista *In Touch Weekly*. Chance estava chupando um Pixy Stix vermelho quando senti um desejo repentino de algo doce e perguntei:

— Tem mais um?

— Claro que sim — disse ele piscando, enquanto pegava a bolsa de plástico que havíamos trazido, e me entregou um.

Comecei a chupá-lo e quase nada estava saindo. Então olhei para baixo e notei que havia um buraco na extremidade inferior do pacote. O pó de laranja tinha caído na minha barriga.

Chance riu.

— Garota bagunceira.

— Tem um guardanapo?

— Não precisa — disse ele. — Deixa comigo.

Antes mesmo que eu piscasse, Chance se inclinou sobre mim e abaixou a cabeça até minha barriga. Lentamente, ele passou a língua no meu umbigo, lambendo uma linha reta, até poucos centímetros dos meus seios. Contorci-me embaixo dele, sentindo uma perda total de controle enquanto ele lambia todo o pó doce.

— Humm — ele gemeu quando sugou a última porção de açúcar da minha pele e lambeu os lábios.

Minha respiração estava acelerada quando ele voltou ao seu lugar na espreguiçadeira. Chance me deixou sentada lá, completamente excitada, mas em estado de choque. Não conversamos sobre o que ele havia feito. Ele disse que tinha que usar o banheiro e desapareceu por um tempo.

Exatamente assim, todas as decisões que eu tinha tomado naquele dia foram destruídas.

# 9

Como eu ainda era a responsável por escolher as nossas atividades do dia, decidi que queria jantar em um bom restaurante.

Fomos parar no Foundation Room, que tinha uma vista incrível do alto de sessenta e três andares. Era temático, como uma antiga casa de campo, e acolhedor.

Depois de devorarmos o bolinho de siri de aperitivo, Chance escolheu bife e eu pedi garoupa.

Tentar não pensar em como me senti quando ele lambeu o açúcar do meu corpo não adiantou. Cada vez que olhava para seus lábios, ainda podia senti-los em mim.

Pedimos duas garrafas de vinho, que parecia fluir sem parar, assim como a conversa. Falamos por pelo menos duas horas. Chance me contou como foi crescer na Austrália e falou mais sobre os anos em que treinou duro para ter uma carreira no futebol que nunca aconteceu. Compartilhamos histórias sobre a luta dos nossos pais contra o câncer. Contei muitos detalhes sobre o fim do namoro com Harrison.

Eu estava me sentindo ainda mais próxima de Chance. No fim da noite, era como se eu soubesse tudo sobre ele, exceto sua vida atual. Esse parecia ser o grande buraco negro.

E, para me deixar ainda mais angustiada, ele recebeu um telefonema durante o jantar que fez com que se levantasse da mesa. Eu sabia que, quem quer que fosse, tinha algo a ver com o motivo de ele estar se controlando comigo.

Quando voltou para a mesa, meu coração estava acelerado ao perguntar:

— Quem era?

Ele me lançou um olhar mortal, e seu tom era sério.

— Ninguém importante, Aubrey.

Em vez de reclamar, bebi mais vinho. A cada gole, uma falsa sensação de felicidade superava minhas inseguranças. Fiquei extremamente feliz.

Quando saímos do restaurante, ele teve que colocar o braço ao redor da minha cintura para me manter equilibrada. Eu não diria que estava totalmente bêbada, mas estava, definitivamente, alegre. Assim como Chance.

Estávamos rindo sem motivo. Em determinado momento, passamos em frente a uma capela. Havia uma placa que dizia: *Casamentos de Mentira Aqui*.

Chance me parou no meio da calçada. O cheiro de álcool em seu hálito me atingiu quando ele falou perto do meu rosto.

— Case-se comigo, princesa.

— Como é?

— Temos um cabrito ilegítimo, um filho falso juntos. — Ele riu. — É justo que tenhamos uma cerimônia de casamento de mentira para fazer de você uma mulher honesta.

— Você é louco!

— Porra, podemos mandar uma foto para o Harry. Não seria incrível? — Seu sorriso travesso fez com que tremores de desejo despertassem em mim. — Vamos, vai ser divertido. — Ele me levou pela mão até a pequena capela branca.

Um homem grande vestido como Elvis estava sozinho na entrada.

— É uma boa noite para um casamento — ele nos cumprimentou de um jeito monótono.

— Precisa de reserva? — perguntou Chance.

— Estamos tranquilos esta noite. Pode ser agora mesmo, se quiserem.

Chance olhou para mim, e seus olhos embriagados estavam cristalinos.

— O que acha?

Dei de ombros.

— Não vai ter certidão de casamento. Não é de verdade. Então não tem problema, certo?

Preenchemos um formulário com alguns dados pessoais. Por meros cento e noventa e nove dólares, encomendamos a opção de casamento completo, que incluía a cerimônia, cinco fotos digitais, alianças de recordação, um buquê de flores artificiais e um vestido emprestado à minha escolha. Antes que eu percebesse, estava sendo conduzida por uma mulher de cabelo vermelho, crespo e volumoso chamada Zelda. Ela me levou a uma sala nos fundos, onde havia uma arara com diversos vestidos brancos, de diferentes formas e tamanhos. Zelda me fez experimentar alguns modelos, e acabei escolhendo um tomara que caia de renda estilo sereia, que era um pouco longo demais. Ele era bem decotado nos seios, mas era o único de que eu havia gostado.

Ela me ajudou a arrumar o cabelo em um coque baixo, com mechas emoldurando meu rosto. Eu não tinha ideia do que esperar quando voltei lá para fora.

A música começou a tocar.

— Está começando? — perguntei.

— Seu namorado deve ter escolhido uma música. Então, sim.

— Nós deveríamos escolher a música?

— Temos um acervo musical e geralmente deixamos o noivo escolher enquanto a noiva está se vestindo. É a melhor forma de aproveitar o tempo.

Reconheci que era "Marry Me"*, do Train. Mesmo que a coisa toda fosse uma encenação, não pude evitar o frio na barriga enquanto a música tocava. Por mais que eu soubesse que era falso, estava tão nervosa quanto estaria se aquilo fosse um casamento de verdade.

*Isto é ridículo! Por que estou tão nervosa?*

Zelda me entregou o pequeno buquê de lírios artificiais.

— Pronta?

Uma respiração profunda escapou.

— Claro. — De repente, comecei a me sentir sóbria. Aquele não era o momento para isso.

---

* "Marry Me", Pat Monahan, Sam Hollander; Columbia, 2009.

Quando apareci no início do pequeno corredor, Chance estava esperando com uma mão cruzada em cima da outra. Ele ainda estava usando a mesma camisa preta de botões que vestia no jantar, mas havia uma pequena flor presa em sua lapela. Ele parecia tão bonito e... *nervoso* também. Era uma experiência muito estranha.

Enquanto a música tocava, caminhei lentamente em sua direção. Meu coração estava batendo forte sob a renda apertada que abraçava meus seios. No meio do corredor, tropecei no vestido e quase caí. Chance engasgou e começou a rir. Não pude deixar de rir também. Isso definitivamente aliviou o clima pelo resto do trajeto.

Zelda apontou para o meu buquê enquanto se posicionava na diagonal atrás de mim. Aparentemente, ela também era minha dama de honra. Elvis começou a falar:

— Irmãos e irmãs, estamos aqui reunidos hoje para testemunhar a união de Chance Engelbert Bateman e Aubrey Elizabeth Bloom em sagrado matrimônio...

— Engelbert?

Ele piscou e sussurrou:

— Não.

Elvis continuou:

— Que é uma instituição honrosa e não deve ser decidida de forma impensada ou rápida, mas com reverência e sobriedade.

— Não exatamente sóbrio — confessou Chance.

— Se alguém se opõe a este matrimônio, fale agora ou cale-se para sempre.

Olhamos para os assentos vazios. Era possível ouvir um alfinete cair.

— Quem oferece esta mulher em casamento a este homem?

Zelda falou atrás de mim:

— Eu.

— Usarão os votos padrão ou têm o seu?

Respondemos ao mesmo tempo:

— Padrão — falei, enquanto Chance soltou:

— Tenho o meu.

— Você tem o seu? — sussurrei.

— Sim. — Ele sorriu.

— Vamos começar com a noiva, então. — Elvis recitou o voto padrão, e eu o repeti, palavra por palavra.

Então chegou a hora de Chance falar.

Ele fez uma pausa, fechou os olhos por um instante e olhou nos meus enquanto segurava minhas mãos.

— Aubrey, desde o instante em que nos conhecemos, quando você abriu sua boca esperta e me chamou de idiota, soube que era uma pessoa surpreendente. Primeiro, achei que você era reservada. Mais tarde, percebi que era só um mecanismo de proteção. Você havia sido magoada e não queria deixar ninguém se aproximar. Às vezes, aqueles que usam os maiores escudos são os que protegem os maiores corações. Meu avô costumava dizer que, se eu quisesse saber o tamanho do coração de uma pessoa, era só observar como ela trata os animais ou aqueles que não podem oferecer nada em troca. Por alguma razão, você decidiu confiar em um cara qualquer para que ele descobrisse que você tem o maior coração que existe. Você é tão bonita por dentro quanto por fora. Você transformou o que começou como uma viagem horrível na aventura de uma vida. Você não pode sequer imaginar quanto esse tempo ao seu lado significou para mim. Se você não tirar nenhum proveito disso, lembre-se de que merece ser feliz.

Lágrimas brotavam em meus olhos.

*Ai. Meu. Deus.*

Ele me pegara tão desprevenida que me atordoou. Era bonito, mas também soou muito como uma enigmática despedida.

Não havia nenhum traço cômico em sua expressão. Ele foi muito sincero em tudo.

Não ouvi mais nada que o Elvis disse até:

— Pelo poder investido a mim pelo estado de Nevada, pode beijar a noiva.

Eu não estava mais olhando para Chance. Só balancei a cabeça várias vezes para que Elvis soubesse que deveria pular essa parte, que Chance e eu não faríamos isso.

— Não vamos nos beijar.

A próxima coisa que percebi foram as mãos grandes e quentes de Chance segurando meu rosto quando ele se inclinou e rosnou pertinho da minha boca:

— Você é que pensa que não vamos.

Mais que depressa, seus lábios devoraram os meus. Minhas pernas estavam bambas. Meu coração batia fora de controle enquanto ele pressionava o corpo contra o meu. Ele abria minha boca com a língua enquanto ia em busca da minha. Incapaz de me saciar do sabor doce de sua respiração, eu a abri ainda mais, deixando-o entrar. Ele gemeu quando ergui as mãos para segurar seu cabelo sedoso e só parou de me beijar para morder de leve meu lábio inferior antes de soltá-lo. Então o beijo ficou mais faminto. Eu não tinha ideia de quanto tempo havia durado porque a noção de tempo não existia mais para mim.

Elvis tossiu.

— Ótimo. Isso foi bom. Temos outro casal esperando para juntar os trapos.

Chance se afastou.

Completamente atordoada, olhei para ele. O cabelo dele estava todo desarrumado por causa das minhas carícias. Seu olhar era penetrante e ele parecia tão confuso quanto eu.

*O que diabos acabou de acontecer?*

⁂

O clima mudou quando saímos da capela e encontramos dois casais à espera no *lobby*. O primeiro parecia prestes a pular o casamento e partir para a lua de mel – bem ali. O noivo vestia um terno com a bandeira norte-americana, com uma calça vermelha, um paletó azul repleto de estrelas, camisa branca e uma gravata listrada vermelha e branca. Quando parou de sugar o rosto da falsa noiva, ele a pegou no colo e então vi que ela usava um traje que combinava com o do futuro marido – um biquíni da bandeira americana.

— Você fala russo? — o noivo perguntou a Elvis, que nos seguira até a entrada com Zelda a tiracolo.

Elvis balançou a cabeça.

— Serviços bilíngues são extras. Vai ser preciso contratar um.

— Quanto vai me custar?

— Cento e cinquenta dólares. Temos que pagar o tradutor.

O noivo patriótico colocou a mão no bolso e tirou um pequeno maço de notas. Ele franziu a testa, e a falsa noiva começou a gritar algo em um idioma que eu só podia presumir ser russo. Ela bateu com o pé e balançou os braços enquanto falava.

Chance riu e se inclinou na minha direção.

— E eu que pensei que você era uma cretina.

— Ei. — Bati em seu abdômen.

Ele sorriu, e eu me senti dividida entre estar triste pela tensão sexual ter diminuído e aliviada por parecermos ter voltado ao normal. Chance me estendeu a mão.

— Sra. Bateman?

*Merda. Gostei de como isso soou. Muito.*

Coloquei minha mão na dele, e Zelda correu.

— Gostariam de fazer as fotos do casamento aqui dentro ou lá fora? Temos um lindo gazebo e uma lagoa lá trás. Tem até um cisne na lagoa. Ele está com uma asa machucada, mas fica lindo ao fundo das fotografias.

— Vamos fazer aqui dentro — Chance respondeu rapidamente.

— Mas o cisne parece legal.

— Não temos espaço para outro animal de estimação. Não vou te deixar perto daquela coisa.

Revirei os olhos.

— Podemos simplesmente ignorar as fotos.

— Sem chance, princesa. Harry precisa de uma dessas belezuras. — Um sorriso malicioso apareceu no canto dos seus lábios enquanto os olhos focavam meus seios, que ficavam bastante expostos naquele vestido justo. — Além do mais... você... nesse vestido... é a melhor imagem para se bater uma no banheiro.

— Pervertido.

Posamos para quatro fotos. Era uma lembrança terrível das fotos do baile de formatura. Na última, Zelda fez uma sugestão.

— Que tal algo romântico agora?

Olhei para ele e o desafiei, rindo.

— E aí, fala mansa, que tal algo romântico?

Zelda trocou o fundo. Já não estávamos de pé na frente do velho e famoso letreiro de neon de Las Vegas. Havíamos sido transportados para uma suíte de lua de mel. O fundo era uma foto de uma cama grande repleta de pétalas de rosa e havia velas acesas. Era tão ridículo e extravagante que não pude deixar de rir.

— Vamos. É nossa noite de lua de mel falsa. Aí está a nossa cama. Você não tem algo romântico a dizer?

Chance olhou para trás, observou a cena e se virou para mim.

— Não sou exatamente o tipo romântico.

— Que surpresa.

Ele levantou as sobrancelhas e olhou para mim por um segundo antes de se inclinar para sussurrar em meu ouvido:

— O que acha disso? Se essa fosse a nossa cama, e eu tivesse a sorte de te ter como minha esposa... — Ele fez uma pausa e respirou fundo, exalando o calor no meu pescoço. — Se eu tivesse a sorte de ter você, tomaria cada centímetro desse corpo. Pela primeira vez na vida, você desistiria desse controle ao qual se agarra tão firme. Eu exigiria e você me daria de bom grado. — Ele praticamente rosnou o resto. — Essa cama. Eu transaria com você de um jeito bem romântico. — Ele se afastou para olhar para mim. Nossos narizes estavam se tocando, mas nenhum de nós se inclinou para formalizar a conexão. Não era necessário.

Zelda interrompeu:

— Lindo. Acho que captei o momento. Parece que no fundo você é um romântico, sr. Bateman.

Chance sorriu. Continuei no lugar, incapaz de me mover.

— Para minha sorte, parece que a minha noiva gosta do meu estilo de romantismo.

# 10

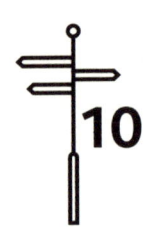

Já estávamos sóbrios quando voltamos para o hotel, embora ainda me sentisse desequilibrada. Eu estava embriagada, mas não só de álcool. Ainda estávamos usando as alianças de bijuteria barata que eram lembranças do nosso casamento de mentira e, quando chegamos à porta do meu quarto, Chance me pegou no colo.

— Tenho que carregar minha esposa para dentro.

Coloquei meus braços ao redor do pescoço dele e me inclinei contra seu peito quando ele destrancou a porta com uma só mão.

— De onde será que vem essa tradição? É para o homem poder demonstrar o quanto é forte?

— Acho que isso começou porque as esposas ficavam nervosas por perder a virgindade.

Bufei.

— Bem, pelo menos não precisamos nos preocupar com isso.

Os olhos de Chance me encararam. Ele nem tentou esconder o ciúme. Isso me deu uma ideia.

— Você quer se casar algum dia? — perguntei.

— Algum dia? Achei que tínhamos acabado de fazer isso. — Ele me colocou no chão dentro do meu quarto.

— Estou dizendo de verdade. Eu me pergunto quem vai me carregar quando eu me casar de verdade.

Os olhos de Chance estavam sérios.

— Não quero pensar nisso.

Continuei provocando.

— Talvez a empresa nova esteja cheia de solteiros interessantes.

— Iguais ao Harrison?

Dei de ombros e me sentei para tirar o sapato de salto alto.

— Decidi que não vou mais permitir que ele me deixe pra baixo. Faz dois meses que estou me lamentando. Quando me instalar na Califórnia, vou voltar pra pista. — Olhei para cima e sorri.

Chance ainda estava perto da porta.

— E aí? Nenhum comentário sacana sobre eu tomar cuidado para não ser atropelada? Você está deixando a desejar.

A mandíbula dele tensionou.

— Talvez você devesse usar aquela sua varinha mágica de novo, em vez de apressar as coisas.

Levantei-me e caminhei até ele, virando de costas e puxando o cabelo para o lado.

— Pode abrir o zíper? — O quarto ficou em silêncio por um bom tempo antes que eu sentisse as mãos de Chance me tocarem. Uma delas segurou meu quadril com firmeza, quase como se ele tivesse que segurar com força para mantê-lo no lugar. A outra alcançou o zíper. O som do zíper sendo aberto lentamente foi bastante erótico.

*Sério, o que havia de errado comigo?*

Nenhum de nós se moveu. O ar ao nosso redor ficou tenso.

— Chance? — sussurrei. Nem reconheci minha voz. Estava muito baixa e rouca.

Seus dedos afundaram ainda mais no meu quadril. Quase doeu, mas ao mesmo tempo me excitou. Esperei que ele dissesse alguma coisa. Qualquer coisa. Fiquei esperando. Nenhum de nós se moveu.

— Chance? — Tentei me virar para encará-lo, mas suas mãos me mantiveram no lugar.

— Não. Preciso ir, Aubrey. — Ele fez uma pausa e respirou profundamente. — O cara que conseguir te carregar de verdade vai ser um cretino de sorte.

Não me virei até ouvir a porta do meu quarto se fechar. Não queria que ele me visse chorar.

Ele voltou duas horas depois. A porta de comunicação entre os nossos quartos estava aberta o suficiente para que eu pudesse ouvi-lo se mexer. Minha cabeça estava girando, e a ideia de nunca mais vê-lo depois que a viagem terminasse me doía o estômago. Passei mais de um ano com Harrison, e o dia em que me mudei não doeu tanto quanto isso.

Deitar na cama sabendo que Chance estava tão perto fisicamente, mas que não podia tocá-lo, me deixava louca. Continuei repetindo suas palavras várias vezes na minha cabeça, dissecando cada conversa que era capaz de recordar. Ele me disse que eu era bonita. Tinha contado as coisas que fantasiava fazer comigo em detalhes vívidos. Disse que o homem com quem eu me casasse teria sorte. Suas palavras demonstravam que ele me queria. Seus olhos também. Seu corpo, sua respiração, a maneira como ele olhava para o meu corpo, como se estivesse se agarrando ao último resquício de controle.

Eu tinha certeza de que ele me queria – algo que finalmente eu havia aceitado. Ele simplesmente… não podia. Essas foram as palavras dele. Como se fosse errado se permitir. Eu sabia que ele estava tentando me proteger de tudo o que o prendia. Mas eu não queria que ele me protegesse. Queria transar até me esquecer de quem eu era. E era hora de assumir o controle da situação. Sou uma mulher, droga. Ouça o meu rugido.

Com a adrenalina correndo nas veias, fui para o banheiro, lavei o rosto e deixei meu rabo de cavalo frouxo. Tirei a camisola e olhei meu reflexo no espelho. A lingerie que eu estava usando era bonita – um sutiã rosa-claro de renda e uma calcinha *boy short* da mesma cor. Mas eu estava cansada de fugir. Tirei a calcinha e o sutiã e olhei para o meu reflexo no espelho.

Minhas bochechas estavam coradas e meu corpo tonificado e, pela primeira vez em muito tempo, gostei do que vi. Não havia tempo a perder. Eu tinha que fazer isso agora, antes que me acovardasse. A cada subida e descida do meu peito, a coragem começava a desaparecer. Olhei para mim uma última vez, respirei fundo e fui para a porta que nos separava.

*Aí vai a leoa.*

Chance estava saindo do banheiro quando entrei. Ele não usava nada além de uma toalha branca enrolada na cintura. Estava escuro, mas as luzes que entravam pelas janelas iluminavam o quarto o suficiente para que eu pudesse vê-lo. Gotas de água cintilavam em seu peito. Ele era literalmente de tirar o fôlego, porque meu coração estava batendo violentamente e parecia que todo o oxigênio tinha sido sugado dos meus pulmões quando ele me viu.

Ficamos nos olhando por um instante. A tensão em sua mandíbula enquanto tentava encarar meus olhos era uma prova de quanto ele tentara resistir. Mas a batalha que estava travando foi perdida quando seus olhos baixaram. Assisti a cada segundo enquanto ele me observava. Primeiro, meus seios – mamilos eriçados, retesados e à espera – o cumprimentaram. Chance arquejava. Senti a carícia do seu toque em minha pele enquanto seus olhos continuavam descendendo. Ele se prolongou para apreciar minha cintura estreita, as curvas do meu quadril e minha barriga lisa. Nossas respirações estavam entrecortadas e rápidas quando seus olhos desceram ainda mais, observando o V no alto das minhas coxas. Eu estava molhada e nem tínhamos nos tocado ainda. Quase perdi a cabeça quando ele umedeceu os lábios.

— Aubrey — ele gemeu em advertência. Parecia que estava sentindo dor física. — Eu...

Ele estava prestes a me rejeitar de novo, e eu não permitiria isso de jeito nenhum. Eu o queria desesperadamente – mesmo sabendo que só receberia uma parte. Pressionei o dedo em seus lábios e o silenciei. Seu rosto transpareceu o choque quando arranquei a toalha ao redor de sua cintura. Eu a segurei na frente do seu rosto e delicadamente a deixei cair no chão.

Chance estava gloriosamente duro, e eu o desejava mais do que jamais desejei qualquer coisa na vida.

— Precisamos consumar nosso casamento.

Ele fechou os olhos e, por alguns segundos agonizantes, esperei. Quando reabriu, estavam diferentes. Suas pupilas estavam dilatadas, selvagens e loucas, cheias de desejo e necessidade. Era como me olhar no espelho.

— Sente-se na mesa. — Ele ergueu o queixo sinalizando as janelas, que iam do chão ao teto. Uma mesa comprida estava posicionada para que fosse possível se sentar e olhar a vista. Sua voz tinha um tom severo e exigente que eu nunca havia escutado. Isso deixou meus joelhos fracos enquanto eu atravessava o quarto e me sentava onde ele instruíra.

— Eu fantasio sobre você todas as noites quando vou para a cama e acordo com uma imagem sua na cabeça e de pau duro todas as manhãs.

Eu sabia que ele estava atraído por mim, mas sua admissão refletiu o nível de pensamentos obsessivos que eu tinha a seu respeito. Isso me encheu de coragem de novo.

— Mostre. Mostre como você nos vê quando fantasia. Quero transformar seus sonhos em realidade.

Seus olhos brilharam, e os lábios se curvaram em um sorriso malicioso.

— Meus sonhos não têm arco-íris e pombas brancas. Neles, estou puxando o seu cabelo enquanto te fodo em cima da mesa. Quer transformar meu sonho em realidade, princesa? — Ele me rodeou e ficou de frente para onde eu estava sentada.

Engoli em seco e assenti.

As covinhas apareceram. Não era necessário pegar pesado comigo, pois eu já estava perdida.

— Abra as pernas.

A forma como ele me olhava tornou mais fácil me despir das inibições.

— Você tem os seios mais perfeitos que já vi na vida. Mas essa boceta... é ainda melhor do que eu imaginava.

Tremi.

— Você tem uma boca muito suja.

Ele baixou a boca em direção aos meus seios e olhou para mim. O azul número treze queimava.

— Você vai gostar ainda mais da minha boca suja depois desta noite.

Fechei os olhos enquanto ele abocanhava meu mamilo direito. Ele girou a língua enquanto lambia e chupava e depois o pegou entre os dentes e puxou com força antes de alternar para o esquerdo.

Um gemido suave saiu dos meus lábios, e forcei meus olhos a se manterem abertos para vê-lo. Chance estava me devorando com sua boca pecaminosa. A realidade era mesmo melhor que a fantasia que se repetira na minha cabeça. Depois de passar um tempo venerando meus seios, sua língua traçou o caminho até meu umbigo. Então ele ficou de joelhos.

Suas mãos empurraram minhas coxas.

— Abre mais.

Puta merda, como eu queria sua boca lá embaixo. Agarrei a beirada da mesa com tanta força que os nós dos meus dedos ficaram brancos.

Ele deu uma boa olhada. Eu estava sentada na frente dele tão nua e exposta que senti um ímpeto incontrolável de fechar as pernas e me cobrir. Mas então ele umedeceu os lábios de novo. Chance estava realmente salivando antes de me provar. Foi a coisa mais erótica que já vi na vida.

Ele se inclinou para perto e assoprou de baixo para cima sobre meu sexo. O ar frio se juntou à minha umidade, e cada nervo do meu corpo entrou em choque. Minha respiração estava completamente errática só com a antecipação. Eu não podia me imaginar capaz de respirar quando sua boca estivesse em mim.

Ele ergueu a cabeça, e nossos olhares se encontraram.

— Olha pra mim, Aubrey. Quero que você me observe enquanto devoro até a última gota dessa sua boceta doce.

Eu não conseguia responder. Qualquer coisa que saísse da minha boca seria completamente incoerente. E ele não esperou por uma resposta. Chance puxou minha bunda para perto da beirada da mesa e enterrou o rosto entre as minhas pernas. Invadindo-me, ele chupou e lambeu, provocando e levando meu corpo à beira do orgasmo e então se afastando, diminuindo a sucção e o ritmo. Ele não estava me deixando gozar. Cada vez que minha respiração começava a ficar regular, ele começava tudo de novo. Era impiedoso e enlouquecedor, e eu estava começando a me desesperar.

Quando eu estava perto do orgasmo novamente e ele começou a diminuir o ritmo pela terceira vez, agarrei seu cabelo. Minhas mãos seguraram suas mechas grossas e úmidas, e eu o puxei, incitando-o a continuar.

— Chance, eu... preciso...

— Ainda não.

Parte de mim queria matá-lo, mas essa parte foi silenciada pela outra que precisava desesperadamente encontrar o clímax.

— Por favor. Eu preciso...

— Ainda n...

Ele não teve chance de terminar a frase. Agarrei seu cabelo com força e impeli seu rosto contra mim. Eu o ouvi dar uma risadinha maliciosa. Então ele voltou a lamber e morder com intensidade, empurrando a língua para dentro e para fora de mim até me levar de volta ao meu limite. Quando eu estava perto do clímax, ele sugou meu clitóris e provocou ondas de prazer. Sussurrei seu nome enquanto o orgasmo tomava conta de mim. Ele não parou até que meu corpo estivesse fraco e fosse difícil ficar na vertical.

Chance me levantou da mesa e me levou para a cama, deitando-me gentilmente sobre ela. Apenas um minuto antes eu tinha gozado, mas vê-lo nu havia me recarregado. Ouvi o som do pacote de preservativo sendo aberto e observei enquanto Chance o colocava. Sua mão deslizou pela ereção grossa, e meu corpo acordou novamente. Ele era bonito da cabeça aos pés e em cada centímetro firme no caminho.

Quando ele terminou, estendi a mão e entrelacei os dedos nos dele. Ele subiu na cama e levantou nossas mãos entrelaçadas acima da minha cabeça, imobilizando facilmente meus braços. Pairando sobre mim, alinhou perfeitamente a cabeça do pênis com a minha vagina. Ele procurou meu rosto, quase o estudando antes que nossos olhos se encontrassem. Então me beijou com doçura enquanto gentilmente me penetrava. Ele entrou e saiu devagar algumas vezes antes de se cravar por inteiro. Ele gemeu e se manteve parado por um breve momento enquanto seu rosto me dizia que estar enterrado dentro de mim era muito bom. Ele não queria mover nenhum músculo.

Envolvi minhas pernas ao redor das suas costas, e a nova posição lhe permitiu penetrar ainda mais fundo.

— Porra. — Ele fechou os olhos e inclinou a cabeça para trás. Eu adorava vê-lo lutando para se conter.

Encontramos nosso ritmo juntos com facilidade e nos movíamos com paixão. Nossos corpos estavam molhados de suor. Deslizávamos para cima e para baixo e seu quadril girava, até que começamos a tremer. Gemi quando senti que ele começava a se desfazer. Seu ritmo acelerou, e ele entrava em mim cada vez mais fundo até que gozamos juntos enquanto nos olhávamos nos olhos.

Horas haviam se passado, e eu estava exausta de muitos outros orgasmos quando finalmente adormeci. Cheia de novas promessas e esperanças, a última coisa que me lembro de pensar enquanto caía no sono era que eu mal podia esperar para acordar na manhã seguinte para estar com Chance de novo.

⁂

O sol brilhava através das janelas, aquecendo meu corpo nu. Eu não tinha ideia de que horas eram, mas sabia que já estava no começo da tarde. Espreguicei-me. Meus músculos doíam, embora fosse o tipo de dor de que eu gostava. Tive namorados e uma vida sexual saudável. Até a noite anterior, eu diria que meus flertes tinham sido um tanto quanto satisfatórios. Mas o que acontecera entre mim e Chance colocou meu passado em uma categoria vergonhosa.

Sorrindo, virei-me na cama, ansiosa para me reconectar fisicamente. Encontrando o lugar de Chance vazio, tentei ouvir onde ele estava. O quarto estava silencioso, mas, um minuto depois, uma batida na porta respondeu à minha pergunta. Enrolei o lençol no corpo e fui atender. Uma camareira estava empurrando um carrinho quando eu abri a porta esperando encontrar Chance.

— Hummm. — Apertei mais o lençol contra o corpo. — Pode voltar daqui a pouco? Faremos o *check-out* mais tarde.

A mulher olhou para o relógio e para mim.

— Quinze minutos?

Eu não estava com vontade de correr para me arrumar, mas assenti assim mesmo. Depois que fechei a porta, olhei ao redor dos dois quartos, embora soubesse que estava sozinha. Havia uma sensação irritante na boca do meu estômago – eu não queria que a viagem acabasse. Chance não me dera nenhuma razão para acreditar que as coisas entre nós continuariam quando chegássemos à Califórnia. Na verdade, desde o início ele tinha sido bastante claro sobre a viagem ser o fim da linha. Mas a noite anterior não teria mudado tudo? Queria acreditar que sim, apesar do que estava sentindo.

No chuveiro, fechei os olhos e pude ver Chance pairando sobre mim nas primeiras horas da manhã. Era a nossa terceira rodada e foi muito diferente das anteriores. A corrida frenética e desesperada para estarmos juntos havia acalmado e, lentamente, demonstramos nossas emoções em cada movimento. Eu tinha feito sexo antes, mas, até aquele momento, nunca tinha feito amor.

A água morna do chuveiro caía sobre a minha pele enquanto eu repassava aqueles últimos momentos sem parar.

— Você é uma mulher incrível — disse Chance. — Obrigado por realizar minhas fantasias. Espero que todos os seus sonhos se realizem. Você merece, Aubrey. — Naquele momento, pensei que era um sentimento bonito. Mas, de repente, uma intensa vontade de vomitar atingiu meu estômago e meus olhos se abriram. Ele estava dizendo adeus.

## 11

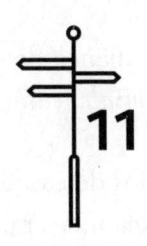

Fiz *check-out* dos dois quartos e fiquei sentada no *lobby* por seis horas. Era algo ridículo. Todas as roupas dele haviam sumido. Obviamente, ele não tinha a intenção de voltar quando fugiu enquanto eu estava dormindo. Por alguma razão, me recusei a ir embora. Sentada em um sofá de couro no *hall* grande e movimentado, eu olhava para as portas de entrada do hotel. Quem sabe ele mudasse de ideia? Talvez ele tivesse entrado em um ônibus e seguido por metade do caminho até a Califórnia e, em seguida, tivesse se arrependido por ter ido. E se ele voltasse e eu não estivesse ali? Então me lembrei de que ele tinha meu número de telefone e não havia ligado. A realidade estava parecendo cada vez pior.

Um casal atravessou a porta da frente de braços dados. Ela estava usando um vestido branco justo com um véu longo e carregava um buquê redondo de rosas vermelhas. Ele vestia um terno com a gravata solta no pescoço e uma rosa presa à lapela. Observei enquanto ele a puxava para si em um beijo longo e apaixonado antes de ir para a recepção sorrindo. Lágrimas rolaram pelo meu rosto. Não era a primeira vez hoje.

— Recém-casada? — Uma mulher mais velha, carregando um recipiente transbordando de moedas, sentou-se na minha frente. Seus cabelos brancos estavam penteados com tanto laquê que talvez pudessem resistir a um tufão. O olhar vazio em meu rosto era um indicativo de que a minha cabeça estava em outro lugar.

— O quê?

Seus olhos apontaram para as minhas mãos. Eu estava distraidamente girando o anel no dedo. *Meu anel de casamento.*

— Ah. Não. Não é uma aliança de casamento de verdade. Foi... uma brincadeira. — *Com a minha cara.*

Ela assentiu.

— Eu faria cinquenta anos de casada na semana que vem.

Presumi que o marido dela morrera.

— Sinto muito.

— Pelo quê?

— Você disse "faria". Seu marido faleceu?

— Imagina. Não tenho tanta sorte. O cretino era um mentiroso, infiel e viciado em jogos de azar.

— E o que você fez?

— Assumi meu papel de mulher, dei um pé na bunda dele e me divorciei há quase quarenta anos.

Sorri – pela primeira vez desde o banho dessa manhã.

— Aí está. Uma garota bonita como você deve estar sempre com um sorriso no rosto.

— Obrigada.

— O que o cretino fez? — O nome que ela usou para o homem que me magoou não passou despercebido.

Balancei a cabeça.

— Foi embora sem se despedir.

— Parece que ele é um covarde.

Eu havia sido humilhada e me sentia uma tola. Mas ela estava certa, e eu só estava piorando as coisas ao ficar ali sentada esperando por ele – eu sabia que ele não voltaria. Odiava admitir, mas Chance era, sim, um covarde. Um babaca egoísta que não tinha hombridade nem para dizer adeus. Deixei escapar um suspiro frustrado e fiquei de pé.

— Obrigada.

— Pelo quê?

— Por me lembrar de que preciso assumir meu papel de mulher.

❦

O proprietário do hotel para animais me cumprimentou com um sorriso.

— No geral, ele ficou muito bem. Só nos assustou pra caramba quando caiu duro no chão. Mas nos lembramos do que você disse sobre os desmaios. Demos um banho nele. Ele está limpo e renovado para a viagem de volta.

Esmerelda Snowflake correu para os meus braços antes de andar ao meu redor várias vezes. Ele parecia nervoso. Levando-o por uma coleira, caminhamos para o meu carro abarrotado no estacionamento. Esta era a última parada antes de deixar Las Vegas.

Eu estava andando como um zumbi. Nada disso parecia real. A qualquer momento, ainda meio que esperava ouvir a voz dele soando atrás de mim.

*AH-BREE.*

*"Não achou que eu te deixaria mesmo, não é, princesa?"*

Meu peito parecia esgotado, como se pudesse explodir a qualquer momento, mas o choque me impedia de soltar a tristeza e o desespero que estavam presos dentro de mim.

Deixei Esmerelda na parte de trás e me sentei no banco do motorista, incapaz de reunir forças para ligar o carro. Olhando para trás, eu disse:

— É isso. Somos só nós dois agora. Está pronto?

O cabrito me assustou ao pular para o banco da frente. Observei enquanto ele cheirava várias vezes o banco do carona e soltava uns "béé" altos e frenéticos. Parecia que ele realmente estava tentando falar comigo.

Eu me perguntava se ele sabia que Chance não ia voltar. Os animais são estranhos assim.

— Ele se foi. Chance não está mais aqui — falei, esfregando suavemente a parte de trás de sua cabeça peluda e engolindo a dor das minhas palavras. Repeti em um sussurro: — Ele se foi.

O animal começou a dar voltas no banco até que finalmente parou e apoiou a cabeça ali.

Nada poderia ter me preparado para o que aconteceu em seguida.

Algo que soou como um gemido escapou de sua boca. *Ele não podia estar chorando.*

À medida que os sons ficavam cada vez mais altos, cheguei à conclusão de que ele estava, sim, chorando. Esse animalzinho fofo queria o Chance e compreendeu o que eu disse ou pressentiu aquilo.

Quando ele me olhou com olhos tristes, finalmente desabei. A emoção me atingiu quando inclinei a testa contra o volante e solucei. Em pouco mais de uma semana, encontrei minha maior felicidade e sofri meu maior desgosto. Era como se eu tivesse nascido de novo só para ser destruída pela mesma coisa que me dera um novo sentido para a vida.

Mesmo tendo dormido comigo havia menos de vinte e quatro horas, Chance parecia muito distante, como se tudo tivesse sido um sonho. A dor entre as minhas pernas provocada pela nossa única noite juntos – nossa primeira e última – era a única evidência de que tinha sido real.

Enxuguei os olhos.

*Papel de mulher. Papel de mulher. Papel de mulher.*

Quando finalmente criei coragem de ir embora, parecia que eu tinha um novo copiloto. Esmerelda ficou encolhido no banco do carona.

Quando passamos pela placa que dizia *Saindo de Las Vegas*, desejei que o ditado fosse verdade, que tudo o que acontecesse em Las Vegas ficasse por lá. Mas eu sabia que não. O que aconteceu *comigo* em Vegas seria algo que me seguiria por muito tempo ainda.

## 12

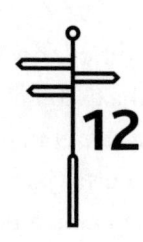

Dois meses mais tarde, e fazendo o melhor que podia para me instalar na casa alugada estilo bangalô, concluí que perder Chance se parecia muito com uma morte e que eu tinha passado pelos cinco estágios do luto: negação, raiva, barganha, depressão e aceitação.

Em Las Vegas, quando percebi que ele tinha ido embora, entrei em negação. Porém, durante o resto da viagem para a Califórnia, a raiva começou a crescer cada vez mais enquanto eu me concentrava menos na ideia de tê-lo perdido e mais no simples fato de que ele tinha me abandonado.

A fase da barganha surgiu pouco depois que cheguei a Temecula e durou cerca de uma semana. *Se ao menos eu não tivesse me jogado em cima dele. Se tivesse dito o quanto gostava dele.* Eu me culpei por ele ter partido.

A quarta fase não demorou muito para ofuscar todas as outras. A depressão foi a mais difícil. Me pegou de jeito por, pelo menos, um mês e meio. Eu não fazia nada além de ir para o trabalho, voltar para casa e me lamentar pelo fato de que nunca conheceria alguém me fizesse sentir como Chance fizera. Apesar da forma como as coisas terminaram, senti que, depois dele, eu não conseguiria ficar com outros homens. Eu acordava suando no meio da noite, excitada por causa dos sonhos vívidos e recorrentes em que transava intensamente com ele, enquanto ele me dizia o tempo todo como estava arrependido, que me amava e que havia cometido um erro. Então eu chorava até dormir. Embora a depressão nunca tivesse desaparecido completamente, conforme os dias se passavam sem notícias dele o estágio final do luto foi aparecendo: a aceitação.

Apesar de ter sido muito difícil, finalmente aceitei que ele nunca voltaria para mim. Eu não tinha escolha senão tocar a minha vida. Isso significava considerar voltar a sair com outros homens, ainda que isso me matasse. Uma coisa era certa: jamais seria capaz de esquecê-lo se continuasse a me deitar na cama à noite revivendo como era tê-lo dentro de mim.

*Eu ainda ansiava por ele*. E era possível que esse sentimento nunca fosse embora.

Se houvesse uma sexta fase, deveria ser apropriadamente chamada de *expurgar a merda*. Cheguei à conclusão de que ficar dentro do meu carro era doloroso demais. Mais da metade do nosso relacionamento acontecera dentro do BMW. Toda vez que eu olhava para a direita, ouvia seu riso ou o via chupando um Pixy Stix. Às vezes, eu jurava que podia sentir seu cheiro. O espírito de Chance sempre estaria bem vivo naquele carro.

Ao chegar à concessionária para trocá-lo em uma tarde ensolarada de sábado, eu estava muito sensível.

Finalmente escolhi um Audi S3. Quando estava saindo para entrar no carro novo, a mulher que havia me ajudado com a troca me chamou:

— Senhora!

Virei-me e a vi segurando a miniatura do Barack Obama. Meu peito ficou apertado.

— Você esqueceu isso. Tirei do seu antigo carro. Tem um adesivo no painel, mas vamos removê-lo. Achei que você pudesse querer.

Quase a peguei. *Quase*. Lutando contra as lágrimas que estavam começando a arder em meus olhos, acenei para ela.

— Fique com ela.

---

Nos meses que se seguiram, deixar coisas novas entrarem na minha vida parecia um desafio maior do que me afastar das antigas.

Jeremy Longthorpe era CEO de uma empresa de tecnologia e também meu cliente. Passamos inúmeras horas juntos, trabalhando em um pedido de patente para uma de suas recentes invenções.

Embora ele tivesse deixado claro que estava interessado em mim, fingi não notar as indiretas que me dava. Ele era muito fofo e ficava lindo usando óculos. Sair com ele também podia caracterizar um leve conflito de interesses, mesmo que a empresa não tivesse regras estabelecidas contra namorar clientes.

A verdade era que eu simplesmente não me sentia pronta. Minha cabeça ainda estava muito distraída com as lembranças de Chance. Por mais que eu tivesse tentado me livrar de sua evidência física, o que permaneceu depois disso não podia ser destruído tão facilmente, não importava quanto eu tentasse. Embora ele tivesse me machucado, Chance ainda continuava na minha cabeça e no meu coração partido.

Passar mais tempo com Jeremy era, no mínimo, uma distração. Nós deveríamos nos encontrar no escritório, numa sexta-feira à noite, para uma reunião de trabalho. Ele ligou para avisar que estava um pouco atrasado e perguntou que tipo de comida eu queria que ele trouxesse.

Minha resposta foi:

— Algo bem gorduroso e que seja péssimo para mim. Hoje foi um dia daqueles.

— Pode deixar — ele respondeu.

*Ele era tão legal.*

O cheiro de fritura me atingiu antes que eu o notasse andando pelos cubículos até o meu escritório. Jeremy trazia dois pacotes engordurados.

— Como você não especificou nada, trouxe várias comidas gordurosas.

— Obrigada. Estou morrendo de fome.

Ele empurrou alguns papéis para o lado para abrir espaço.

— Por que não jantamos antes de começarmos a trabalhar?

— Tudo bem — falei, remexendo nos pacotes.

Ele havia trazido comida do Taco Bell, Pizza Hut e Popeyes.

*Popeyes.*

Eu simplesmente não conseguia escapar. Chance estava em toda parte. Reivindicando meus direitos sobre os pedaços de frango, estendi o braço para me servir quando Jeremy alcançou o pacote e pegou um.

— Ei, larga a minha comida — brinquei. Então me lembrei de ter dito algo parecido ao Chance no dia em que nos conhecemos. Essas pequenas lembranças eram inesperadas e apareciam em ondas. Junto com elas, a dor sempre voltava com toda a força.

De repente, parei de comer.

Jeremy apoiou o sanduíche na mesa. Com a boca cheia, perguntou:

— Você está bem?

— Sim, estou bem.

— Ficou brava por eu ter pegado um pedaço de frango?

Eu dei um meio sorriso.

— Não, não. Não foi nada disso.

Ele se aproximou.

— O que foi?

Olhando para baixo, falei:

— Não foi nada.

— Aubrey, é claro que aconteceu alguma coisa. Você estava comendo como uma máquina e de repente parou. O que foi?

O olhar no meu rosto provavelmente me entregou.

— Você pode se abrir comigo, você sabe — disse ele.

Eu queria desabafar. Eu não tinha contado a ninguém. Nem uma pessoa sequer sabia o que havia acontecido comigo.

— Quer mesmo saber?

— Sim.

Durante a hora seguinte, contei a Jeremy tudo o que acontecera entre mim e Chance. Ele ouviu atentamente sem julgar, e me senti bem por colocar tudo para fora.

Balançando a cabeça lentamente, com os braços cruzados, a boca de Jeremy se curvou em um sorriso simpático.

— Bem, isso explica muita coisa.

— O quê?

— O fato de você sempre me ignorar quando insinuo que deveríamos sair.

— Você percebeu isso, é?

— Sim. Eu noto tudo em você, Aubrey. — Ele olhou para baixo, quase envergonhado por ter admitido seus sentimentos de maneira direta. Quando olhou para cima, disse: — Eu gosto muito de você.

— Também gosto de você. Não quero que pense que minha hesitação tem algo a ver com você.

Ele colocou a mão no meu braço.

— Olha... Agora que sei o motivo pelo qual você está fechada, acho que é ainda mais importante que a gente saia. Prometo que não vou criar expectativas. Só me deixe ser seu amigo. E se as coisas se transformarem em algo mais, tudo bem. Se não, no pior dos casos, passaremos bons momentos juntos.

Sorri.

— Você está sendo direto desta vez.

— Sim. Estou pedindo que você nos dê uma chance. Saia comigo.

*Dar uma chance*. Eu não havia falado o nome de Chance ao contar a história. Por isso achei aquilo um tanto irônico.

— Dar uma chance, hein?

— Sim.

— Certo, Jeremy. Eu darei.

*Dois anos depois*
# Chance

## 13

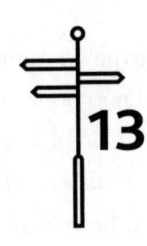

*Chance*

Fechei as mãos enquanto me sentava na cama, movendo as pernas para cima e para baixo. Eu temia esse dia tanto quanto ansiava por ele. Quanto mais se aproximava, mais minha apreensão por ir embora dali aumentava. Olhando para as paredes cinzentas, mal podia acreditar que aquilo realmente estava acontecendo. Chegara o grande dia.

Estalando os dedos, levantei-me e comecei a andar de um lado para o outro.

— Qual o problema, cara? — Eddie, meu companheiro de cela, perguntou. — Este é o dia tão esperado.

— Você vai saber como é quando seu dia chegar.

— É. Vou me sentir feliz pra caramba. Quer trocar de lugar? Eu daria minha bola direita para estar no seu lugar agora.

— Eu sei. Não é que eu seja ingrato. É que as coisas mudaram desde que entrei aqui. Este lugar… se tornou normal para mim. Sair daqui vai ser como entrar em um grande buraco negro. Pelo menos aqui eu sei o que esperar.

— Só se passaram dois anos, não quarenta.

— Muita coisa pode acontecer em dois anos, cara. Sei muito bem disso. — Quando as palavras saíram da minha boca, meu coração imediatamente se apertou. Há dois anos, eu tinha mãe. Agora não tinha mais. *Ela estava morta.* Meu Deus, era tão doloroso pensar que ela não estava mais por perto. Isso era razão suficiente para eu querer continuar preso e me esconder da realidade.

Minha mãe teve um aneurisma enquanto dirigia há mais ou menos um ano. O fato de eu estar preso e não poder me despedir quando ela lutava pela vida no hospital era uma coisa pela qual eu jamais me perdoaria.

*Havia muitas coisas pelas quais eu não conseguia me perdoar.*

A próxima pergunta de Eddie fez minha cabeça girar.

— Vai tentar encontrá-la?

— Quem?

*Eu sabia de quem ele estava falando.*

— Você sabe.

Passei as mãos pelo cabelo em sinal de frustração. *Por que ele tinha que tocar no nome dela?*

— Não — respondi com firmeza.

— Não?

Meu tom foi mais insistente.

— Não.

— Por que não?

— Porque se passaram dois malditos anos. Ela provavelmente já está casada, talvez até tenha um filho. Ah, e há um pequeno detalhe que é o fato de ela me odiar com todas as forças e desejar que eu esteja morto por tê-la magoado.

Jamais pretendi contar a Eddie sobre Aubrey. Nunca pretendi contar a *ninguém* sobre ela, sobretudo os detalhes de como a deixei.

Certa noite, eu aparentemente estava falando enquanto dormia, no meio de um sonho, dizendo coisas como: *Aubrey, me desculpe. Por favor, me desculpe.* Eu havia acordado Eddie e ele me tirou do pesadelo. Os sonhos eram recorrentes e continuavam a acontecer, até que ele passou a chamá-los de "Aubreys". "Você teve outro Aubrey ontem à noite", dizia ele.

— Você não tem como saber se ela te odeia.

— O que importa, Eddie? Mesmo que ela não esteja casada, meu objetivo ao fugir naquela manhã era fazer com que ela me odiasse para que tocasse sua vida e não esperasse por mim durante os dois anos que fiquei preso neste inferno. Por que eu a magoaria intencionalmente se pretendesse voltar e tentar ficar com ela de novo?

— Você não tem curiosidade de saber como ela está?
*Porra.*
*Claro que eu tinha.*
Encolhendo os ombros, soltei uma respiração profunda e me sentei de volta na cama, olhando para a parede.

— Espero que ela esteja feliz e que tenha me esquecido. Espero mesmo. Mas tenho certeza de que não quero testemunhar isso.

— Bem, a decisão é sua. Só não quero que você se arrependa mais tarde. Pelo que posso ver, essa merda te traumatizou.

— Ah, você é psiquiatra agora, né, Ed?

— Não tenho que ser um profissional para perceber isso. Olha, você é um bom sujeito. Ela ficaria orgulhosa se te visse como eu vejo. Você usou seu tempo aqui melhor que qualquer um que já conheci.

Eu realmente tentei. Estudei para tirar o diploma e até organizei um programa de futebol para os detentos da ala juvenil. Eu estava determinado a não deixar que esses anos fossem um desperdício total e faria algo de bom durante esse tempo. Se estar preso significava desistir de tudo, era bom que não fosse à toa. Não havia dúvidas de que eu sairia diferente – não uma pessoa mais feliz, mas alguém mais forte.

Eddie interrompeu meus pensamentos:

— Deixe-me só perguntar uma coisa. E se você descobrir que essa garota está por aí solteira? Você não acha que vale a pena se arriscar por uma segunda chance?

Antes que eu pudesse responder, a porta da cela se abriu, fazendo com que o rangido ecoasse pelos corredores.

Olhei para Eddie.

— Acho que é isso.

Ele me abraçou, dando tapinhas nas minhas costas.

— Quando começar a se sentir para baixo, pense nisto. Se não der certo, Chance, você ainda é um dos caras mais bonitões que eu conheço que saíram da prisão com o traseiro intacto.

Comecei a rir de forma quase histérica. Eu definitivamente sentiria falta dele.

— Você é um bom amigo. Sempre teve um talento especial para me mostrar o lado positivo das coisas.

— Fico feliz por ter podido ajudar.

— Vou manter contato, hein? — eu disse, saindo da cela.

Deixei escapar um profundo suspiro enquanto seguia o guarda pelos corredores, em meio aos gritos, palavrões e aplausos dos meus companheiros.

Ele me levou para uma sala onde assinei os papéis da minha soltura. Parecia surreal. Eu realmente esperava me sentir mais feliz ao sair. Em vez disso, o fato de estar prestes a me tornar um homem livre deixou-me entorpecido de um jeito surpreendente.

Esperei sozinho até que ele voltou carregando um grande saco com fecho hermético contendo meus pertences. Abri-lo era como abrir uma cápsula do tempo de uma vida abandonada. Lá dentro estavam minha calça jeans, o agasalho azul-marinho que eu estava usando quando me entreguei, minha carteira, telefone e relógio.

Meu iPhone estava sem bateria, então perguntei ao guarda se ele poderia me arrumar um carregador. Como era um modelo mais antigo, ninguém parecia ter o tipo certo. Aparentemente, a Apple tinha liberado duas novas versões desde que fui preso. Eu deveria ter imaginado. O guarda finalmente conseguiu encontrar alguém no escritório com um carregador que se encaixava no meu aparelho.

— Pode carregar seu telefone aqui, se vestir e então está livre para ir embora.

Eu assenti.

— Obrigado, senhor.

Conectei o carregador na tomada e fui trocar de roupa. Após vários minutos, uma luz iluminou a tela do telefone enquanto o aparelho ligava. Esperei mais um tempo até que a bateria estivesse carregada o suficiente para durar a viagem que faria para surpreender minha irmã. A princípio, eu ia sugerir que ela me buscasse, mas decidi não dizer nada.

Quando chegou a hora de sair, me senti como um peixe fora d'água. Meus passos ao cruzar a guarita foram intencionalmente lentos.

O brilho do sol do lado de fora dos portões foi um choque para mim. Lá estava eu, na frente do prédio enorme da prisão, usando as mesmas roupas de dois anos atrás e sem ter ideia do que fazer. Sentia como se fosse ontem que havia me entregado, mas, ao mesmo tempo, parecia fazer uma vida inteira.

Como alguém se familiariza com a própria vida? Senti vontade de me perguntar:

"Onde foi que paramos?".

Olhei ao meu redor. Deveria haver um guia sobre o que fazer quando se sai da prisão.

Quando se está preso, parece que a vida está pausada. Você sai esperando e querendo que tudo esteja exatamente igual, mas sabendo muito bem que não está.

Tudo o que eu queria era voltar exatamente para onde minha vida tinha parado.

*Minha vida havia parado nela.*

O que eu não teria dado para estalar os dedos e vê-la dirigir até a prisão no BMW com aquele animal fedorento no banco traseiro? Só restava sonhar.

Meus pensamentos estavam se encaminhando para um território perigoso e fantasioso. Balancei a cabeça e peguei o telefone para procurar na internet o número de uma cooperativa de táxi, mas lembrei que não tinha plano de dados. Milagrosamente, a internet parecia funcionar. Meu telefone fazia parte de um plano familiar com a minha irmã, e ela devia ter continuado a pagar a conta. Decidi que caminharia até a estação de trem mais próxima em vez de pegar um táxi. Antes de começar a caminhada, cliquei sem querer na galeria de fotos.

Que. Puta. Erro.

Ela se abriu na última foto tirada. Era de Aubrey. Ali estava ela.

*Ah. Deus.*

Meu coração parecia ter voltado à vida depois de uma pausa de dois anos.

*Princesa.*

De repente, as emoções que eu estava tentando reprimir surgiram com força total, dominando completamente o entorpecimento de alguns minutos antes.

Quase me esqueci de como ela era linda. Aubrey nunca soube que tirei aquela foto. Ela dormia em paz no quarto de hotel bem antes da minha partida. Eu queria me lembrar para sempre daquele momento.

*Nossa droga de noite de núpcias.* Deveria ser falsa, mas parecia muito real. Nada tinha sido mais real em toda a minha vida.

Agora, eu me recriminava por pensar que tirar essa foto seria uma boa ideia. Eu deveria ter apagado todas as fotos de Aubrey para que nunca tivesse que olhar para o que perdi – o coração que eu sabia muito bem que havia despedaçado.

Na época, eu realmente achei que me afastar daquele jeito seria melhor para ela. Eu sabia que tipo de pessoa Aubrey era. Ela teria me esperado por todo esse tempo. Isso não era justo. Depois de tudo pelo que tinha passado, ela merecia um recomeço. Uma nova cidade, uma nova vida... Ela estava prestes a começar a viver a vida que queria. Eu não poderia estragar tudo, não poderia fazê-la passar mais dois anos sozinha e triste. Ela merecia algo melhor.

Transar com ela *não* fazia parte do plano. Várias vezes durante a viagem quase perdi o controle, mas aquela noite em Vegas foi a gota d'água. Tentei com todas as forças não ceder, mas não era forte o suficiente. Fiquei desnorteado quando ela entrou no meu quarto. Nunca tinha feito amor daquele jeito com alguém na vida e, até hoje, não me arrependia. Aquela noite significou muito para mim.

Meu dedo se demorou sobre a foto. Eu não conseguia olhar as outras. Mas também sabia que, enquanto eu vivesse, jamais as apagaria.

Quando coloquei o telefone de volta no bolso, meus dedos tocaram em um pedaço de metal. Eu o peguei. Brilhando sob a luz do sol estava a aliança de ouro falsa. Eu ainda a estava usando quando me entreguei. Girando-a entre o polegar e o indicador, a raiva começou a se acumular dentro de mim.

Fiquei ali parado, olhando para o anel e tentando descobrir por que havia ficado tão enfurecido de repente. Era por estar começando a duvidar se tinha tomado a decisão certa.

A pergunta de Eddie – a que eu nunca respondi – se repetiu na minha cabeça. *"Deixe-me perguntar uma coisa. E se você descobrir que essa garota está por aí solteira? Você não acha que vale a pena se arriscar por uma segunda chance?"*

Colocando o anel no dedo, respondi a mim mesmo:

— Porra, sim, valeria a pena.

Peguei o telefone do bolso. Meu coração estava batendo acelerado quando digitei no Google: *Aubrey Bloom Temecula*.

# 14

*Dois anos e duas semanas antes*

— O réu, por favor, pode se levantar?

Fiquei de pé. Meu advogado fez o mesmo.

— Sr. Bateman, seu advogado explicou as acusações das quais está se declarando culpado hoje?

— Sim, Meritíssimo.

— Antes que eu possa aceitar sua confissão de culpa, devo me certificar de que você entende as acusações, o efeito dessa confissão e que você tem direito a um julgamento. O procedimento que faremos aqui hoje é chamado de alocução. Farei uma série de perguntas e, em seguida, o senhor terá a oportunidade de fazer uma declaração em seu próprio nome antes da sentença. Tem alguma dúvida sobre esse procedimento?

— Não, Meritíssimo.

— Você foi acusado de violação ao artigo 242 do código penal da Califórnia. Crime de lesão corporal grave. Seu advogado explicou os elementos deste crime a você?

— Sim, Meritíssimo. Explicou.

— E você entende que tem direito a ser julgado por um júri e que uma confissão de culpa hoje te fará renunciar automaticamente a esse direito?

— Sim, eu entendo.

— E você deseja renunciar a esse direito hoje e se declarar culpado do crime de que foi acusado?

— Sim.

— Em suas próprias palavras, pode, por favor, indicar os elementos do crime do qual está sendo acusado?

— Estou sendo acusado de agredir fisicamente outra pessoa e lhe causar sérios danos corporais.

— Certo, sr. Bateman. Este tribunal considera que você compreende a natureza do crime do qual é acusado e as implicações de sua confissão. O promotor público e seu advogado apresentaram um acordo. Uma das condições desse acordo exige que você forneça os detalhes explícitos do crime que cometeu e a razão pela qual o crime foi cometido. Isso elimina qualquer dúvida quanto à natureza de sua culpa. Está preparado para fornecer ao tribunal a sua declaração?

Virei-me e olhei para o tribunal quase vazio. Um oficial de justiça estava tirando sujeira das unhas. Alguns homens de terno cinza estavam com as cabeças abaixadas, digitando em seus celulares. Era como se nada de relevante estivesse acontecendo. Aquilo era algo que acontecia todos os dias. Só havia um rosto que parecia arrasado ali. Fiz o possível para convencê-la a não vir, mas ela insistiu. Ali, na terceira fila da sala do tribunal, sentada sozinha em um dos bancos de madeira, estava a minha irmã, Adele. Seu nariz estava vermelho, e lágrimas corriam silenciosamente pelo seu rosto. Eu odiava que ela tivesse que ouvir os detalhes de novo.

Voltando a atenção para o juiz que aguardava, assenti e falei calmamente:

— Sim, Meritíssimo. Estou pronto.

— Ótimo. O que me diz, sr. Bateman? Conte ao Tribunal o que aconteceu na noite de dez de julho.

Engoli em seco.

— Na noite de dez de julho, fui à casa de um traficante de drogas e o ameacei...

O juiz me interrompeu e falou a meu advogado:

— Ele é um suposto traficante de drogas, certo? A vítima não foi condenada por nenhum crime?

Meu advogado respondeu:

— Sim, Meritíssimo. A vítima não foi condenada por nenhum crime. *Não é ultrajante? Serei condenado antes dos verdadeiros criminosos.*
O juiz se dirigiu a mim.

— Sr. Bateman, você pode se referir à vítima como vítima, suposto traficante de drogas ou pelo nome. Qualquer outra coisa não será tolerada. Entendido?

Minha mandíbula retesou com tanta força que achei que podia rachar um dente, mas assenti. De jeito nenhum eu chamaria aquele lixo de *vítima*. Adele era a única vítima de toda essa tragédia.

— Continue.

— Como eu estava dizendo, fui até a casa de um *suposto* traficante de drogas, Darius Marshall, e o ameacei. O *suposto* traficante era namorado da minha irmã. Soube que ele havia brigado com outro *suposto* traficante de drogas. Ameacei Darius para que ele me contasse onde o outro traficante estava. Fazia duas semanas que a polícia o estava procurando, mas não tiveram sucesso. Eu queria ajudar. Darius se recusou a me dizer onde o cara estava.

— E por que a polícia estava procurando o outro suposto traficante de drogas?

Olhei para a bancada e depois para minha irmã. Ela parecia estar arrasada. Respirando fundo, continuei:

— Ele estuprou minha irmã. Para vingar-se de Darius. E antes de deixá-la ferida e traumatizada, ele disse a ela que voltaria.

Foi a primeira vez que o rosto do juiz suavizou.

— E o que você fez quando Darius Marshall se recusou a dar as informações que queria?

Foi uma pequena vitória, mas o juiz finalmente havia parado de chamar Darius de *vítima*.

— Eu o agredi.

— Alguma arma foi usada na agressão?

Olhei para o meu advogado e de volta para o juiz.

— Acredito que não, Meritíssimo.

— Acredita? Quer dizer que não tem certeza?

— Bem... Nenhuma arma foi encontrada na cena, e não me lembro de ter uma comigo. Mas, não, não tenho certeza.

— E por que, sr. Bateman?

— Porque não me lembro da maior parte do episódio.

— Entendo. Qual é a última coisa de que consegue se lembrar?

Eu lembrava qual era, mas não queria ter que repetir em voz alta. Ela já estava muito fragilizada.

Meu advogado sussurrou para mim:

— Você precisa falar, Chance.

Limpei a garganta.

— Darius disse algo para mim. E é a última coisa de que me lembro.

— E o que foi que ele disse, sr. Bateman?

Meu advogado havia me avisado para não demonstrar raiva. Fiz um esforço descomunal para reunir toda minha força de vontade para abrir meus punhos e falar.

— Ele disse... que a minha irmã era uma vagabunda drogada e que talvez ela até tivesse aprendido de primeira, porque ela chuparia um pau na semana seguinte em troca de um papelote.

O juiz pareceu se solidarizar por um momento.

— E você sabe a natureza dos ferimentos que Darius Marshall sofreu?

— Até onde me disseram, ele teve o nariz e uma cavidade ocular fraturados, uma concussão e algumas costelas quebradas.

— E você não se lembra de nenhuma das ações que provocaram esses ferimentos?

— Não, Meritíssimo. Não me lembro. Só me recordo do que já lhe disse, e que em seguida ele falou 1925, Harmon Street.

— Tudo bem, sr. Bateman. Estamos quase terminando aqui. Tenho mais algumas perguntas antes de fazermos uma pausa e retornarmos na parte da tarde para a sentença.

Assenti.

— Você se arrepende das suas ações, sr. Bateman?

Essa pergunta foi discutida entre mim e meu advogado. Apesar de ele não ter me dito para mentir, eu podia ler nas entrelinhas. Só que eu havia chegado tão longe. Ia me manter firme. Menos de três horas depois que Darius foi levado por uma ambulância, o traficante que atacou Adele foi preso. Olhei diretamente para os olhos do juiz e, como havia jurado a Deus, falei a verdade:

— Não. Não me arrependo das minhas ações.

⁂

Eram quase quatro da tarde quando o juiz nos chamou de volta à sala de audiência. Ele tirou os óculos e esfregou os olhos antes de falar.

— Sr. Bateman. Você entende que, como resultado da sua confissão de culpa, poderá perder certos direitos civis valiosos, como o direito ao voto, o direito de exercer cargos públicos, de participar de um júri e de possuir uma arma de fogo?

Mesmo depois de dois meses pensando sobre as consequências das minhas ações, não me importava com o que perderia. Só queria que Adele pudesse dormir à noite outra vez.

— Entendo, Meritíssimo.

— Certo. Sr. Bateman, o acordo de dois anos de prisão feito com o promotor público é considerado uma punição adequada e, portanto, aceita por este tribunal. Apesar de compadecer da dor de sua família, nosso sistema deve ser confiável para servir aos fins pretendidos. Não podemos ter justiceiros vingando crimes pela cidade quando julgarmos conveniente. Seu pedido de tempo para colocar assuntos pendentes em ordem foi concedido, com a condição de que você entregue seu passaporte e não saia do estado da Califórnia. Você deve se entregar à prisão do Condado de Los Angeles em catorze dias. — O juiz bateu o martelo e, assim, me tornei um criminoso.

# 15

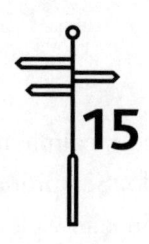

Embora minha casa ficasse a algumas quadras da praia, o cheiro do mar contaminava o ambiente. Respirei fundo e enchi os pulmões com liberdade. *Porra, que cheiro bom.*

A última coisa que fiz antes de me entregar a dois anos de inferno foi colocar minha irmã na reabilitação. Eu sabia que ela estava melhor. Quando vinha me visitar na prisão, eu via em seu rosto. No entanto, por algum motivo, de repente me senti nervoso por aparecer de surpresa.

Quando destranquei a porta de casa, a música pop explodia pelo *loft* que eu chamava de lar. Sorri ao ouvir aquilo, ainda que seu péssimo gosto musical me irritasse cada vez mais.

— Adele?

Eu morava em um armazém reformado – o som era normalmente abafado pelo teto alto, mas estava completamente tomado pela voz fina de Taylor Swift soando através das caixas de som.

— Adele? — chamei um pouco mais alto.

Depois de tudo pelo que ela havia passado, não queria assustá-la. Eu não tinha ideia se ela ainda estava nervosa. Depois da agressão, ela pulava se alguém entrava em um cômodo, mesmo quando sabia que a pessoa estava lá. Joguei a chave na tigela sobre a mesa perto da porta e fui para a cozinha.

Um homem vestindo apenas uma camisa e uma cueca boxer estava passando roupa no balcão de granito. Nos olhamos no mesmo momento. Ele ergueu o ferro como uma arma. Levantei as mãos em sinal rendição.

— Adele está aqui?

— Quem é você?

— Relaxa, cara — falei com calma, mantendo as mãos no ar, onde ele podia vê-las o tempo todo. Se aprendi algo ao passar dois anos na prisão, era desarmar uma situação violenta. — Sou o irmão da Adele. Eu moro aqui.

Os olhos do cara de cueca brilharam.

— Chance?

Bem, um de nós se situou.

— Sim, sou eu.

— Merda. Desculpa. Achei que você fosse sair na semana que vem.

— Estava superlotada. — Semicerrei os olhos para o ferro que ele ainda segurava. — Não quer baixar essa coisa agora?

— Sim. Claro. Desculpe. — Ele pôs o ferro no balcão e deu dois passos na minha direção, estendendo a mão. — Harry. Harry Beecham. Já ouvi muito sobre você.

*Tá de sacanagem? Harry?*

— Gostaria de poder dizer o mesmo.

— Você acha que poderíamos parar na... — A voz da minha irmã parou abruptamente quando ela entrou na cozinha.

— Ah, meu Deus! — Ela quase me derrubou quando voou para os meus braços. — Você está aqui! Você está em casa!

— Estou.

Adele me abraçou apertado. Ela estava chorando, mas, ao contrário da última vez que a abracei, as lágrimas eram de felicidade. Afastei-me para dar uma boa olhada na minha irmãzinha. Ela me visitava de quinze em quinze dias, mas eu só via o que ela queria e contava. Agora ela estava com vinte e oito anos, vestia saia e blusa femininas, com os cabelos presos no alto da cabeça. Ela se parecia muito com a mamãe.

— Você está diferente. Cresceu.

Ela secou as lágrimas e alisou a saia.

— É assim que me visto para o trabalho. Eu te disse. Agora sou secretária.

Harry limpou a garganta. O cara ainda estava de cueca.

— Estou atrasado. Preciso ir. Foi ótimo finalmente conhecê-lo, Chance.

Olhei para ele.

— Espero que você vista uma calça antes.

Ele colocou a mão no ombro de Adele gentilmente enquanto passava e falou com suavidade:

— Tire a manhã de folga. Vejo você à tarde.

Adele sorriu para o cara da cueca, então olhou para mim enquanto mordiscava o lábio inferior.

— Desculpe. Eu não sabia... Harold é um dos sócios da firma de contabilidade em que trabalho.

— Um contador?

— Sim. — Minha irmã sorriu. — Não é o tipo com que costumo sair, né?

Ela tinha uma habilidade especial para escolher um perdedor atrás do outro. As pessoas com quem ela andava não eram exatamente do tipo que conhece contadores.

— Contanto que ele seja bom para você. — Não pude me segurar. — E que vista calças enquanto eu estiver por perto.

Adele e eu passamos a manhã inteira conversando. Falar sobre a nossa mãe foi a parte mais difícil. Sua vida poderia ter sido bem diferente depois do que acontecera dois anos antes. A morte da nossa mãe poderia realmente ter feito com que ela retrocedesse. Fiquei aliviado ao descobrir que tinha transformado sua vida de verdade. Isso fez com que tudo que eu havia feito valesse a pena no fim das contas. Ela parecia... feliz.

— Bom...

Adele pegou nossas canecas e as colocou na pia. Ela apoiou o quadril no balcão e cruzou os braços sobre o peito.

— Você vai procurá-la?

— Quem?

*Por que eu estava jogando este jogo novamente? Eu sabia muito bem a quem ela estava se referindo.*

— Sua esposa. — Seus olhos apontaram para o anel que eu já tinha esquecido que estava no meu dedo. Enfiei a mão no bolso.

— Ela não é minha esposa.

Adele revirou os olhos.

— Sua esposa de mentirinha. Tanto faz. Vai procurá-la?

— Não comece, Adele. — Na primeira visita da minha irmã, me transformei em uma chorona e abri meu coração a respeito da Aubrey. Arrependi-me no mesmo instante. Ela passou os vinte e três meses seguintes tentando me convencer a escrever para Aubrey e contar onde eu estava. E sugeriu que *ela* fosse visitá-la para conversar e manter a esperança viva.

— Já fez uma busca com o nome dela na internet?

— Eu saí há três horas.

Minha irmã semicerrou os olhos.

— Isso é um sim, né?

Balancei a cabeça, sem responder, mas ela sabia a resposta.

— Vou tomar um banho quente e demorado. Faz bastante tempo que não faço isso.

O olhar de esperança em seu rosto desapareceu. Caminhei até ela e levantei seu queixo, de modo que nossos olhos se encontraram.

— Ei. Estou orgulhoso de você. Não vamos voltar ao passado. Estou livre. Você está usando um coque na cabeça e está namorando um cara que acha que a colher foi inventada para mexer. Acho que tudo acabou bem, não é?

Seus olhos se encheram de lágrimas novamente, e ela me deu um último abraço. Adele estava bem. Eu poderia dormir tranquilamente aquela noite. Talvez fosse a primeira vez desde que deixara Aubrey em Las Vegas. Assim que pensei nisso, estendi a mão e esfreguei o peito para acalmar a dor.

— Você estará aqui quando eu voltar para casa hoje à noite?

— Estava pensando em ir para o norte para ver uma oportunidade de trabalho — menti. De repente, senti vontade de pegar a estrada outra vez.

Minha ansiedade aumentou quando saí da interestadual 91, peguei a 115 e comecei a ver as primeiras placas para Temecula. Eu não tinha ideia de para onde estava indo ou o que faria ao chegar lá, mas precisava ver que ela estava bem.

Parando em um posto de gasolina que tinha uma espécie de supermercado, comprei um estoque de lanches típicos de *stalkers*. Aquele doce que estala na boca, bala azedinha em formato de bonecos, pipoca e, claro, Pixy Stix. O caixa olhou para mim como se eu estivesse atraindo crianças para a traseira da van na esquina da escola local.

— Viciado em doces — disse, dando de ombros. Ele não deu a mínima.

Essa parte da Califórnia podia ser ensolarada durante trezentos e trinta dias do ano, mas começou a chover assim que entrei com a caminhonete na Jefferson Avenue, no centro de Temecula. Eram quase cinco da tarde. Pessoas usando ternos começavam a sair dos prédios comerciais. Encontrei o prédio alto de número 4452, estacionei a meia quadra de distância, recostei no banco e esperei. Com uma música baixa e um saco cheio de doces, poderia ficar sentado ali e aproveitar as coisas simples da vida durante a maior parte da noite. Quem imaginaria que eu seria um excelente *stalker*?

Duas horas se passaram antes que eu a visse. Aubrey saiu do prédio e ficou embaixo da marquise enquanto a chuva caía sobre a calçada na frente dela. Sem querer ser visto, me abaixei ainda mais no banco, olhando-a por cima do volante.

Ela estava linda. O cabelo castanho-avermelhado estava mais comprido, as ondas mais soltas, descendo em cascata por suas costas. Uma blusa de seda verde-esmeralda fazia um contraste ainda mais impressionante com a sua pele pálida. Uma saia preta abraçava seus quadris e, embora eu não pudesse ver a parte de trás, imaginei como o material se agarrava ao seu traseiro curvilíneo. Cheia de classe e do atrevimento que eu sabia que tinha. Passaram-se dois anos, mas o que eu sentia por ela não tinha diminuído nem um pouco. Por esse motivo, os nós dos meus dedos começaram a ficar brancos conforme apertava com força o volante ao ver a mão de um homem abraçar sua cintura.

*Filho da puta*. Não esperava que ela estivesse solteira, mas não estava preparado para o que vi. Um idiota qualquer usando terno azul-marinho e óculos que o deixavam parecido com o Clark Kent abriu um guarda-chuva e puxou Aubrey para perto de si. A *minha Aubrey*. Eu não conseguia respirar enquanto ele a levava para o estacionamento do outro lado da rua, protegendo-a da chuva e desaparecendo de vista. Minutos depois, um carro embicou na rua, esperando que o trânsito o deixasse passar. Eu tinha certeza de que eram os dois antes mesmo de ver os rostos sorridentes no carro. Um maldito BMW preto. O nome dele provavelmente deveria ser Presunçoso.

Abatido, continuei sentado na caminhonete por mais duas horas em vez de segui-los. Se só o fato de vê-la andando ao lado de um cara me machucou daquele jeito, eu não estava pronto para ver mais. Mas também não estava pronto para ir embora.

                                                                                                                                                                                                                               

Ficar bêbado não estava nos meus planos. Nem agir como um *stalker* até algumas horas antes. Hospedei-me em um hotel a poucas quadras do escritório de Aubrey, na Jefferson, e caminhei até o bar antes mesmo de ver meu quarto. Três horas depois, eu estava completamente bêbado. Carla, a *bartender*, e eu fomos com a cara um do outro imediatamente.

— Está pronto para outra dose, australiano?

Segurei meu copo e sacudi o gelo.

— Manda ver, gata. — Ela caminhou até mim, me lançou um sorriso sensual e encheu meu copo. Essa mulher era muito sexy. Como uma modelo *pinup* dos anos 1940, seu cabelo era arrumado naqueles cachos que se usava antigamente. Do pescoço para cima, ela parecia uma americana do passado. Mas seus braços eram completamente cobertos com tatuagens. Uma Jessica Rabitt dos tempos modernos.

Eu normalmente bebia pouco, preferia cerveja ou vinho a drinques mais fortes, e fazia dois anos desde que ingerira o veneno pela última vez. Terminando minha quarta Cuba Libre, percebi que estava mais bêbado do que imaginava quando minhas palavras começaram a sair sem controle. E... eu estava desabafando com uma *bartender* que nem sequer conhecia. Em menos de duas horas já tinha contado toda a minha vida para ela.

— Do que você tem medo? — perguntou ela, apoiando os antebraços no balcão.

— Não quero machucá-la.

— Parece que você já fez isso.

Ela tinha razão.

— Quer saber o que acho?

— Por que mais eu estaria aqui agora?

Carla riu.

— Acho que *você* é quem tem medo de se machucar.

Na manhã seguinte, acordei com uma ressaca terrível. Mesmo estando com uma dor de cabeça enlouquecedora e sentindo como se o deserto tivesse invadido minha boca, levantei assim que amanheceu. Aubrey tinha saído à vontade demais para o meu gosto ao lado do cara de terno. Eu precisava ver se eles chegavam juntos também.

Havia um Starbucks perto do seu escritório, e era bem possível que ela fizesse uma parada ali antes do trabalho. Estacionei em um lugar que desse para ver a área toda e me preparei. Passaram-se três horas. Eu precisava desesperadamente de uma segunda xícara de café e não havia sinal de Aubrey.

Alcancei o porta-luvas, peguei um boné de beisebol e coloquei meus óculos de sol. Não era um grande disfarce, mas a chance de passar por ela agora era grande. Assim que saí do carro, eu a vi virar a esquina. *Merda*. Congelei por um momento e então, felizmente, meus instintos assumiram o controle.

Pulei de volta para dentro da caminhonete e me encostei no banco. Ela estava enviando mensagens de texto no telefone e não olhou para cima até chegar à porta do Starbucks. *Foi por pouco*.

Alguns minutos depois, ela reapareceu com um copo grande de café e não olhou em minha direção. *Droga*. Ela estava linda. E estava sozinha.

Fiz a mesma coisa naquela tarde. Vê-la por cinco minutos foi suficiente para fazer o dia inteiro valer a pena. Então fiz o mesmo no dia seguinte... e no seguinte. Aubrey tinha uma rotina definida. Não me surpreendi. Chegava às nove e meia e saía às sete da noite. De cada três vezes que a segui à noite, em duas o babaca estava com ela.

Até entrei em uma rotina. Eu aparecia de manhã e terminava meu dia ao anoitecer. No meio-tempo, ia para uma academia em uma cidade vizinha e passava as noites afogando as mágoas com Carla.

Naquela manhã, o café da manhã do hotel ainda não estava disponível no momento em que eu estava pronto para sair, e eu realmente precisava de cafeína. Como conhecia a rotina de Aubrey como a palma da mão, saí da caminhonete e entrei no Starbucks. Fiquei um pouco nervoso por estar ali, embora tivesse certeza de que ela não chegaria tão cedo.

Pedi um café preto simples, e a jovem atrás do balcão sorriu.

— Mais alguma coisa?

— Não. Só isso, obrigado. — Então um pensamento escapou da minha boca. — Na verdade, sim. Sabe uma mulher que vem aqui todas as manhãs, às nove e vinte? Cabelo castanho-avermelhado, provavelmente pede latte desnatado com três jatos de baunilha, pouca espuma e muito quente?

— Sim. A Aubrey.

Tirei uma nota de vinte do bolso e a estendi para a garota.

— Vou deixar o café dela pago hoje.

Ela parecia confusa.

— Fique com o troco. E não dê a ela a descrição do cara que pagou o café, tá?

Ela deu de ombros e enfiou os vinte dólares no bolso da frente da calça jeans.

— Pode deixar.

Poucas horas depois, vi Aubrey aparecer no horário de sempre. Ela estava distraída enviando mensagens de texto quando entrou, mas saiu com um sorriso enorme enquanto levava seu latte desnatado com três jatos de baunilha, pouca espuma e muito quente. E eu sabia que aquela não era a última vez que iria querer colocar um sorriso em seu rosto.

# 16

Depois de alguns dias, decidi mudar o meu itinerário. Eu ainda não havia me aventurado na casa da Aubrey. Ir até lá enquanto ela estava no trabalho me daria algumas pistas sobre sua vida, ou seja, se ela estava morando com o gêmeo panaca do Clark Kent. Eu tinha decidido que precisava do máximo de informação possível antes de confrontá-la, mesmo que alguma descoberta pudesse me deixar para baixo.

Quando fui até a casinha marrom estilo bangalô, percebi que a parte externa era a cara da Aubrey: peculiar, um pouco confusa, mas não convencional e surpreendentemente bonita ao mesmo tempo. A primeira coisa que me chamou a atenção foi a grama na frente. Parecia que não era cortada havia meses. Que tipo de homem de merda deixa a grama da casa da sua mulher chegar a quase um metro de altura?

*Idiota.*

Com meu boné de beisebol e óculos de sol, olhei ao redor para me certificar de que não havia vizinhos intrometidos. Espreitando pela janela, vi que a parte interna era muito mais arrumada do que a externa. A sala de estar tinha móveis na cor creme e havia flores artificiais na mesa de centro. Nada indicava que um homem morava ali.

Quase caí nos arbustos quando vi uma sombra se movendo. Não podia ser Aubrey, porque esperei até que ela tivesse entrado no prédio de seu escritório antes de vir para cá.

*Quem diabos estava na casa dela?*

Adrenalina tomou conta de mim. Decidindo caminhar até a janela do outro lado da casa, atravessei o jardim, resmungando de novo a respeito da grama alta.

Levei um baita susto quando o vi, colado à vidraça. Não era um cara qualquer.

— Não acredito! — gritei.

Minha voz devia tê-lo assustado.

Carré. *Puta merda. Carré!*

Pela janela, vi que o cabrito estava no chão. Ele tinha desmaiado. *Claro. Merda.* Continuei batendo no vidro para tentar acordá-lo.

— Vamos, carinha. Acorde.

Depois de alguns minutos, ele finalmente se mexeu e ficou de pé. Carré continuou andando em círculos e parecia atordoado. Eu precisava chegar até ele e decidi tentar abrir a janela. Depois a trocaria se fosse necessário. Para minha surpresa, ela se abriu no primeiro empurrão.

A Aubrey estava louca de deixar a janela aberta? Ela devia também dormir assim, facilitando para que qualquer doido entrasse em seu quarto se quisesse.

*Precisava me lembrar disso no futuro.*

Eu já tinha passado metade do corpo pela janela. Balançando as mãos para que o cabrito cego viesse até mim, falei:

— Cara! Sou eu. Venha aqui, companheiro.

O animal veio direto na minha direção e colocou a carinha na palma da minha mão. Coçando de leve sua cabeça como eu costumava fazer, falei:

— Bom menino. Não posso acreditar que você ainda está aqui.

Murmurei comigo mesmo:

— Você é louca, princesa. Louca demais. Mas estou feliz por você ter ficado com ele.

Talvez eu estivesse ficando doido, mas ele pareceu se lembrar de mim. Ele soltou um longo "bááá" e, na segunda vez, eu podia jurar que soou como um "paaaai".

— O que está acontecendo aqui, hein? Você é o meu espião. Ela está feliz? Ela me odeia? Conta pra mim.

— Béé.

Cocei sua cabeça com mais força.

— É, você não é de muita ajuda. — Ele começou a lamber meu rosto. — Ah, meu Deus. Nunca pensei que seu bafo horrível fosse tão bem-vindo.

Carré não me deixou ir. Pensei que, de repente, um dos vizinhos podia suspeitar que eu fosse um ladrão. Ser preso era a última coisa que eu precisava agora. Meus olhos correram pela sala e vi um terno pendurado na porta do guarda-roupa. Meu coração afundou.

Beijei sua testa.

— Tenho que ir. Vou voltar para te ver. Prometo.

Ele grunhiu.

— Eu sei. Você não confia mais em mim. E com razão. Preciso conquistar a sua confiança de novo.

Pela primeira vez, notei um pedaço de metal em seu pescoço.

— O que é isso? Ela colocou uma coleira em você? — Olhei o nome mais de perto.

*Pixy.*

A esperança encheu meu coração, que de repente começou a bater mais rápido. Esfreguei o polegar pelas letras. Depois de tudo pelo que havia passado nos últimos dois anos, não me pergunte por que esse momento foi o primeiro que quase fez com que meus olhos se enchessem de lágrimas. Era o empurrão que eu precisava para continuar neste caminho – uma pequena esperança de que talvez ela não me quisesse morto depois de tudo o que eu tinha feito.

Levei alguns minutos para me desvencilhar de Pixy. Ele estava tentando pular pela janela para ir embora comigo, mas finalmente consegui fechá-la.

Quando me virei, a carinha do cabrito ainda estava encostada na janela. Talvez eu pudesse ter andado pela casa para conseguir mais pistas sobre a vida de Aubrey, mas isso seria passar um pouco dos limites. Como dissera ao Carré... *Pixy*... eu tinha que conquistar meu lugar de volta na vida deles, não impor.

Havia mais uma coisa que eu precisava fazer antes de voltar para o centro da cidade. Lembrei-me de ter passado por uma loja de materiais de construção e jardinagem no caminho até lá.

Depois de uma parada rápida, voltei com um modesto cortador de grama.

Levei cerca de quarenta minutos para aparar o gramado de Aubrey. Quando cheguei à lateral da casa, Pixy ainda estava esperando no mesmo lugar. Alguns dos vizinhos passaram, e eu acenei com um sorriso enorme no rosto. Esperava que eles presumissem que ela tivesse dado um pé na bunda do preguiçoso do Clark Kent e o tivesse trocado por um homem de verdade, que cuidava do quintal. Ou talvez eles só achassem que eu era um paisagista.

Admirando os rastros suaves ao longo da grama, limpei a testa com as costas da mão. Meu trabalho ali tinha chegado ao fim, mas a empreitada que demandaria mais esforço estava apenas começando.

⁂

Naquela noite, de alguma forma, eu a perdi de vista. Ou ela saiu no meio da tarde ou estava fazendo hora extra. Depois de esperar até as oito e meia, finalmente desisti e fui direto para o bar. Uma enorme sensação de decepção tomou conta de mim. Ver Aubrey no final do dia se tornara a minha recompensa, e eu me sentia enganado.

— Carla, querida, me vê uma — pedi, sentando-me na banqueta de sempre.

Ela estava limpando o balcão.

— Australiano! Está atrasado hoje. Está fazendo horas extras como *stalker*?

— É. Hoje não foi muito bom.

Ela parou de limpar para pegar minha bebida.

— O que aconteceu?

— Não sei o que aconteceu, mas não a vi no final do dia.

— Você está perdendo o jeito — disse ela, colocando minha Cuba Libre sobre o balcão de madeira escura.

— Estou ficando menos... perspicaz, talvez.

Carla apoiou os cotovelos no balcão, evidenciando os seios enormes.

— Algo de bom aconteceu hoje?

Comecei a rir.

— Na verdade, aconteceu algo importante. Encontrei meu cabrito.

— Seu o quê?

Ri novamente.

— Meu cabrito. O *bicho*.

Ela arregalou os olhos.

— Como é?

Contei a ela sobre como Aubrey e eu o encontramos e o que aconteceu enquanto estávamos na estrada.

— Ah... isso é tão fofo. Então ele é tipo seu filho.

— Era o que a Aubrey costumava dizer.

Ela deve ter notado a melancolia aparecer em meu rosto.

— Algo errado?

— Havia um paletó masculino pendurado no quarto. Acho que ele está morando com ela. Podem estar noivos ou casados.

— Bem, você não tem como saber, não é? Porque você não *falou* com ela. — Ela pegou o pano e o bateu na minha cabeça de brincadeira.

— Tenho que ir com calma. Não quero estragar tudo.

— Há uma diferença entre ir com calma e evitar tomar uma atitude. Por quanto tempo você vai ficar na espreita assim? Você só precisa arrancar o *band-aid*, cara.

Tomando o último gole e batendo com o copo sobre o balcão, falei:

— Odeio quando você está certa.

— Então você deve me odiar o tempo todo. — Ela piscou.

※

Aubrey estava linda enquanto caminhava para o trabalho na manhã seguinte. Ventava, o que deixava seus cabelos mais revoltos. Como de costume, ela parou no Starbucks para pegar seu café antes de entrar no prédio.

A dor no meu peito era maior do que nunca, pois eu sabia que o dia D estava chegando. Mesmo que eu tivesse prometido "arrancar o *band--aid* nos próximos dias", eu ainda não sabia como me aproximar dela.

Quando ela enfim entrou no prédio, deixei escapar um profundo suspiro e saí da caminhonete para entrar no Starbucks e pegar meu café. De ressaca de novo, não escutei o despertador e cheguei tarde demais para arriscar entrar e pagar por seu latte.

Decidi tentar algo novo. Eu queria provar Aubrey. *Quem dera.* Em vez disso, decidi provar o café requintado que ela sempre pedia para ver que gosto tinha.

— Quero um latte desnatado com três esguichos de baunilha, pouca espuma e muito quente.

O rosto da jovem do caixa parecia sempre se iluminar quando me via.

— Vai pedir a bebida dela... pra você?

— Pra variar um pouco as coisas, sim.

— Qual é o seu nome?

— Por que você precisa do meu nome?

— É só o procedimento com bebidas especiais. Nós o escrevemos no copo.

— Ah... Chance.

Ela escreveu meu nome no copo com uma caneta preta, e eu fui até o outro lado do balcão, onde as bebidas eram retiradas.

Observei o barista fazer algumas bebidas que estavam na fila antes da minha. Que droga de processo entre a vaporização e a formação de espuma. Era bom mesmo que fosse complicado, já que custava cinco dólares.

Então ouvi a voz da caixa.

— Aubrey. O que está fazendo aqui de novo tão cedo?

Meus olhos se dirigiram rapidamente para ela, mas no mesmo instante puxei o boné de beisebol para baixo e me virei em direção à parede dos fundos. O coração batia forte. O peito estava apertado. Vontade de vomitar. Uma onda de adrenalina.

*Ah, porra.*

*Porra.*

*Porra.*

*Porra.*

Meu coração nunca havia batido tão rápido. Ouvi sua voz atrás de mim.

— Meu namorado entrou no meu escritório para falar comigo e derrubou meu café com o cotovelo. Derramou tudo na mesa.

*Maldito.*

— Sinto muito. Vou preparar outro para você de graça.

— Muito obrigada, Melanie. Agradeço.

Parecia que as paredes estavam se fechando sobre mim. O som do leite fervendo, de repente, parecia ensurdecedor. Perguntei-me se conseguiria sair de fininho, de costas para a parede, até que estivesse atrás dela e do lado de fora. Assim que comecei a me mexer, o garoto que estava fazendo meu café gritou:

— Chance!

— Você disse Chance? — perguntou Aubrey.

Naquele momento, eu estava bem atrás dela.

Melanie, que provavelmente achava que eu só tinha uma inocente queda por Aubrey, decidiu que aquele seria um bom momento para bancar o cupido. Ela me dedurou.

— Chance é o cara que pagou o seu café no outro dia. Ele está bem ali.

Aubrey se virou tão rápido que se apoiou acidentalmente em uma pilha de copos de café gelado, derrubando-os como dominós.

Parecendo não perceber o desastre que acabara de criar, ela ficou olhando para mim com a mão sobre o peito como se estivesse segurando o coração.

Tirei o boné de beisebol e o coloquei sobre o peito. Com olhos suplicantes, sussurrei:

— Princesa.

Parecendo ter acabado de ver um fantasma, ela balançou a cabeça lentamente, como se dissesse "isso não pode estar acontecendo".

Dei um passo em sua direção.

Ela levantou a mão, fazendo-me parar.

— Não! Não se atreva a se aproximar de mim.

Meu coração afundou no peito, e senti como se minhas entranhas estivessem se retorcendo.

*Não foi assim que imaginei as coisas acontecendo.*

Levantei as palmas das mãos.

— Tudo bem. Mas, por favor, me ouça.

— Você está me seguindo?

— Não exatamente.

Estávamos em silêncio. Humilhado, abaixei-me e comecei a pegar os copos que ela tinha derrubado. Aubrey ficou parada no mesmo lugar.

Melanie abelhuda falou por trás do balcão:

— Por que você não ouve o que ele tem a dizer?

A respiração de Aubrey ainda estava pesada. Ela finalmente falou:

— Deixe-me perguntar uma coisa, Melanie. Se um cara te fizesse acreditar que se importava com você, transasse contigo e fosse embora antes da manhã seguinte sem nem um bilhete de despedida, você o ouviria?

— Provavelmente não. — Ela riu e acrescentou: — Bem, se ele tivesse uma bunda como a do Chance, talvez. — Uma das outras atendentes riu.

Aubrey olhou para mim, fuzilando-me com os olhos, e continuou:

— Certo… E se ele não entrasse em contato por dois anos depois disso e, de repente, aparecesse, seguindo você na cidade onde mora. Você o ouviria?

— De jeito nenhum — disse Melanie. — Isso é estranho.

— Caso encerrado.

Aubrey passou por mim e saiu pela porta. E foi embora.

Sentindo como se ela tivesse acabado de arrancar meu coração e me dado para comer, permaneci ali, parado e derrotado, no meio do Starbucks.

Depois de um minuto olhando fixamente para fora da janela da loja, ouvi uma voz dentro da minha cabeça que parecia muito a da minha mãe.

*Aja como adulto e lute por ela.*

E isso marcou o fim da minha atitude sutil.

Saí correndo, esperando poder localizá-la antes que ela entrasse no prédio.

Não havia sinal dela. Correndo pelas portas giratórias, vi Aubrey esperando o elevador. Assim que ela entrou em um, coloquei a mão nas portas para segurá-las.

Ela estava sozinha.

Lágrimas escorriam por seu rosto. *Ela estava chorando.*

Quando o elevador começou a subir, apertei o botão que o fazia parar.

— O que é que você está fazendo? — ela gritou.

Arquejando, eu disse:

— Se esta é a única maneira de fazer com que você me escute, então que seja.

— Você pode me prender aqui por, hã, não sei, DOIS anos se quiser. Não vou falar com você. Talvez, então, você compreenda o que senti.

Prensando-a contra a parede com um braço de cada lado do seu corpo trêmulo, eu disse:

— Fico feliz em ver que você continua teimosa como sempre, princesa.

Parecendo desconfortável com a minha proximidade, ela engoliu em seco antes de dizer:

— Preciso voltar ao trabalho. Destrave esse elevador ou vou chamar a polícia.

— Entendo que esteja em choque. Você não deveria descobrir desse jeito.

— Existe um jeito bom de descobrir que a pessoa que partiu seu coração agora está te seguindo?

*Ela tinha razão.*

— Provavelmente não. Mas você tem que me deixar explicar.

As palavras que ela falou em seguida foram difíceis de ouvir.

— Você sabe o tempo que levei para esquecer você? Só agora minha vida está voltando ao normal. Você não pode voltar depois de dois anos e esperar que eu simplesmente aceite isso, sendo que lutei tanto para conseguir desistir de você. Eu finalmente desisti. Por favor. Estou te implorando para ir embora.

Meu peito estava tão apertado que parecia que ia explodir.

*Ela tinha desistido de mim.*

*Bem, sinto muito. Estou de volta.*

— Eu vou... por enquanto. Mas não vou embora da cidade até que você concorde em me deixar explicar o que aconteceu. Se você ainda quiser que eu desapareça depois de ouvir tudo, então juro por Deus, Aubrey, você nunca mais vai me ver enquanto viver.

Seus olhos começaram a se encher de lágrimas novamente enquanto olhava para os meus. Sem desviar o olhar, soltei o botão de parada e apertei o número do andar seguinte.

— Vou ficar no Sunrise Hotel, quarto oito. Meu celular ainda é o mesmo. Me liga quando estiver pronta para me ouvir.

Quando as portas se abriram, saí do elevador, deixando Aubrey com a responsabilidade de dar o próximo passo. Só esperava que ela escolhesse caminhar na minha direção.

# 17

Ainda seria considerado perseguição quando a vítima se tornava ciente da presença do perseguidor? Agora Aubrey sabia que eu estava na cidade e o risco de ser pego não existia mais.

Na semana seguinte, continuei em Temecula na esperança de um milagre. O único estresse era a espera de que ela entrasse em contato comigo. Eu olhava o telefone constantemente, pensando que talvez pudesse ter perdido sua ligação. Mas ela nunca ligou.

Evitando irritá-la mais do que eu já tinha irritado, decidi dar um tempo nas visitas ao seu escritório. Malhei muito todas as manhãs para afastar as frustrações do meu corpo. Não tocava em uma mulher havia mais de dois anos e a única que eu queria aparentemente tinha um namorado e me odiava. Assim, puxar ferro era a minha forma de lidar com isso até que eu pudesse conquistá-la de volta. Eu só sonhava com todas as formas de poder descarregar a energia acumulada em Aubrey.

Depois da academia, no início das tardes, eu ia para a casa de Aubrey e continuava arrumando seu jardim. Alguém tinha que fazê-lo, pelo amor de Deus. Eu adubei as plantas e plantei duas mudas de flor-de-baunilha. Foi a escolha perfeita.

Os vizinhos estavam acostumados a me ver trabalhando. Com o cortador de grama na caçamba da caminhonete, eles achavam que eu trabalhava com jardinagem. Minha pele estava um pouco mais bronzeada depois de trabalhar durante dias no calor sufocante. Várias mães com carrinhos começaram a passear por ali nos últimos dias também. Eu acenava para elas com as mãos sujas. Essas novas espectadoras pareciam estar se multiplicando a cada dia.

Porém, a melhor parte durante essas tardes na casa da Aubrey era o tempo que eu passava com o cabrito. Ele sempre esperava por mim na janela.

*Pixy.*

Ainda tinha que me acostumar a chamá-lo assim.

Eu levava almoço para ele. Comíamos juntos. Estava me acostumando com o cheiro do seu hálito misturado ao cheiro da grama recém-cortada.

*Sujeito fedido.*

Minha rotina noturna era a mesma de sempre. Eu ia para o bar e desabafava com a Carla.

Em uma sexta-feira à noite, porém, houve uma mudança surpreendente. Estava sentado no meu banco no bar quando Carla perguntou:

— Como você disse que a Aubrey era?

— Por quê?

— Descreva-a para mim.

— Pequena, mas curvilínea, cabelo ondulado castanho-avermelhado, olhos grandes, pele clara…

— Por acaso ela tem um casaco com estampa de leopardo?

Passei a mão no queixo e lembrei que ela estava usando um desses para o trabalho certa manhã.

— Sim… sim, ela tem. Por quê?

—Acho que ela esteve aqui. Uma garota assim estava nos olhando pela janela da frente. Quando olhei para ela, ela fugiu.

Eu me virei.

— O quê?

Carla acenou com a mão na direção da porta.

— Vá atrás dela.

Sem pensar, levantei e corri. Não havia dúvida de que era o Audi de Aubrey saindo do estacionamento. Meu coração batia forte enquanto ela acelerava na rua. Como eu tinha ido andando para o bar, não iria conseguir segui-la. Minha princesinha enfiou o pé no acelerador e se afastou rápido demais para que eu pudesse pará-la.

Peguei meu telefone e rolei a tela até seu número para enviar uma mensagem de texto.

Chance: Quem está seguindo quem agora?

Não houve resposta. Depois de alguns minutos, recebi uma mensagem de texto. Meus batimentos cardíacos aceleraram.

Aubrey: Foi uma coincidência.

Chance: Não mande mensagens enquanto estiver dirigindo.

Aubrey: Por que me escreveu então? E não me diga o que fazer.

Chance: Estacione, princesa.

Aubrey: Eu não estava te seguindo.

Chance: Não me escreva de novo até que tenha estacionado.

Olhando para a tela, continuei parado no estacionamento. Depois de alguns minutos, o telefone vibrou de novo.

Aubrey: É isso o que você faz toda noite? Vai de bar em bar atrás de mulher?

Chance: Estacionou?

Aubrey: Sim.

Chance: Só estou atrás de uma mulher. Ela me faz querer beber. Por isso, o bar.

Aubrey: Eu só queria que você fosse para casa. Pare de me mandar mensagens.

Chance: Parar de enviar mensagens? Achei que você gostasse da vibração.

Nenhuma resposta.

Talvez eu tivesse ido longe demais. Era muito cedo para brincar como costumávamos fazer. Mandei outra mensagem, respondendo honestamente a seu pedido de que eu fosse para casa.

Chance: Minha casa é onde você está.

Aubrey: Você queimou nossa casa em Las Vegas depois que transou comigo e foi embora.

Doeu demais ler aquelas palavras. Olhei para elas por quase um minuto antes de responder.

Chance: Há um motivo para eu ter feito o que fiz, e preciso te explicar pessoalmente. Não vou fazer isso por mensagem de texto.

Aubrey: Não há desculpa para o que você fez.

Chance: Onde você está? Vou aí te encontrar.

Aubrey: Não. Por favor, não.

Chance: Se quiser se livrar de mim, uma hora ou outra vai ter que me ver.

Aubrey: Por que você está fazendo isso?

*Porque eu te amo.*

*Porra.*

*De onde veio isso?*

Chance: Por favor, volte para o bar ou posso ir até você. Não posso dirigir porque bebi.

Aubrey: Não posso te ver hoje à noite. Não estou pronta.

Chance: Vai estar algum dia?

Aubrey: Acho que não.

Chance: Quem é ele?

Aubrey: Quem?

Chance: Seu namorado.

Aubrey: Como você ainda não sabe? Que tipo de stalker é você?

Chance: Me diz o nome dele.

Aubrey: Ele se chama Richard.

Chance: Vocês moram juntos?

Aubrey: Isso não é da sua conta.

Chance: Vi o paletó dele pendurado na porta do seu guarda-roupa.

Aubrey: Você andou bisbilhotando minha casa?

Chance: Sim. Só quando você não está em casa. E eu nunca entrei. Eu não faria isso.

Aubrey: Ainda assim é doentio.

Chance: Não posso acreditar que você ficou com ele, a propósito.

Aubrey: Eu não abandono as coisas com as quais me importo.

Chance: Nem eu. É por isso que estou aqui.

Aubrey: Depois de dois anos?

Chance: Vim para cá na primeira oportunidade que tive.

Mesmo que fosse verdade, tenho certeza de que isso a confundiu. Ela não respondeu. Então, mandei outra mensagem.

Chance: Você deu a ele o nome de Pixy. É a prova de que você não me odeia.

Aubrey: Não posso mais fazer isso.

Eu não queria deixá-la mais chateada. Então, parei de escrever.

Surpreendi-me quando meu telefone vibrou novamente dentro do bar cerca de quinze minutos depois.

Aubrey: Quando você tem ido arrumar meu jardim?

Chance: O dia todo enquanto você está no trabalho.

Aubrey: Obrigada.

Se fosse possível um coração sorrir, juro que o meu teria feito isso naquele momento.

Chance: De nada.

Aubrey: Por favor, não dê mais milho para ele comer. Ele não digere e não é bonito.

Eu ri.

Chance: Ops.

Foi o fim da nossa conversa naquela noite. Foi mais do que eu poderia ter esperado.

---

Aubrey ainda evitava me ver a todo custo. Quando outra semana se passou, percebi que minha abordagem precisava ser mais agressiva. A cada novo dia, eu ficava mais incomodado por ela não saber a razão por trás da minha partida. E eu ainda me recusava a ter essa conversa de outra maneira que não fosse pessoalmente.

Eu compreendia seu medo, mas era necessário achar uma maneira de encontrá-la sozinha para que pudéssemos conversar.

Era uma tarde de quinta-feira quando recebi um telefonema do meu agente na Austrália a respeito de uma oportunidade de marketing. Então, fiz o que qualquer pessoa na minha posição faria antes de aceitar um novo negócio: contratei um advogado.

## 18

— Tenho um horário marcado às onze com a srta. Bloom.

A recepcionista sorriu e olhou para a agenda.

— Sr. Harley?

— O único.

Eu sorria de orelha a orelha, como um idiota. A mulher deve ter achado que era a causa da minha animação. Ela era bonita. Aposto que muitos homens ficavam caidinhos por ela, mas meu entusiasmo era por causa de uma única mulher. Só o fato de ouvir sua voz no interfone fez meu coração acelerar um pouco.

— Sim, Kelly? — perguntou Aubrey.

— Seu cliente das onze horas está aqui.

— Obrigada. Pode pedir a ele que entre em cinco minutos? Preciso me organizar. — Imaginei sua mesa cheia de papéis espalhados.

Kelly soltou o botão e falou comigo:

— Pode se sentar. Chamarei o senhor daqui a dez minutos. Ela é uma das melhores advogadas do escritório, mas sua mesa geralmente é um desastre.

Sentei-me na recepção e folheei uma revista enquanto esperava, mas não consegui me concentrar. Eu havia esperado quase uma semana para esse encontro. No dia anterior tinha pegado meu terno novo. Era feito sob medida e vestia muito bem. Quando me olhei no espelho, pela primeira vez em dois anos, não odiei o que vi.

Arrumei a gravata, torcendo para que a vendedora que me ajudou a escolhê-la estivesse certa. Ela disse que aquele tom de azul destacava a cor dos meus olhos e que seria impossível não cativar uma mulher.

De uma forma estranha, suas palavras explicaram o que eu queria fazer com Aubrey... Possivelmente pelo resto das nossas vidas. Podia ter passado só oito dias com ela, mas aprendemos o que a maioria das pessoas leva seis meses de namoro para aprender. Vir a Temecula confirmou o que eu havia pensado pelos últimos dois anos – eu era um caso perdido quando se tratava de Aubrey Bloom.

Kelly saiu de trás de sua mesa.

— Senhor? Se estiver pronto, vou levá-lo até lá agora.

Respirei fundo.

— Estou mais que pronto.

Caminhamos por dois corredores compridos e passamos por alguns homens de terno. Esse lugar era uma maldita convenção de engomadinhos. Depois de mais um corredor, Kelly parou em uma porta. Escritório de canto.

*Boa, princesa.* Ela era valorizada ali. Senti um baita orgulho.

— Oi, Aubrey. O sr. Harley está aqui.

— Obrigada.

Kelly se afastou para que eu pudesse entrar. Minha advogada estava olhando para baixo. Ela falou antes de erguer a cabeça:

— Muito prazer em...

Aubrey congelou. Eu poderia jurar que, por um segundo, vi um lampejo de entusiasmo em seus olhos. Mas sumiu rapidamente... e foi substituído por raiva. Eu já esperava essa reação.

— Sr. Harley? — Ela revirou os olhos. — Como não percebi isso?

Sorri, mas ela não achou graça.

— Chance. Estou trabalhando. Não posso participar do seu joguinho aqui. Você precisa ir embora.

Abotoei meu paletó.

— Estou aqui por causa de trabalho.

— Boa tentativa. Sou advogada de direitos autorais. Se você foi preso por embriaguez ou comportamento lascivo e inapropriado, precisará ir para outro escritório, no Celino e Barnes.

— Preciso de um advogado de direitos autorais.

— Ah, é mesmo? — Ela não estava acreditando em uma só palavra do que eu estava dizendo.

— Sim.

— Bem, nesse caso, vai precisar arrumar outro advogado. — Ela saiu de trás da mesa e cruzou os braços sobre o peito. Aubrey bancando a durona comigo era a coisa mais sexy que eu via em anos.

— Não quero outro advogado.

— Que pena.

Ficamos nos olhando por alguns momentos. Então ela sorriu. Não era um sorriso feliz, era algo como *estou prestes a te ferrar e vou adorar fazer isso*. Não me importei. Adorei vê-lo mesmo assim. Sorri de volta – um sorriso duas vezes maior.

Ela bufou e saiu do escritório.

Aubrey voltou poucos minutos depois. Eu me acomodei e me sentei confortavelmente em uma cadeira em frente à sua mesa. Fiquei de pé quando ela entrou. Um homem veio logo atrás dela. *O filho da puta.*

Aubrey parecia contente enquanto falava.

— Richard, este é o sr. Bateman. Ele precisa de um advogado de direitos autorais, e estou ocupada esta tarde. Por isso, pensei que talvez você pudesse atendê-lo.

O aspirante a Clark Kent estendeu a mão para mim.

— Richard Kline.

Assenti.

— Dick. Prazer em conhecê-lo. — O aperto que dei em sua mão quando o cumprimentei foi quase uma agressão.

Pude ver a mandíbula de Aubrey retesar. Então ela me corrigiu, cerrando os dentes:

— O nome dele é Richard.

— Não tem problema. — Dick acenou para ela. — Estou acostumado. Não tenho o hábito de usar apelido, mas o nome do meu pai também era Richard e todos o chamavam de Dick.

Sorri para Aubrey.

Ela estava espumando de raiva.

— Por que você não vem para o meu escritório e veremos no que posso te ajudar?

— Eu realmente prefiro esperar pela srta. Bloom. Foi a indicação que recebi.

— Não estou disponível — Aubrey falou bruscamente.

Dick pareceu surpreso com a atitude de Aubrey. Isso me deixou feliz por algum motivo. Gostei do fato de ele não conhecer sua ousadia. Guarde-a para mim, querida. Quero tudo que é seu.

— Bem. — Dick se virou para Aubrey. — O que mais você tem hoje? Talvez eu possa assumir algum dos seus compromissos da tarde.

— Prefiro que você assuma o caso do sr. Bateman.

Dick olhou para mim como se estivesse se desculpando e depois falou com ela. Seu tom era um pouco paternalista.

— Parece que o sr. Bateman quer que você cuide dos assuntos dele, Aubrey.

Sorri para ela.

— Eu estava muito ansioso para que você *cuidasse deles*.

Dick veio em meu socorro.

— Por que não vamos até o meu escritório e vemos o que posso fazer para ajudar a reorganizar sua agenda para que você possa atender o sr. Bateman?

Eles saíram do escritório, e Aubrey voltou cinco minutos depois com a recepcionista.

— Sente-se, Kelly. — Ela trouxe uma acompanhante.

Fiquei decepcionado pelo fato de que não teria um tempo sozinho com ela, mas estava longe de me sentir desencorajado. Aubrey, por outro lado, não estava nada feliz. Com raiva, ela pegou um bloco amarelo da gaveta e o jogou com força em cima da mesa.

— Qual a natureza dos serviços jurídicos de que precisa, sr. Bateman? — Sua caneta estava pronta para escrever, e ela não olhava para cima. Kelly parecia estar perplexa diante da cena que se passava na frente dela.

— Tenho dois, na verdade. — Abri a pasta que estava carregando, tirei um grande envelope pardo e o deslizei pela mesa até suas mãos.

— Recebi a oferta de uma empresa que gostaria de usar algumas fotos minhas em sua campanha publicitária.

Ela soltou um riso dissimulado.

— Ah, é verdade. Você é modelo de bunda.

Eu a ignorei.

— Enfim... A empresa que quer usar as fotos na campanha quer os direitos exclusivos, e uma empresa americana está usando a foto em seu site sem permissão. Preciso enviar uma notificação a eles antes de assinar o contrato.

— Certo.

— E gostaria que o contrato fosse analisado também.

— Algo mais?

— Talvez você queira jantar para discutir os termos do contrato?

— Acho que não.

— Café da manhã?

— Saia, sr. Bateman.

Fiquei de pé. Eu tinha ido longe demais e não queria testar meus limites.

— Você sabe como me contatar quando tiver a oportunidade de analisar os documentos?

— Sim. — Ela finalmente olhou para mim. — Aparentemente, *agora* você está disponível o tempo todo.

Ela estava furiosa. Mas, de alguma forma, isso me deu esperança. Se ela não se importasse, já teria relaxado.

— Obrigado pelo seu tempo.

— Kelly, mostre a saída ao sr. *Harley*, por favor.

⁂

Nos três dias que se seguiram, fiquei preso à minha rotina. Bem, na maior parte do tempo. Eu chegava à Jefferson Avenue no meu horário normal, só que entrava no Starbucks de manhã e lia o jornal enquanto tomava meu café. Todo dia, eu pagava o café da Aubrey e acrescentava algo ao pedido. No dia anterior, tinha sido um muffin de banana e castanha. Naquele dia, escolhi bolo de café com gotas de chocolate. Eu comia a mesma coisa e bebia o mesmo café. Era o mais próximo de conseguir tomar café da manhã com ela.

Melanie – a barista – e eu estávamos nos tornando amigos rapidamente. Ela entregou meu latte.

— Ela sorri quando eu digo que você pagou, sabia?

— É mesmo?

Melanie assentiu.

— Ela tenta disfarçar, mas eu percebo.

Ela não tinha ideia de que tinha me feito ganhar o dia.

— Obrigado, Melanie.

Ela se inclinou sobre o balcão como se quisesse me contar um segredo.

— Estamos todos torcendo por você.

Aquilo foi legal, mas eles não sabiam o que eu tinha feito com Aubrey.

Às oito, voltava para a caminhonete. Queria estar perto dela, mas não irritá-la por estar tão próximo. Ela não olhava para mim, mas sabia que eu estava ali todas as manhãs.

Como um relógio, às nove e meia, Aubrey entrou no Starbucks. Alguns minutos depois, ela saiu. Com o café e o bolo com gotas de chocolate na mão, ela deu dois passos em direção ao escritório e então parou, dando-me um baita susto quando começou a caminhar direto para a minha caminhonete.

Abaixei a janela.

— Pode, pelo menos, escolher um café da manhã com menos calorias da próxima vez?

Tive que me segurar para não dizer o que eu realmente queria – que eu prepararia o que ela quisesse, todas as manhãs. Em vez disso, respondi:

— Claro.

Aubrey assentiu e se virou, mas parou depois de apenas dois passos. Ela permaneceu na mesma posição quando falou:

— As flores desabrocharam esta manhã. São lindas. — Então ela desapareceu por mais dez horas.

Fui à academia e passei algumas horas no Home Depot, comprando o que precisaria para meu próximo projeto na casa da Aubrey. Quando resolvi ir até Temecula, peguei a caminhonete em vez da moto para que não fosse facilmente reconhecido. Acabou que a caminhonete tinha vindo a calhar.

A tarde estava quente e abafada, então tirei a camiseta para limpar o suor que estava pingando da testa. Eu tinha descarregado oito levas de cedro no quintal da casa, embaixo de um calor de trinta graus. Quando fechei a porta de trás da caminhonete, uma mulher que passava sempre por ali parou para falar comigo.

— Oi. Sou a Philomena. — Ela usava uma daquelas saias brancas curtas de jogar tênis, galochas e uma blusa justa com decote baixo. O céu estava azul e não chovia por dias. Meus olhos caíram no vão entre seus seios. Era impossível não notar. Ela tinha uma comissão de frente gigantesca.

— Chance. — Assenti.

Ela levantou a mão, que estava engessada, para apontar para a rua.

— Moro logo ali, Chance. Faz uma semana que venho te observando. Gostaria de saber se você pode ir à minha casa. — Ela estava me propondo algo, mas definitivamente não era aparar seu gramado. Fazia dois anos. Sim, ela era linda, mas eu tinha zero interesse.

Eu a encarei.

— Obrigado. Mas a Aubrey é minha única cliente.

— Mulher de sorte. Você realmente... trouxe certo encanto ao lugar.

Olhei para a casa estilo bangalô que antes era sem graça. Estava muito melhor agora.

— Obrigado. São flores-de-baunilha.

— Eu não estava falando sobre o jardim.

Tentei mudar de assunto.

— Espero que a lesão não tenha sido grave.

— Tropecei no meu porco durante a noite. Somos só nós dois. Ele é o homem da casa. — Ela piscou, afastando-se, e falou por sobre o ombro: — Se mudar de ideia, moro no número 41. Apareça. Quando quiser.

Naquela noite, eu estava no bar contando o meu dia para Carla quando meu telefone vibrou. Eu tinha mandado algumas mensagens para Adele e esperava que fosse a resposta dela. Fiquei animado pra caramba ao ver que era de Aubrey.

Aubrey: Sua foto foi removida do site hoje. Também negociei uma indenização compensatória.

Chance: Uau. Isso é ótimo. Você é muito boa.

Aubrey: Sou boa no meu trabalho. Você vai precisar assinar um comunicado. Também tenho algumas sugestões de alterações no contrato.

Chance: Onde você está? Posso ir até aí agora.

Aubrey: Venha ao meu escritório amanhã às nove e meia.

Chance: Levarei nossos cafés.

O telefone parou de vibrar, e achei que era o fim da nossa conversa. Um minuto depois, ele vibrou novamente, e meu coração vibrou junto. É bem surpreendente o que a esperança pode fazer quando se está disposto a encontrá-la.

Aubrey: Você está construindo um curral para o Pixy?

Chance: Sim.

Aubrey: Ele vai adorar.

Meu telefone ficou quieto depois disso, mas não me importei. Eu tinha um encontro marcado com Aubrey na manhã seguinte.

# 19

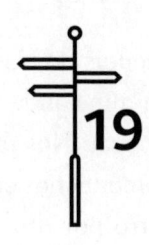

Verde era a minha nova cor favorita. Era óbvio que Aubrey também gostava dela, já que era a segunda vez que usava uma blusa verde desde que começara a vigiar sua rotina. A cor escura fazia sua pele parecer sedosa, e o verde em seus olhos me lembrava um peridoto – a pedra do signo da minha mãe. Era um golpe duplo pensar nela e perceber que eu tinha perdido dois aniversários da Aubrey.

Limpei a garganta e falei:

— Você está linda.

— Você ouviu alguma coisa do que falei?

Eu não tinha ouvido nada. Estava muito ocupado despindo-a com os olhos para me concentrar. Deus, as coisas que eu queria fazer com ela. Aquela mesa tornava impossível manter o foco. Ela estava sentada atrás da mesa, mas tudo o que eu imaginava era sua bunda ali em cima e minha cabeça enterrada entre as suas pernas. Nossos olhares se encontraram, e ela percebeu o que eu estava pensando.

— Para com isso. — Seus olhos eram suplicantes, e ela levantou uma mão. Mas eu precisava insistir.

— Precisamos conversar, Aubrey.

— Não. Não precisamos. Estou no trabalho e esta é uma reunião de negócios. É por isso que a Kelly está aqui. — Ela fez um gesto para a recepcionista, que estava mais uma vez sentada ao meu lado. Se Aubrey achava que eu não extravasaria na frente de Kelly, ela ainda não tinha compreendido o nível do meu desespero.

— Então me encontre depois do trabalho. No café da manhã. Às duas da manhã. Não dou a mínima onde ou quando. Apenas saia comigo, Aubrey. Precisamos conversar. Nós precisamos acertar as coisas.

— Já estou decidida. E somente nos encontraremos neste escritório.

Olhamos um para o outro por um minuto. A única a se mover foi a pobre Kelly. Ela se remexeu na cadeira como se precisasse ir ao banheiro. Finalmente, acabei com o nosso impasse.

— Tudo bem, Aubrey. Então você não me deixa escolha.

— Do que você está falando?

— Vamos conversar aqui e agora.

Aubrey se levantou e cruzou os braços.

— Não vamos, não!

Levantei-me e me juntei a ela, imitando a sua postura.

— Vamos, sim.

A voz de Kelly soou apreensiva.

— Quer que eu vá embora?

Aubrey e eu respondemos exatamente ao mesmo tempo. Só que eu disse sim e ela gritou não.

Kelly se levantou e então se sentou novamente quando Aubrey olhou para ela.

— Por onde devo começar então, Aubrey? Uma vez que a Kelly não sabe de toda a história, talvez devêssemos começar com a última vez que estivemos juntos com uma mesa no recinto?

Aubrey arregalou os olhos.

Virei-me para falar com Kelly.

— Já esteve em Las Vegas? Há um hotel na...

— Pode ir, Kelly. — Ela não precisou falar duas vezes. Kelly saiu correndo da sala e fechou a porta atrás de si. Eu precisaria me lembrar de agradecer por isso quando fosse embora.

— Por que você está fazendo isso, Chance? — Ela tentou se manter firme, mas sua voz falhou.

— Só preciso que você me ouça. Depois disso, vou te deixar em paz se quiser. Te dou minha palavra.

— Sua palavra? — ela zombou.

— Quinze minutos. É só o que vai demorar.
— Dez.
Que atrevida. Não pude deixar de sorrir.
— Tudo bem, dez. Podemos nos sentar?
De forma relutante, Aubrey se sentou. Eu esperava por esse momento havia mais de dois anos e, ainda assim, não sabia por onde começar. Então decidi contar desde o início.
— Você se lembra de que te falei sobre minha irmã, Adele?
Ela assentiu.
— Eu te contei que ela passou por uma fase complicada. Mas deixei de fora o quanto as coisas realmente foram difíceis.
Seu rosto suavizou-se um pouco. Soltei o ar lentamente e passei os dedos pelo cabelo. Sentia uma queimação do estômago até a garganta. O tempo não havia aliviado nem um pouco o que tinha acontecido. Tive essa mesma conversa com um detetive dois anos antes. As palavras ainda eram muito difíceis de sair.
— Adele foi estuprada.
A boca de Aubrey se abriu, e a mão voou para o peito.
— Eu não estava lá para ajudar. Ela se envolveu com gente ruim.
— Sinto muito. Ela está bem?
Sorri ao recordar o coque no cabelo que a minha irmã estava usando no dia em que deixei a prisão.
— Sim. Ela está muito melhor agora.
Aubrey assentiu.
— Então foi por isso que você foi embora?
— Sim, mas não foi só por isso.
— Não?
— É uma longa história. A polícia não conseguia encontrar o cara, e eu fiz algumas coisas.
— Que tipo de coisas?
Eu a olhei nos olhos enquanto contava a próxima parte.
— Bati em um homem até que ele me dissesse onde eu poderia encontrar o cara que a estuprou.

Um dos maiores medos que eu tinha era que a minha confissão a assustasse. Mas Aubrey não se encolheu. *Essa é a minha garota. Corajosa.* Sua reação me impulsionou a continuar.

— Eu o machuquei muito. E precisei pagar pelo que tinha feito. Na tarde daquele dia em que te deixei, comecei a cumprir uma pena de dois anos de prisão.

Aubrey olhou para mim. Dei a ela um minuto para digerir tudo o que eu havia acabado de dizer. Então, terminei o que tinha vindo fazer.

— Saí da prisão um dia antes de aparecer aqui em Temecula. Nunca planejei conhecê-la antes de ser preso. Tentei fazer tudo o que podia para manter distância em nossa viagem. Mas não consegui.

— Por que não me contou?

— Porque você merecia coisa melhor. Não queria que você me esperasse por dois anos. Você tinha acabado de largar um perdedor e estava pronta para tocar sua vida. Eu não podia jogar esse peso nas suas costas.

— Então, em vez disso, você partiu o meu coração? — A pergunta não foi feita de forma acusatória. Ela só estava tentando entender.

Assenti. *E o meu também.*

Ficamos em silêncio por um bom tempo. Ela estava olhando para as mãos apoiadas sobre a mesa. Tinha mais uma coisa que eu precisava dizer, e ela precisava me ouvir. Arrastei minha cadeira e me inclinei para a frente, cobrindo suas mãos com as minhas.

— Você pode olhar para mim?

Ela hesitou, mas olhou.

— Sinto muito, princesa. Por tudo. Por te machucar. Por deixar você para trás. Por não estar ao seu lado quando você acordou. Por não estar ao seu lado todos os dias desde então.

Aubrey fechou os olhos. Havia uma expressão de dor em seu rosto, e eu odiava ser o responsável por ela. Queria envolvê-la em meus braços e abraçá-la muito apertado, mas não o fiz. Eu já tinha pressionado demais e insistir seria egoísmo da minha parte. Meu coração batia forte. Quando ela finalmente abriu os olhos, estava olhando para as nossas mãos unidas – para o anel que eu ainda usava no dedo. *Minha aliança de casamento.*

Seus olhos se encheram de lágrimas.

O silêncio era uma tortura.

— Sinto muito por você e Adele terem passado por isso — ela finalmente disse, com a voz rouca.

— Eu também. Só quero deixar tudo isso para trás e seguir em frente.

Outro momento de silêncio.

— Eu finalmente estava feliz. O *Richard* me faz feliz.

Isso doeu pra caramba.

Ela continuou:

— Preciso de tempo para processar tudo isso. Passei os últimos dois anos te odiando.

— Eu entendo. — *Deixe-me compensar, princesa.*

— Quanto tempo você vai ficar na cidade?

*Até que você seja minha de novo.*

— Não tenho um plano ainda. Mas eu meio que estou ocupado com um projeto.

Isso fez os cantos de sua boca se abrirem em um suave sorriso, embora ela tenha ficado séria de novo muito rápido.

— Preciso de um tempo — ela repetiu.

Passaram-se dois longos anos, mas por fim eu me desculpara. Agora eu ia ter que esperar para ver se isso faria diferença para Aubrey.

⁂

Não tenho certeza do que achei que sentiria depois de finalmente contar tudo a Aubrey. Talvez uma sensação de alívio. Mas na verdade eu estava ainda mais ansioso. Tínhamos questões pendentes antes. Mas agora… E se, mesmo sabendo tudo o que havia acontecido, ela me perdoasse, mas ainda assim não tivesse interesse em ficar comigo? Tínhamos acabado de abrir uma nova porta ou, finalmente, dado um ponto-final em nosso relacionamento?

Fiquei sentado na caminhonete do lado de fora do seu escritório por duas horas, embora tivesse prometido que lhe daria espaço. Só precisava me certificar de que ela estava bem. Minha cabeça latejava.

Empurrei o banco para trás, pronto para fechar os olhos por alguns minutos, mas um *flash* verde chamou minha atenção antes que minhas pálpebras se fechassem. Aubrey estava de pé, na frente do prédio, carregando sua pasta. Ela colocou os óculos de sol, olhou para baixo e atravessou a rua. Ao contrário da maioria dos dias, ela não estava mexendo no telefone ou andando com um passo cheio de energia. Em vez disso, sua postura parecia derrotada e seu caminhar parecia arrastado. Um minuto depois que ela desapareceu no estacionamento onde parava o carro, vi seu Audi sair e seguir para casa.

Surpreendendo a mim mesmo, eu não a segui.

Decidi redirecionar minha energia. Estar preparado para uma batalha significava conhecer seu oponente. Já era hora de conhecer um pouco mais sobre Dick.

Por volta das sete, meu adversário apareceu. Ele correu para o BMW e saiu na direção contrária à da casa da Aubrey. Manobrei rapidamente e o segui. O filho da puta dirigiu por cerca de quase meia hora antes de sair da estrada. Eu não estava familiarizado com essa parte da Califórnia, mas não precisava ser um especialista em geografia para saber que estávamos em um bairro mais pobre.

Havia os sinais visíveis óbvios – prédios com janelas quebradas e com tábuas, grafite, jardins descuidados, carros antigos que pareciam abandonados. Os poucos prédios comerciais que tinham lojas, possuíam barras cobrindo as portas e janelas. Um carro da polícia estava estacionado na esquina de um cruzamento de quatro vias.

*Onde diabos Dick morava?*

Eu o segui com uma meia quadra de distância, tomando cuidado para que minha caminhonete não chamasse atenção. Ele entrou e saiu de ruas laterais que me fizeram querer trancar as portas. Por fim, ele diminuiu a velocidade e estacionou no meio-fio. Estacionei no lado oposto da rua, um pouco distante. Se eu ia continuar fazendo essa merda, precisaria da droga de um binóculo. Dick estendeu a mão para a parte de trás do carro, pegou uma mala e começou a trocar de roupa no banco da frente.

*Que merda ele estava fazendo?*

A rua em que estacionamos era composta por conjuntos habitacionais em ruínas. Uma meia dúzia de caras usando bandanas estava sentada nos degraus da entrada de um dos prédios. Eu tinha quase certeza de que vira alguns deles na penitenciária estadual. Dick saiu, olhou em volta com apreensão e se dirigiu para um dos edifícios degradados. Ele desapareceu por um conjunto de escadas de concreto que parecia levar à entrada de um porão.

Poucos minutos depois, outro homem se dirigiu para a mesma porta. Esse cara tinha uma barba comprida e emaranhada e vestia um gorro de lã e uma jaqueta camuflada pesada, embora a temperatura estivesse perto dos trinta graus. Ele também coçava o rosto freneticamente e olhava ao redor sem parar enquanto caminhava.

*Dick estava em uma boca de fumo?* O dia estava ficando muito mais interessante.

Depois de passar dois anos em uma prisão cheia de criminosos, eu não via a hora de sair daquele lugar quando a noite caiu. O bairro, que parecia abandonado, de repente estava começando a ganhar vida – com pessoas que não costumavam sair até que pudessem se esconder nas sombras da escuridão.

Mas eu esperei. Se Dick podia estar ali, eu também podia. Mais de uma hora se passou antes que o filho da puta subisse as escadas correndo e alcançasse a rua. Com um saco de papel marrom na mão, ele não perdeu tempo para entrar no carro. O veículo extravagante se afastou assim que a porta se fechou.

Eu não o segui.

A curiosidade me venceu e, antes que eu percebesse, estava trancando a caminhonete. Eu não sabia o que faria assim que chegasse à porta – comprar uma pedra de crack para mostrar a Aubrey que Dick era um idiota provavelmente não era a coisa mais inteligente a se fazer. Eu teria que me contentar em entender contra o que estava lutando e me preocupar com as informações que obteria mais tarde.

A escada era estreita e apenas alguns degraus levavam a uma porta fechada. Quando cheguei ao fim, encontrei a porta entreaberta. Havia música vindo de dentro. Eu a abri. Só um pouco no começo. Depois, um pouco mais. Até que a porta se abriu de repente e quase caí no chão.

Olhei para cima à espera de encontrar uma arma na minha cabeça por invadir uma boca de fumo. Mas o que vi foi bem diferente. Um padre estava segurando a porta e estendeu a mão para a sala atrás de si, dando-me as boas-vindas.

— Entre. O Conchas de Amor ficará feliz em alimentá-lo esta noite.

Demorou um minuto para eu perceber onde estava. O filho da puta não estava comprando crack. Ele estava servindo sopa para os sem-teto.

*Merda.*

Eu definitivamente precisava melhorar minha atuação.

# 20

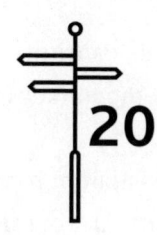

Então Aubrey e Dick eram um casal filantrópico.

Sentado na minha caminhonete na Jefferson Avenue, alguns dias depois, abri o jornal local e deparei com o sorriso bonito da Aubrey na coluna da comunidade, ao lado de um artigo sobre um novo abrigo de animais que tinha acabado de abrir.

*Os advogados Aubrey Bloom e Richard Kline, da Sherman, Kline e Lefave, participam da grande inauguração do abrigo de animais Park Street. Kline e Bloom, membros do conselho de administração da Park Street, ajudaram a arrecadar mais de quinhentos mil dólares para custear as novas instalações do local.*

No final do artigo, havia o número de telefone do abrigo. Liguei imediatamente.

Uma garota atendeu.

— Abrigo de animais Park Street?

— Oi, queria saber se vocês estão precisando de voluntários.

— Na verdade, sim, senhor. Precisamos de pessoas para passear com os cães. Você teria interesse?

— Claro. Posso passar aí de tarde.

— Teremos que preencher alguns documentos antes, então talvez você só possa começar mais para o final da semana.

— Não tem problema. Mal posso esperar para ajudar.

*Toma isso, babaca.*

*Stalker*, paisagista, babá de cabrito… Adicione passeador de cães à lista de novas ocupações desempenhadas por Chance Bateman durante minha estada em Temecula.

Minha rotina agora consistia em tomar um café da manhã virtual no Starbucks com Aubrey, ir à academia, fazer paisagismo (e passar um tempo com o Pixy), seguidos de passeios à tarde, em qualquer lugar, com cerca de três a cinco cães de uma só vez. Para alguém sem um trabalho de verdade, eu estava mais ocupado e em melhor forma do que nunca.

Numa tarde de sexta-feira, eu estava em um parque, caminhando com um grande cão dinamarquês, um pastor alemão misto e um galgo quando recebi uma mensagem da Aubrey.

Aubrey: Recebi seu novo contrato hoje. Eles precisam que você assine esta tarde para que possam cumprir o prazo de publicação.

Tentando controlar os três cães latindo com uma mão, usei o comando de voz do telefone para responder.

Chance: Estou passeando com uns cães no Slater Park. Posso passar aí logo depois.

Aubrey: Passeando com cães?

Eu sabia que isso despertaria seu interesse. Na verdade, estava apostando nisso. Esse era o momento perfeito para que ela soubesse sobre o meu mais novo empreendimento.

Chance: Sou voluntário no seu abrigo. Vi a matéria no jornal. Sei que esse lugar significa muito para você. Quis ajudar.

Aubrey: Está falando sério?

Chance: Vou até o seu escritório por volta das cinco, depois que os levar de volta, ok?

Aubrey: Tenho planos para esta noite, então vou sair mais cedo. Por que não te encontro no parque agora, e você assina rapidinho?

Chance: Onde quer que eu te encontre?

Aubrey: Na lanchonete da entrada por volta das quatro e quinze.

Chance: Te vejo lá.

Perfeito.

Honestamente, os cães é que estavam me levando para passear. Eu os deixava me guiar para onde quisessem. Recolhia as fezes com os sacos plásticos cor-de-rosa fornecidos pelo abrigo e jogava tudo no lixo.

As coisas que faço por você, Aubrey Bloom.

Quando chegou a hora de encontrá-la, dominar os cães se tornou uma necessidade.

— Calma aí, pessoal. Vamos por aqui. — Os dois maiores se pareciam mais com cavalos do que com cães.

Parei assim que a vi. Ela não me notou de imediato. Estava sozinha, com uma pasta parda enfiada debaixo do braço, tomando um sorvete. Minha boca se encheu d'água enquanto meus olhos seguiam o movimento de sua língua, deslizando ao longo do sorvete. A luz do sol captou as mechas vermelhas naturais em seu cabelo. Uma brisa leve levantou sua saia de maneira provocante. Como eu sentia saudade daquelas pernas.

Na verdade, senti saudade daquelas pernas envolvendo meu torso enquanto eu a penetrava fundo.

Meu pau de repente palpitou. Os cães não estavam felizes por terem que parar para que eu pudesse olhá-la. Eles revidaram, arrastando-me em sua direção.

Aubrey explodiu em uma risada quando me viu lutando para conter os três animais que latiam.

— Você está com as mãos ocupadas. — Ela sorriu. Tudo isso valia a pena só para ganhar um sorriso genuíno dela, o que era raro ultimamente. Ela tinha sorvete no lábio inferior, e eu estava ansioso para limpá-lo com a boca. Parecia que os cães estavam tão apaixonados por Aubrey quanto eu. Eles começaram a pular em cima dela. O dinamarquês pegou um pouco do seu sorvete, que ficou coberto de baba, e então ela deixou que o cão comesse o resto. Aubrey parecia estar adorando a atenção, deixando que os três praticamente a pisoteassem e lambessem seu rosto. O pastor parecia estar prestes a copular com a perna dela.

Aqueles cães se safavam de tudo.

Como eu queria ser um deles naquele momento.

Puxando as coleiras, falei:

— Pessoal, calma aí. Deem um pouco de espaço para a pobre Aubrey.

— Um conselho interessante vindo de você.

— Pelo menos não tentei te lamber. — Levantei as sobrancelhas. — O que não quer dizer que já não tenha pensado nisso.

— Ah, é?

— Sim. Bem agora, na verdade. Mas posso me conter quando eu quiser. Isso é um ponto a meu favor, né? — Pisquei.

— Bem, parabéns por não agir como um animal.

— Às vezes não é fácil, porque sei o que estou perdendo, levando em conta que já experimentei seus petiscos.

Balançando a cabeça, ela disse:

— Você é vulgar.

— Você gosta.

— Não gosto, não. — Ela revirou os olhos, mas a expressão em seu rosto era de divertimento.

Ali estava a minha garota safada.

Ela abriu a pasta e tirou uma caneta da bolsa.

— Você precisa assinar o contrato. Eu o revisei cuidadosamente. Ele inclui tudo o que solicitamos, sem surpresas, mas fique à vontade para ler antes de assinar.

Assinando o mais rápido que pude e entregando-lhe a caneta, eu disse:

— Não é necessário. Confio plenamente em você. — Olhando direto em seus olhos, acrescentei: — Duvido que você possa dizer o mesmo sobre mim, mas estou trabalhando nisso.

Seu semblante ficou sóbrio.

— Você está certo. Não posso dizer o mesmo. — Ela colocou a pasta de volta embaixo do braço. — É melhor eu ir. Tenho um compromisso.

— Tem um encontro com o Dick?

— Pare de chamá-lo assim. Pela última vez, ele se chama Richard.

Meu tom ficou sério.

— Qual é, princesa? Só estou brincando... seus petiscos... Dick... tudo. Você conhece meu tipo de humor. Você costumava gostar.

— Mesmo? Gostava? Engraçado, porque não me lembro muito do que aconteceu antes de acordar dolorida entre as pernas e perceber que você havia ido embora.

Porra.

Parecia que ela tinha me dado um soco no estômago.

Quando isso ficaria mais fácil?

Dei um passo em sua direção.

— Precisamos falar mais sobre o que aconteceu. Eu...

— Eu realmente tenho que ir — disse Aubrey, olhando para o relógio e se afastando.

Os cães estavam ficando impacientes e me puxaram na direção de dois pequenos yorkshire terriers que estavam correndo. Gritei para eles:

— Merda! Calma aí.

Eles eram ótimos para ajudar com as mulheres!

Quando voltei, minha garota havia ido embora.

⁂

Depois desse fiasco, fui direto para o bar e desabafei com Carla.

Servindo-me uma segunda bebida, ela balançou a cabeça.

— Quer saber o que eu acho? Ela é tão cruel quanto você.

— Explique-se.

— Vocês dois estão jogando.

Girei a bebida no copo.

— Bem, se é um jogo, já não está mais tão divertido.

— Ela está fingindo que não te quer aqui, mas foi pega no flagra te seguindo. Se ela realmente não quisesse nada com você, nunca teria aceitado ser sua advogada. Ela poderia ter dito a verdade ao namorado, e ele teria te chutado para fora muito rápido, você sendo cliente ou não. Ela está te escondendo dele porque ainda sente algo por você e não quer que ele saiba. Você é cego, australiano?

Meu coração batia mais rápido, enchendo-se de esperança.

— Nunca pensei dessa maneira.

— Você precisa pôr fim a esse jogo de gato e rato. Descubra quais são as intenções dela. Você é um bom sujeito, Chance. Sei que a magoou muito, mas você também está magoado. Ela precisa saber disso. Pare de fingir que está bem em relação a tudo isso.

— O que você sugere que eu faça?

— Pare de bancar o herói paciente. Quantos arbustos você vai querer plantar, sr. Dedo Verde? Isso não está ajudando. O que você realmente precisa é se plantar no matagal dela! Pare de perder tempo e diga a ela o que quer.

Eu ri alto.

— Esqueça o dedo verde. Acho que tenho um pau verde e dormente neste momento.

— O gigante verde — ela brincou.

Eu respondi:

— Shrek.

Nós dois gargalhamos. Quando paramos, olhei para ela – minha ouvinte. Sua amizade realmente significava muito para mim.

— O que eu faria sem você?

Ela pareceu corar. Isso não era muito do feitio dela.

Limpando a garganta, ela apoiou as mãos no balcão.

— Escute. Com toda a seriedade, você precisa ir falar com ela esta noite. Diga como se sente, sem papo furado. Certifique-se de que ela saiba que você não vai ficar atrás dela para sempre. O tempo é precioso. Há muitas mulheres por aí que adorariam a oportunidade de fazer você feliz se ela não quiser.

Por uma fração de segundo, seu olhar me fez pensar se ela estava se referindo a si mesma.

※

Passei o resto do fim de semana sem seguir Aubrey. Era a primeira vez que ficava um dia inteiro sem vê-la nem que fosse de longe. Mas eu realmente precisava de um tempo para pensar sem que seu rosto bonito e seu traseiro gostoso me distraíssem.

A última conversa com Carla havia aumentado a minha confiança, mas, quanto mais tempo eu passava sozinho, mais dúvidas surgiam.

Naquele domingo, passei uma boa parte do dia na lavanderia. Observar minhas roupas girarem na secadora me ajudou a meditar e refletir.

Por mais que eu sempre dissesse que ficaria na cidade o tempo que fosse necessário, eu não estaria disposto a fazer isso se Aubrey já tivesse desistido de mim. Se a sua intenção era ficar com Dick, então eu realmente precisava saber. Uma coisa era conseguir o seu perdão. Outra era fazê-la me perdoar *e* me dar outra chance, deixando um cara que supostamente a fazia feliz e esteve ao lado dela quando eu não estive.

Eu tinha decidido que no dia seguinte, depois que Aubrey chegasse do trabalho, eu tentaria conseguir minha resposta de uma vez por todas.

## 21

Pulei o café rotineiro na manhã de segunda e fui direto para a casa da Aubrey. Aquele seria um dia longo – eu daria os últimos retoques no curral do Pixy e me certificaria de que estaria tudo em ordem caso as coisas não saíssem conforme o planejado.

Parei para comprar dois burritos que eram os favoritos do cabrito – sem milho – e levei seu almoço para a janela.

Observando-o comer tudo em poucas mordidas, acariciei-lhe a cabeça.

— Ouça, tenho que lhe dizer algo importante.

Ele estava muito ocupado lambendo a embalagem do burrito para prestar atenção em mim.

— Preciso que você saiba que, se eu for embora, não é por sua causa. Tudo bem?

— Béé.

— Tudo o que mais quero é te ver todos os dias e que nós três estejamos juntos. Só não sei mais se isso vai ser possível. Se não for, tenho que ir embora de novo. Porque isso vai me deixar muito triste e não vou conseguir ficar.

Ele olhou para mim com os olhos caídos. Mesmo que fosse cego, às vezes eu jurava que ele podia me ver.

— Prometo que, se isso acontecer, nunca vou te esquecer. Beleza, carinha?

Pixy descansou o queixo na minha mão, e eu fiz algo que nunca tinha feito. Estendendo a mão, beijei sua testa. Não era o tipo de beijo que eu esperava dar em Temecula, mas era a segunda melhor opção.

Ele era o mascote oficial do tempo que eu tinha passado com Aubrey, sempre no centro das boas lembranças que compartilhamos. Eu nunca o esqueceria. Tirei uma *selfie* de nós dois. Agora eu poderia riscar "beijar um cabrito" da minha lista de coisas a fazer na vida.

Pelo resto da tarde, saí em busca de flores-de-baunilha. Eu não queria roubá-las do arbusto que plantara, então precisava encontrar uma floricultura que as vendesse. Finalmente consegui comprar um buquê e o levei para o meu hotel.

Tomei banho, vesti um jeans escuro, uma camisa preta justa e passei um pouco de perfume. Estar bonito e cheiroso seria importante. Decidi não ligar para Aubrey antes. Eu não queria que ela tentasse me convencer a não ir. Então, aparecer na sua porta aquela noite seria uma aposta.

A noite estava clara. As luzes de dentro da casa iluminavam a rua.

*Ela estava em casa.*

*Eu estava em casa.*

Com o coração acelerado, estacionei a caminhonete na esquina e fiquei sentado lá por pelo menos vinte minutos, ensaiando o que iria dizer. Alguém saiu da casa na frente da qual eu estava estacionado.

A mulher balançava o traseiro e os seios pulavam para fora do decote quando se aproximou da caminhonete, vestindo uma camisola leve e chinelos. Quando vi o gesso na mão, lembrei que era a vizinha de Aubrey, Philomena. Agora, ela tinha um gesso na perna também. Essa garota era encrenca na certa.

— Oi, lindo. Vi sua caminhonete estacionada.

— Desculpe, não sabia que você morava aqui. Eu não devia ter estacionado em frente à sua casa.

— Você está de brincadeira? Fiquei toda animada e pensei que talvez você tivesse decidido que queria cuidar de mim também.

— Não, não estou no bairro a trabalho.

— Você gostaria de entrar e transar comigo, então?

— Uau, bem... hum... Apesar de ser uma oferta tentadora, tendo em vista o quanto você é... bonita... e tudo o mais, não estou disponível para isso. Mas obrigado.

— Por que você não vem beber alguma coisa? Prometo que não vou morder.

— Não. Na verdade, estou indo para a casa da Aubrey.

Ela apoiou a mão engessada no quadril.

— Você sabe que a Aubrey tem namorado, né?

— Sei, sim.

— Bem, se mudar de ideia, sabe onde me encontrar. — Ela ergueu a cabeça para ver um carro que se aproximava. — Na verdade, parece que ele acabou de virar a esquina. Isso vai ser interessante.

— Quem?

— Aquele BMW que acabou de passar é do namorado da Aubrey.

Meu estômago retraiu. *Merda.*

Depois que Philomena finalmente me deixou em paz e voltou para casa, continuei sentado por mais um tempo, sem saber o que fazer. Pegando as flores, eu finalmente saí da caminhonete, planejando apenas deixá-las em sua porta.

Quando me aproximei, o que vi pela janela quase fez meu coração parar. Aubrey estava sentada no sofá e apoiava a cabeça no ombro de Richard. Ela parecia contente. *Em paz.* Parecia que eles estavam assistindo a um filme.

Por mais que doesse ver aquilo, eu não conseguia desviar o olhar. Aquilo era tudo com que eu tinha sonhado. Não havia nada no mundo que eu quisesse mais do que voltar para casa todas as noites, para ela, e fazer exatamente isso – só estar com ela. A cada segundo, minhas dúvidas só cresciam. De repente, pela primeira vez desde que cheguei a Temecula – mesmo seguindo Aubrey a todo momento –, me senti como um estranho. Aquilo realmente mexeu comigo. Enquanto a prisão tinha me feito parar no tempo, ele havia realmente passado. Aubrey seguiu em frente.

*Ela seguiu em frente.*

*Chance, seu grande idiota.*

*Foi por isso que você fez o que fez, lembra? Era o que você supostamente queria para ela.*

Pelo menos vinte minutos se passaram depois dessa percepção, e eu ainda estava de pé no mesmo lugar, no gramado perfeito que eu mesmo tinha arrumado. Eu sabia por que estava me sentindo mal.

*Eu estava de luto por ela.*

Afastar-me de Aubrey pela primeira vez a deixou arrasada. Me afastando agora seria *eu* quem ficaria arrasado. Desta vez, eu não parecia saber como ir embora. Eu não poderia partir sem dizer adeus. Por enquanto, deixaria as flores na porta. Talvez mandasse uma mensagem ou ligasse no dia seguinte para dizer a ela que pretendia voltar para casa, em Hermosa Beach.

Aproximando-me da porta, ajoelhei-me para colocar as flores sobre o capacho. Um barulho me assustou. Pixy devia ter sentido meu cheiro ou algo assim. Ele apareceu na janela da sala de jantar, que ficava do lado oposto da porta da frente.

Ele começou a fazer "bééé" sem parar.

— Shh! — adverti.

Assim que comecei a me afastar, a luz de fora se acendeu, e a porta da frente foi aberta. Eu me virei.

Aubrey estava ali.

— Chance...

Levantando a mão lentamente, falei:

— Oi.

— O que você está fazendo aqui? — Ela olhou para baixo, viu as flores e se inclinou para pegá-las. — Estava deixando isso na minha porta?

— Sim. Eu não estava planejando entrar.

Dick apareceu, colocando a mão possessivamente em torno da cintura fina de Aubrey. Meus olhos pousaram ali e subiram para encontrar a expressão assustada de Aubrey.

— Sr. Bateman — disse Dick. — Em que nós podemos ajudá-lo?

*Nós.*

*Vá se foder, otário.*

— Só passei para deixar uma pequena demonstração de apreço pela assistência da Aubrey.

— Isso é gentil, mas você deveria ter ido ao escritório em vez de vir aqui.

*Babaca.*

— Na verdade, vou embora amanhã de manhã. Então esta foi a minha única oportunidade.

Aubrey estava olhando para as flores. Ela imediatamente levantou a cabeça, e seus olhos encararam os meus.

— Está deixando a cidade?

— Sim. Meus negócios aqui chegaram ao fim. — Continuei olhando direto em seus olhos, então ela entendeu como era sério. — Eu não poderia ir embora sem me despedir.

Ela ficou ali, sem falar nada. Pixy estava de pé junto às pernas de Aubrey. Sabendo o que ele estava procurando, abaixei-me, fechando os olhos para deixá-lo lamber meu rosto pela última vez. Quando me levantei, Dick, que parecia confuso a respeito do meu vínculo com o cabrito, olhou para o animal e para mim.

Puxando Aubrey para mais perto, falou:

— Bem, te desejamos tudo de bom.

— Obrigado. — Comecei a me afastar, antes de me virar uma última vez. Minha voz estava tensa. — Cuide bem dela.

Não me importei com o quanto esse último comentário tinha sido inadequado. Eu precisava falar.

Engolindo minha dor, atravessei o gramado sem olhar para trás. Eu não podia. Depois que virei a esquina, entrei na caminhonete e acelerei.

※

Fui direto para o hotel. Eu queria dar uma passada no bar para me despedir de Carla, mas fiquei com medo de encher a cara. Algum dia, em breve, eu escreveria uma carta ou algo assim para que ela soubesse o quanto sua amizade significava para mim.

Aubrey não me telefonou nem mandou mensagens. Isso só confirmou o fato de que partir era a melhor coisa que eu podia fazer.

Virando-me de um lado para o outro na cama, não consegui pegar no sono. Incapaz de livrar meu corpo da dor excruciante de saber que eu nunca a tocaria novamente, admiti minha derrota para a insônia. Sentei-me na beirada da cama, puxando o cabelo, frustrado enquanto olhava para a mala cheia e checava o telefone pela centésima vez.

Olhando para a minha mão, tirei a aliança de ouro falsa e a joguei na lata de lixo, com raiva. Uma parte minha não esperava que ela ligasse, mas outra, ainda maior, estava arrasada por ela não ter ligado. O que mais me incomodava era que ainda não conseguia imaginar meu futuro sem ela.

Uma batida na porta me assustou.

Como o hotel ficava em uma área ruim, certifiquei-me de olhar pelo olho mágico antes de abrir. Vi a versão distorcida de uma Aubrey perturbada. Meu coração confuso acelerou, apesar de ter perdido a esperança mais cedo.

Abri a porta, mas não disse nada. Ela passou por mim e se sentou na cama. Fiquei de pé em frente a ela. O silêncio enquanto nos olhávamos era ensurdecedor. Então, ela começou a falar.

— Esperei por seis horas no *lobby* do hotel naquele dia...

Quando uma lágrima escorreu por seu rosto, peguei um lenço de papel e o entreguei antes de me sentar ao seu lado. Meu corpo ficou tenso na expectativa do que ela diria em seguida.

— Eu tinha tanta certeza de que você voltaria. Eu continuava repassando na minha cabeça o que você tinha falado no Arizona, quando fiquei com medo na noite em que você demorou para chegar quando foi comprar o jantar. Você disse que nunca faria aquilo comigo. Então me agarrei a isso por um tempo. Me senti como uma idiota, porque, mesmo que todas as suas coisas tivessem sumido, eu ainda acreditava que você voltaria. Sei que foram apenas oito dias juntos, mas me senti mais próxima de você do que de qualquer outra pessoa. Eu via um futuro ao seu lado.

Meu peito ficou apertado.

— Me diz o que aconteceu quando você chegou a Temecula. Preciso saber de tudo, mesmo que doa ouvir.

— Fiquei deprimida por um bom tempo. Me joguei no emprego novo. Alguns meses depois, conheci um cara. O Jeremy. Ele se tornou um bom amigo. Ele era muito doce e bom para mim. Uns seis meses depois, começamos a namorar. Jeremy sabia tudo o que havia acontecido entre nós dois. — Ela riu um pouco, olhando para mim pela primeira vez. — Ele te odiava.

Sorri, mesmo que isso me machucasse por dentro.

Ela continuou:

— Eu me fechei e não o deixei entrar. Continuava tão obcecada por você que, ainda que tivesse ido embora, você me machucava. Você ainda era tudo que eu queria, tudo pelo que eu ansiava. Aonde quer que eu fosse, tudo me lembrava de você. Jeremy sabia disso. Ele queria mais de mim do que eu poderia dar a ele. Ele queria meu coração e, mesmo que você o tivesse partido, ele ainda pertencia a você.

— E como você conheceu o Richard?

— Depois que Jeremy e eu terminamos, decidi que eu realmente precisava de ajuda. Entre a minha carreira, os meus namoros e até mesmo as minhas relações familiares... eu me sentia... presa. Comecei a fazer terapia. Isso me ajudou a fazer algumas mudanças e a parar de me culpar por sua partida. A terapia me ajudou a trabalhar a minha confiança e o sentimento de abandono. Ainda estou trabalhando nisso. Ela também me fez ver que eu tinha que aceitar que você não ia voltar. Quando o Richard apareceu, há sete meses, eu estava pronta para deixar alguém entrar na minha vida de novo. Ele foi contratado como sócio da empresa. Foi assim que nos conhecemos.

— Por mais que eu zombe do nome dele, ele parece ser um cara legal.

— Nunca contei a ele sobre você. Sim, ele é uma pessoa maravilhosa. Nós temos muitos interesses em comum. Ele me encoraja a seguir minha paixão. Foi por causa dele que comecei a me envolver no abrigo de animais.

— Isso é ótimo.

— Ele não foi a primeira pessoa a me inspirar dessa maneira. Isso foi algo que você fez por mim, Chance. Em pouco tempo, você me ensinou muito sobre como levar a vida. Mesmo que tenha me magoado, nunca me arrependi de ter te conhecido. Se eu voltasse no tempo, não mudaria nada. Isso é uma coisa que sempre me pareceu muito errada. Devo a você muito de quem sou agora.

— Você o ama?

Sem hesitar, ela respondeu:

— Sim. — Sua resposta parecia um tiro no meu peito.

Engolindo em seco, falei:

— Ok...

— Ando muito confusa. Apesar de me importar muito com o Richard, não vou mentir. Sua volta virou o meu mundo de cabeça para baixo. Eu nunca poderia ter adivinhado o verdadeiro motivo pelo qual você se foi. Tudo o que eu acreditava ser verdade... não é. Supus que você tinha me abandonado por outras razões.

— Pensei que estava te fazendo um favor.

— Por que você não queria que eu te esperasse? — Soando aflita, ela acrescentou: — Eu teria esperado por todos aqueles dias.

Acariciei seu cabelo. Não pude evitar.

— Nunca duvidei disso. Mas achei que você ficaria ressentida comigo. Eu não sabia no que a prisão me transformaria e não queria que você ficasse esperando por um homem que talvez não valesse a pena. Na verdade, me tornei mais forte, mas eu não tinha como prever isso naquela época. E, mais do que tudo, você não merecia ter que colocar sua vida em espera quando estava tentando recomeçar.

— Embora agora eu entenda as coisas com mais clareza, a maneira como você foi embora foi muito traumatizante. Mesmo que as coisas fossem diferentes com Richard, não sei se poderia acreditar inteiramente que você não iria embora de novo.

Ouvir aquilo me deixou desconfortável. Parei de fazer rodeios.

— Só me responda uma coisa. Voltei tarde demais?

Meu coração batia forte. Ela hesitou, e algo em seus olhos me deu um pouco de esperança. Senti como se fosse a minha última oportunidade e eu não era orgulhoso demais para implorar.

Ela ainda estava sentada na cama quando me ajoelhei, descansando a cabeça em seu colo.

— Só me diga o que fazer, Aubrey — repeti. — Só preciso saber o que tenho que fazer para você me dar outra chance.

Eu não era tocado por uma mulher havia mais de dois anos, então, quando ela passou os dedos pelo meu cabelo, a sensação foi inigualável. Minha respiração falhou. A dela estava irregular. Cada som que escapava dela ia direto para o meu pau. Estar tão perto assim me deixou desesperado por prová-la. Eu não estava muito longe de tirar proveito de sua atração sexual por mim.

Se tivesse que jogar sujo, eu o faria. Ainda em seu colo, falei lentamente:

— Deixe-me compensar as coisas com você. Juro que vai esquecer toda a dor. Você nem vai se lembrar do próprio nome.

— Não — murmurou ela.

Aproximei a boca da pele logo abaixo do seu umbigo e falei:

— Ele lhe dá prazer? Ele te dá o que você precisa de verdade?

Suas pernas tremiam.

— Chance, pare com isso.

A reação do seu corpo era o suficiente para mim.

*Eu estava de volta ao jogo.*

— Princesa, olhe. A minha mala está arrumada. Estou pronto para ir embora. Tenho alguma razão para ficar? Você precisa me dizer.

Uma expressão de tormento passou por seu lindo rosto.

— Não posso prometer nada.

— Não pedi uma promessa. Pedi uma chance. Gostaria de ser seu amigo de novo… Como quando nos conhecemos.

Ela se levantou e começou a andar.

— Ainda estou com o Richard. Não vou traí-lo.

— Não pedi para você fazer isso. — Caminhei lentamente até ela, tentando não parecer um leão à espreita, apesar dos meus sentimentos predatórios. — Então me deixe perguntar de novo. Você quer que eu fique?

Ela olhou nos meus olhos e sussurrou:

— Sim.

— Então vou ficar.

Ela se afastou.

— Tenho que ir. Disse a ele que ia comprar sorvete e abastecer o carro.

— É melhor você fazer isso, então. Tenha cuidado. Está tarde. Quando vou te ver de novo?

— Richard tem uma reunião bem cedo. Encontre-me amanhã às nove no Starbucks.

— Nós? Juntos? No Starbucks?

— Sim. Só não peça a mesma coisa que eu. É estranho.

Sorri.

Quando a porta se fechou, meu sorriso, antes sutil, tornou-se enorme e radiante. Caminhei até a lata de lixo, peguei o anel e o coloquei de volta no dedo.

*Devagar e sempre se vence a corrida.*

## 22

Fiquei acordado durante quase toda a noite, tentando montar algum grande esquema para fazer Aubrey confiar em mim de novo. Depois de dois longos anos, eu não podia mais esperar para entrar na sua vida novamente – e em outros lugares – e sentia como se fosse explodir. Mas, no fim das contas, eu sabia que não havia muita coisa que pudesse fazer. Precisava acontecer da maneira como *nós* acontecemos antes. Sendo nós mesmos, um pouco de cada vez.

Mas isso não significava que eu não tentaria usar todas as vantagens que eu pudesse conseguir. Só significava que eu teria que usá-las aos poucos e devagar.

Durante o banho, fiquei pensando nas coisas que faziam brilhar os olhos de Aubrey. Estávamos em uma lanchonete e eu dava a ela minha comida quando presenciei isso pela primeira vez. Os ovos gordurosos e a linguiça estavam repletos de molho de pimenta, e tudo em que eu podia pensar era que nunca mais conseguiria desfrutar de uma refeição sozinho depois de vê-la comendo das minhas mãos. Eu também tinha certeza de que ela gostava do meu sotaque. Com essas duas coisinhas em mente, meu banho durou um pouco mais do que previra. Mas eu estava pronto para o café da manhã. E eu estava com fome de Aubrey.

Parei em uma delicatéssen local e comprei alguns itens para o meu café da manhã australiano. Antes de ir a Temecula, roubara da minha irmã algumas das minhas guloseimas favoritas. Cheguei mais cedo ao Starbucks, carregando uma grande bolsa de mercado, pois queria organizar o café da manhã com a Melanie antes de Aubrey chegar.

— Você está atrasado hoje. — Melanie pegou um copo e começou a escrever nele para entregá-lo ao barista que estava atrás dela.

— Pode fazer dois? Vou me encontrar com alguém para o café da manhã. — Meu sorriso arrogante foi o suficiente para que ela soubesse de quem eu estava falando.

Melanie arregalou os olhos. Ela realmente parecia animada por mim.

— Você quer dizer que vai tomar café com ela em vez de só deixar pago?

— Sim.

Ela bateu palmas.

— Eu sabia! Richard é um cara legal e tudo o mais, mas não é a mesma coisa. Você trouxe à tona um lado da Aubrey que nunca tínhamos visto.

Eu esperava que aquele lado fosse a verdadeira Aubrey, e que ainda estivesse escondido para mim. Perguntei-me se o bom e velho Dick sabia que minha garota era boa de briga e um pouco safadinha. Esperava que não.

— Ouça, Melanie. Importa-se que eu tenha trazido algumas coisas para comer com a Aubrey?

— Claro que não. De forma alguma. Faça o que for necessário.

— Obrigado.

Escolhi a melhor mesa do lugar: no canto, com duas cadeiras de couro marrom. Aproximei as cadeiras antes de colocar nosso café na mesa. Aubrey apareceu às nove em ponto.

Fiquei de pé quando ela se aproximou. Houve um momento incômodo no início. Eu queria me inclinar e beijá-la, mesmo que fosse só na bochecha. Mas sua linguagem corporal era rígida – quase nervosa.

— Bom dia. — Assenti.

Ela forçou um sorriso tímido.

— Oi.

Gesticulei para a mesa atrás de mim.

— Nosso café está servido.

Ela se sentou.

— O que é tudo isso?

— Café da manhã australiano.

— Café da manhã australiano? Aqui no Starbucks?

— Eu meio que o trouxe. Melanie disse que não tinha problema.

Aubrey virou-se para trás. Melanie e mais dois funcionários nos observavam descaradamente, com sorrisos enormes nos rostos. Ela revirou os olhos quando olhou para mim.

— O que trouxe de bom?

Sorri. Ela franziu o cenho.

— Precisamos definir algumas regras básicas — ela disse.

— Então você já está me preparando para falhar.

— Do que você está falando?

— Você sabe que, se criar regras, não vou me controlar. Vou precisar quebrá-las.

— Regra número um. Não quebrar as regras.

— Isso é um pouco extremo, não é? Se eu quebrar a regra número quatro, então estarei quebrando duas regras. Você está dificultando as coisas.

— Eu poderia ir embora.

— Por que você faria isso? Gosto mais de você quando está sendo difícil.

— Você faria isso.

— Por que não arrumamos algo para você comer? Acho que está mais irritada do que o normal porque ainda não comeu.

— Ok.

Ela olhou para a comida na mesa e umedeceu os lábios.

*Merda. Isso ia ser mais difícil do que eu pensava.*

Peguei uma torrada e mostrei a ela.

— Isso é Vegemite. Os australianos adoram. — Minha irmã e eu podíamos ter saído da Austrália, mas havia certas coisas das quais não conseguíamos nos separar.

— Parece meio... nojento.

— Se você comer sozinho, pode até ser. Mas com manteiga fica incrível.

Ofereci a torrada a ela. Aubrey tentou tirá-la da minha mão, mas puxei-a para longe do seu alcance.

— Tradição australiana. Um alimenta o outro com o Vegemite. É uma espécie de oferta de paz entre novos amigos. — Tudo bem, essa parte eu inventei. Mas tinha deixado passar o beijo quando ela chegou, então precisava de alguma coisa.

Ela balançou a cabeça, mas pareceu se divertir. Aubrey abriu a boca e fechou os olhos.

*Jesus Cristo*. Essa mulher ia ser a minha morte. *Dois anos*. Agora eu tinha que ficar olhando para a pessoa com quem sonhara durante todo esse tempo com a boca aberta e os olhos fechados esperando por mim. E eu achei que a prisão era um teste de resistência.

Ao contrário da maioria dos americanos, Aubrey gostou do Vegemite. Por alguma estranha razão, eu sabia que ela ia gostar. Juntos, devoramos tudo o que eu trouxera enquanto evitávamos uma conversa séria e ficávamos de papo furado. Eu sabia que, para começar a reconquistar a sua confiança, ela precisava ver o quanto Adele significava para mim. Eu também queria me abrir para ela – transparência incentivava a confiança. *Dr. Phil* era um dos programas permitidos na prisão.

— Quando Adele e eu éramos crianças, eu adorava pregar peças nela. Eu a embrulhava com filme de PVC enquanto ela dormia. Também colocava filme de PVC no vaso sanitário para que ela fizesse xixi no chão. Escondia-me debaixo da cama, até que ela entrasse e apagasse a luz. Aí eu saía e a assustava.

— E eu sentia falta de ter um irmão.

— Bom... Ela fez o mesmo comigo uma vez. — Ofereci o último pedaço da torrada, e ela não hesitou em aceitar. Por que eu adorava o fato de ela pedir saladas com o Dick, mas me deixar enchê-la de carboidrato e calorias?

— O que ela fez?

— Ela devia ter uns oito ou nove anos, então eu provavelmente tinha uns dez ou onze. Só pensava em futebol e garotas. Havia uma menina de quem eu estava a fim, que parecia estar interessada em mim também. A Izzy. Um dia, ela estava assistindo ao meu treino, e eu estava me exibindo... fazendo embaixadinhas e tudo o mais. Izzy ficou impressionada. Ela estava na minha. Até que me virei.

— O que a Adele fez?

— Ela encheu a parte de trás do meu uniforme branco com Vegemite. Você o comeu com torrada. Mas não é bonito de se ver.

Ela riu.

— Fico feliz que você só tenha me contado isso depois que terminamos de comer.

— Izzy perdeu o interesse, e eu virei o Chance das calças borradas. Nós dois gargalhamos.

— E pensar que anos mais tarde o traseiro das calças sujas se tornaria famoso.

— Esse cartaz tem meu rosto também, sabia? Só um pedaço da minha bunda está à mostra.

— Confie em mim. É a bunda que faz o pôster ser vendido.

— Você está dizendo que gosta mais do meu traseiro do que do meu rosto?

Ela balançou a cabeça e não respondeu, mas suas bochechas coraram um pouco.

— Então, como você se vingou de Adele?

— Não me vinguei. — Dei de ombros. — Na verdade, fiquei orgulhoso dela.

Conversamos por mais duas horas. Sobre nada. Sobre tudo. Eu poderia ter ficado ali sentado por dias. Quando o telefone de Aubrey vibrou sobre a mesa, nós dois vimos o nome que piscava no visor. *Richard*.

— Preciso ir. Não acredito que estamos sentados aqui há cerca de duas horas e meia. Nem avisei no escritório que ia chegar atrasada. — Ela se levantou, e eu a imitei. — Quais são seus planos para hoje?

— Levar vira-latas para passear, cuidar do jardim da minha advogada. O de sempre.

Ela remexeu o bolso e pegou um chaveiro. Então tirou uma chave da argola e a ofereceu para mim.

— Aqui. No caso de você precisar usar o banheiro ou qualquer coisa do tipo enquanto estiver trabalhando.

Aquilo significava muito mais do que só um lugar para me aliviar. Peguei a chave de sua mão e uni meus dedos aos dela.

— Obrigado.

Dei um passo mais perto. *Porra, ela estava cheirosa.*

— Private Collection Tuberose Gardenia — murmurei.

O próprio Pavlov salivaria ao saber como eu estava condicionado àquele cheiro. Ele me arremeteu à primeira noite nos nossos quartos de hotel. O cheiro permeava o banheiro e a lingerie de renda preta que ela deixara na pia. *Merda.* Aliviar-me não ajudou a saciar a sede que eu sentia quando estava ao seu lado. Minha calça estava ficando apertada.

— Você lembrou o nome do meu perfume.

Não pude evitar dessa vez. Passei o braço ao redor do seu pescoço e a puxei com firmeza para um abraço.

— Eu me lembro de tudo sobre você — sussurrei em seu ouvido.

Ela estava ruborizada quando nos separamos, mas seu rosto ficou vermelho quando olhou para baixo e percebeu a protuberância em minha calça jeans.

— Faz mais de dois anos — expliquei.

— Você não...

— Estive dentro de uma mulher em dois anos. — Então pensei melhor e reformulei: — Não toquei em outras mulheres desde que te conheci. E não planejo tocar.

Observei sua garganta engolir antes que ela falasse.

— Obrigada pelo café da manhã.

— Quando vou te ver de novo, princesa?

— Tenho um compromisso fora da cidade amanhã de manhã. Provavelmente vou pegar a estrada cedo e volto à tarde. Posso te mandar uma mensagem depois de amanhã talvez.

Odiei sua resposta. Mas aceitei.

— Tenha uma boa viagem.

⁂

Levei alguns cães para passear, fui à academia e decidi não ir à casa de Aubrey. Depois do tempo que passamos juntos de manhã, eu não queria estragar tudo quando ela voltasse para casa e me encontrasse ali. E não havia dúvidas de que, uma vez que entrasse em sua casa, eu faria uma investigação completa. Portanto, em vez disso, tomei banho e fui passar um tempo com a minha *bartender* favorita. O lugar estava sempre vazio àquela hora.

— Você está muito gata hoje, Carla. — Ela usava uma camisa vermelha com bolinhas brancas, amarrada logo abaixo dos seios fartos, revelando uma faixa de pele lisa. Seu cabelo, estilo *pinup*, estava preso no alto com um lenço vermelho.

Ela me serviu uma bebida.

— Você está de bom humor hoje. Finalmente criou coragem e foi atrás daquela mulher?

— Estou trabalhando nisso.

— Faz duas semanas que você está trabalhando nisso.

— É uma maratona, não uma corrida de velocidade. — Dei um grande gole na minha bebida.

— Quem é você, o Dalai Lama?

— Estou começando a me sentir como um monge budista. Eles também não dormem com ninguém, não é?

— Deixe-me perguntar uma coisa. Por que você não vai a um bar e pega uma mulher que esteja a fim e termina logo com isso? Faz muito tempo. Vá transar. Sexo suado, corpos batendo, sem significado, sexo puro e simples. Talvez faça você se sentir melhor.

Honestamente, eu tinha notado algumas mulheres ultimamente. Eu teria que estar morto para não notar. No entanto, meu corpo não sentia desejo por mais ninguém.

— Eu me sentiria como se a estivesse traindo.

— Mesmo que ela esteja transando com alguém?

Isso doeu pra caramba.

— Valeu, Carla.

— Desculpe. — Ela sorriu. — Mas me avise se você mudar de ideia.

Olhei para o anel no meu dedo. Os votos de casamento podiam ter sido ditos quando eu estava bêbado na frente de um Elvis, mas tinham sido sinceros. Comecei a me perguntar se Aubrey se lembrava dos nossos votos, agora que eu estava de volta em sua vida.

## 23

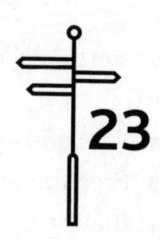

Dizem que a taxa de reincidência de criminosos é de mais de cinquenta por cento. Eu estava me tornando uma maldita estatística. Mesmo que eu tivesse a chave e tecnicamente não fosse um bandido, minha espiadinha me fez sentir como o criminoso que era.

Tudo começou de um jeito bem inocente. Entrei para ir ao banheiro e então Pixy ficou com sede. Abri metade dos armários da cozinha para encontrar uma tigela. Nada muito incriminador até aí. Algumas taças extravagantes de vinho, canecas de café com logotipos de escritórios de advocacia, enlatados com todos os rótulos virados para a frente. Sorri quando vi dois frascos do molho de pimenta Sriracha. *Minha garota gostou do molho do pinto.*

A partir daí, passei a investigar de forma mais descarada. O banheiro tinha apenas uma escova de dentes cor-de-rosa. A banheira estava repleta de coisas femininas. Talvez eu tenha aberto o pote de creme que estava na bancada e dado uma fungada nele. Tinha o cheiro dela. Eu estava sorrindo como um idiota de novo. Até que abri o armário do banheiro. Tylenol, desodorante, lâminas de barbear, extra isso e aquilo e... *pílulas anticoncepcionais.* Abri o pequeno recipiente oval e vi que segunda, terça e quarta-feira já não estavam mais na cartela desta semana. O desejo de jogar o restante fora me consumiu. Mas não me permitia sequer pensar nas consequências desse ato, então me aventurei pelo corredor.

Dentro do quarto, abri as portas de correr do guarda-roupa. Uma delas estava fora do trilho e quase caiu na minha cabeça. *Parece que o filho da puta não conserta nada.* Não havia nenhum sinal de roupas masculinas, o que me trouxe certo alívio depois do que havia encontrado no armário do banheiro.

Em cima da cômoda, havia alguns porta-retratos. Em um deles, havia um homem junto dela. Presumi que fosse seu pai, na formatura da faculdade de direito. Ela olhava para ele, enquanto ele olhava para a câmera com cara de orgulho. Lembrei-me de que ele também era advogado. Havia uma dela com uma amiga quando adolescentes. Em outra, uma mulher mais velha e Aubrey. Elas eram idênticas; devia ser sua avó. A última foto causou uma sensação esmagadora em meu peito. Era ela e Dick... com Pixy sentado entre eles. *Carré, seu maldito traidor*. Por mais que doesse olhar para a foto, eu não consegui afastar os olhos por uns bons cinco minutos. Aubrey tinha um sorriso largo estampado no rosto. Ela parecia... feliz. *Eu que deveria estar na foto*.

Já tinha visto quase tudo que podia e estava prestes a sair do quarto quando me detive em frente às gavetas da cômoda. Meus olhos se fixaram na de cima, que era quadrada – do tipo onde se guarda calcinhas. Levando em conta que eu já tinha agido como um idiota aquele dia, a abri. Havia muita lingerie de renda lá dentro. E um bilhete.

*Seu abusado,*

*Já que você não tem nada melhor para fazer, o que acha de consertar as portas do guarda-roupa?*

Ri durante uns cinco minutos. Nós nos conhecíamos muito bem. Então, consertei as portas do guarda-roupa.

꧁꧂

Não recebia notícias dela desde a manhã do dia anterior. Com esperanças de que talvez no dia seguinte ela me escrevesse, fiquei animado quando seu nome apareceu na tela do telefone perto das nove da noite.

Aubrey: Obrigada por consertar as portas, seu pervertido.

Chance: Faço tudo o que você quiser.

Passaram-se alguns minutos. Eu não tinha certeza se deveria me desculpar por ter bisbilhotado.

Aubrey: Não usou nenhuma, né?

Chance: Sou mais de cheirar do que de usar. Além disso, eu gosto da sua bunda vestida com renda, não a minha.

Aubrey: Muito engraçado.

Chance: Não estava brincando sobre gostar de sua bunda vestida com renda.

Meu telefone ficou quieto. Era claro que eu tinha feito com que a conversa saísse do território da amizade. Pensei em arriscar um pouco mais.

Chance: Estou com saudades. Quando posso te ver de novo?

Aubrey: O que acha de passear com os cães amanhã à tarde? Minha última reunião no escritório deve terminar às quatro.

Chance: Encontro você no abrigo às quatro e meia.

Aubrey: Ok.

Chance: Boa noite, princesa.

Aubrey: Boa noite, Chance.

Na tarde seguinte, nos encontramos no abrigo. Aubrey chegou depois de mim, linda como sempre em seu traje elegante. Mas quando entrou no banheiro e depois saiu vestindo jeans, uma camiseta branca, chinelos e um rabo de cavalo, ela parecia fenomenal. Não pude deixar de olhá-la enquanto cada um de nós pegava dois cachorros e se dirigia para o parque.

— Que foi? Você está me olhando como se algo estivesse errado.

— Só estou te olhando. Não sei se é possível, mas acho que você fica mais bonita a cada vez que te vejo.

Ela ficou quieta quando entramos no parque. Caminhamos por um tempo e nos sentamos em um banco.

— Posso te perguntar uma coisa?

— Qualquer coisa.

— Como foi? Na prisão, quero dizer.

Imaginei que fizesse sentido para ela se perguntar o que eu andara fazendo nos últimos dois anos. Tentar adivinhar foi tudo que ela fez nesse período. Ela estava se atualizando.

— Foi... degradante. O lugar era superlotado, mas solitário ao mesmo tempo.

— Você recebia visitas?

— Adele vinha me ver um sábado sim, outro não.
— E a sua mãe? Ela ainda está cuidando da sua avó doente?
— Não, ela morreu.
Aubrey olhou para mim. Seu rosto demonstrou tristeza.
— Sinto muito. Falei sem pensar. Sua avó estava doente. Eu deveria ter imaginado.
— Você não tinha como saber. — Limpei a garganta. — As duas faleceram, na verdade. Minha mãe morreu de um aneurisma no primeiro ano.
— Ah, meu Deus, Chance. Sinto muito.
— Obrigado.

Abri a garrafa de água que estava carregando e dei para os cães que arfavam. Aubrey ainda estava me olhando quando a garrafa ficou vazia. Então, dei a ela toda a minha atenção e esperei para ouvir o que ela estava pensando.

Uma lágrima rolou por seu rosto antes de falar.
— Você perdeu muita coisa.

Enxuguei e acariciei seu rosto. Ela se inclinou para o meu toque. Eu mal podia respirar me lembrando de tudo que havia perdido.
— Sim. Perdi mesmo. — Fechei os olhos por um momento para me recompor. Quando os reabri, Aubrey ainda estava me observando. Então continuei: — Às vezes, é preciso perder tudo para perceber do que você realmente precisa.

Ela entrelaçou os dedos nos meus e os apertou. Ficamos sentados daquele jeito por mais uma hora antes que os quatro cães decidissem que era hora de voltar. Contei a ela sobre a liga de futebol que comecei na prisão. Ela me contou tudo o que fez para que o abrigo de animais funcionasse. Sua empresa permitia que ela fizesse uma quantidade considerável de trabalho voluntário, o que a deixava feliz. Parecia que ela tinha encontrado o tipo de equilíbrio que procurava dois anos antes.

Depois que levamos os cães de volta ao abrigo, eu ainda não estava pronto para deixá-la ir embora. Estávamos de pé, frente a frente, e parecia um final estranho para um primeiro encontro.
— Podemos ir comer alguma coisa? — perguntei.

Ela mordiscou o lábio inferior.

— Eu meio que tenho planos para esta noite.

*Dick*. Assenti e olhei para baixo.

— Mas...

Olhei para cima, esperançoso. Meus olhos se pareciam com os de um filhote de cachorro.

— Não era certeza. Talvez eu possa cancelar.

Respondi honestamente:

— Eu adoraria isso. Não estou pronto para te deixar ir embora.

Ela assentiu e se desculpou, afastando-se para que eu não ouvisse seu telefonema. Quando voltou, jogou o telefone na bolsa.

— O que quer fazer? Preciso parar em casa e me trocar antes. Os cachorros me deixaram toda suja, e eu não quero vestir o terninho do trabalho de novo.

— Que tal pedirmos alguma coisa?

Ela pensou nisso por alguns segundos.

— Não acho uma boa ideia, Chance.

Levantei três dedos.

— Vou me comportar da melhor forma possível. Palavra de escoteiro.

Ela olhou para mim enquanto pensava na ideia.

— Ok.

Minha outra mão estava para trás, com os dedos cruzados.

※

Pedimos espaguete à carbonara e costeleta de frango à parmegiana no restaurante italiano que ficava a poucas quadras de sua casa. Dividimos e devoramos tudo no momento em que chegou. Ela mergulhou um pedaço de pão no molho depois que acabamos.

— Parece que você desistiu da ideia de não consumir carboidratos. Lembro que você só se permitia comer porcarias uma vez por mês.

— Decidi que gosto muito de comida. Então uma rotina rigorosa na academia compensa o pão e macarrão. Richard me incentivou a correr, e percebi que poderia queimar uma fatia de *cheesecake* em menos de trinta minutos. Meia hora que vale muito a pena.

Desviei o olhar. Ouvi-la falar sobre ele e tudo que ele havia feito por ela me deixou em conflito. Eu estava feliz por ela estar desfrutando de mais coisas, mas triste por não ter sido a pessoa que a ajudou a aprender a aproveitar o que a vida tinha a oferecer. E, para ser honesto, ouvir o nome dele saindo dos seus lábios também me deixava irritado.

— Desculpe — ela disse com sinceridade, depois de ver meu semblante triste.

— Estou sendo um imbecil. Estou feliz por você estar comendo e se exercitando. — Eu precisava de um minuto, então me levantei e levei nossos pratos para a pia. Aubrey limpou a mesa enquanto eu carregava e ligava o lava-louças. Era tão… doméstico. Tão confortável. Perguntei-me se ela se sentia assim com ele também.

Eram apenas oito horas quando o jantar terminou. Eu não queria impor minha presença, mas também não queria ir embora. Olhei para o chão da cozinha. Havia algumas rachaduras no reboco – uma tarefa para outro dia.

— Quer que eu vá embora? — Minha cabeça ainda estava curvada, mas meus olhos a encararam cheios de esperança.

Ela balançou a cabeça e falou suavemente:

— Que tal assistirmos a um filme?

Pixy se juntou a nós na sala de estar. Assim que nos sentamos em um sofá, o sujeito pulou no outro. Ele apoiou a cabeça no braço do sofá e olhou para nós dois.

— É meio que o lugar dele — disse ela.

Discutimos sobre o que assistir antes de finalmente escolhermos uma série na Netflix da qual a Aubrey não parava de falar. Era sobre uma gangue de motoqueiros com a mãe daquele antigo seriado de TV, *Um amor de família*. Tínhamos uma TV na sala de recreação na prisão, mas de jeito nenhum um programa sobre motoqueiros estaria na lista de programas aprovados. Eu estava um pouco desatualizado até mesmo em coisas bobas como séries de TV.

— Sabe, quando vi sua moto pela primeira vez no estacionamento aquele dia, me imaginei na garupa, com os braços ao redor desse cara. — Ela apontou para um cara loiro sentado em uma Harley com um tênis branco novinho. — Fiquei imaginando como seria montar em uma moto.

—Ah, é? — Ela ergueu as pernas e as esticou no sofá. Seus joelhos estavam curvados, mas os pés alcançaram minha coxa. Sem pensar, peguei um deles e comecei a fazer massagem. No início ela ficou apreensiva, mas seus ombros relaxaram rapidamente. — Está bom?

— Hummm... hummm.

— Então acho que preciso voltar para Hermosa Beach.

— Pra quê?

— Para pegar minha moto. Te devo um passeio.

Ela fechou os olhos enquanto eu massageava seus pés.

— Eu iria gostar.

Eu também, princesa. Eu também.

— Quer saber o que pensei na primeira vez que te vi?

Ela riu.

— Provavelmente não.

— Eu não conseguia tirar os olhos de você. Você estava linda, mas algo no jeito como você sorriu enquanto brincava com aquela miniatura mexeu comigo.

— Pensei que você me odiasse.

— Também me perguntei como seria montar. Só que em momento nenhum pensei na moto.

Nossos olhos se encontraram e vi que suas pupilas estavam realmente dilatadas. *Porra.* Ela estava ficando excitada. Apertei o arco do seu pé. Ela fechou os olhos e gemeu baixinho.

— Deus, como eu adoro esse som. — Ouvi a tensão na minha voz enquanto meu pau endurecia.

Enquanto eu a massageava, senti a tensão dos seus músculos desaparecer. Mas foi substituída por um tipo diferente de tensão. Uma energia sexual bruta encheu o ar ao nosso redor. Ela estava desfrutando do meu toque, lentamente demonstrando como aquilo a fazia se sentir.

Minhas mãos, que estavam em seus pés, se moveram até a panturrilha. Sua respiração ficava mais irregular a cada toque. Meu Deus, como tinha sentido falta de sentir sua pele sob meus dedos. Queria tanto ter seu corpo em baixo do meu que era quase doloroso me segurar. Minha mão deslizou até a parte de trás do seu joelho, e eu me aproximei dela. Seu corpo estava extremamente sensível ao meu toque.

— Chance — ela gemeu, com os olhos fechados.

Debrucei-me sobre seu corpo lentamente.

— Aub...

O som da campainha foi o mesmo que jogar um balde de água fria sobre ela. Seus olhos se arregalaram, e seu corpo ficou rígido. Não foi difícil adivinhar quem ela achava que estava na porta.

— E se for... o Richard?

— E daí? Não fizemos nada de errado.

— Mas... eu não contei a ele sobre nós. Você apareceu na minha porta na outra noite e disse que estava deixando a cidade. Tenho certeza de que isso levantou suspeita suficiente. Se ele o encontrar aqui, pensará que algo está acontecendo entre nós.

De repente, eu estava na defensiva. Fiquei de pé.

— Há algo acontecendo entre nós.

— Você sabe o que eu quero dizer.

A campainha tocou de novo. Eu não queria nada além de abrir a porta da frente e mandar o Dick ir embora. Mas Aubrey estava em pânico. Passei os dedos pelo cabelo.

— O que você quer que eu faça? Quer que eu fuja pela porta dos fundos? — Eu estava sendo sarcástico, mas o jeito como ela me olhou demonstrou que era exatamente isso o que queria. — Você só pode estar de sacanagem.

— Sinto muito. De verdade. Eu... eu... não posso deixar que ele te encontre aqui.

Ficamos nos encarando por um bom tempo. Sair assim me pareceu monumental. Era como se *eu* fosse o outro cara. Não Dick. Doeu pra caramba, mas fiz o que ela queria. Sem dizer mais nada, saí pela porta de trás.

Esperei perto da janela dos fundos até vê-lo lá dentro e dei a volta pela casa até a parte da frente. Eu não podia ficar espiando de novo. E de jeito nenhum eu ficaria por ali para ver seu carro passar a noite. Então fui embora. Devo ter deixado marcas de pneus no asfalto em frente à sua casa, mas consegui ir embora.

Irado, peguei a estrada e fui em direção a Hermosa Beach. Era isso ou afogar as mágoas com Carla, e eu não confiava em mim mesmo para ficar por ali naquele momento. Dirigi por cerca de uma hora antes de a luz do combustível piscar. Entrei em um posto de gasolina, estacionei e encostei a cabeça no volante por alguns minutos.

O que eu estava fazendo? Aubrey estava feliz. Pelo menos estava antes de eu reaparecer na sua vida de forma egoísta. Desejava tanto que ela me quisesse que acabei me perguntando se não estava enxergando algo que não existia mais. Eu não sabia se ela só precisava de tempo para aprender a confiar em mim outra vez ou se estava tomando a decisão errada ao continuar em Temecula.

Quando estava prestes a sair do carro, o céu se abriu. A chuva começou a cair no asfalto quente da Califórnia formando vapor. Era algo estranho. Quase solitário. Talvez fosse um sinal.

Então corri. Incapaz de evitar as gotas de chuva, minhas roupas ficaram encharcadas enquanto eu ia para o banheiro. Joguei um pouco de água no rosto, olhei no espelho e tentei me animar. Eu nem conseguia convencer a mim mesmo que tudo ia dar certo, mas estava tentando convencer a Aubrey. Meu telefone vibrou no bolso e, por um segundo, me permiti ter esperança. Era uma mensagem de texto da operadora dizendo que eu estava alcançando o limite do plano de dados. *E ali estava a droga do sinal. Eu estava ficando sem tempo.*

Resmungando comigo mesmo, saí do banheiro e decidi fazer um lanche antes de encher o tanque e voltar para a estrada. Ri quando vi minhas opções: Starbucks ou frango Popeyes. De fato, era irônico. Talvez eu devesse parar na lojinha de presentes e procurar por uma miniatura do Obama. Repreendia-me internamente por ser um idiota patético.

Ansioso para sair dali, pedi uma porção de frango e coloquei a mão no bolso para pegar a carteira. Algo caiu no chão, fazendo barulho. Era a chave que Aubrey tinha me dado. Peguei e a segurei na palma da mão fechada enquanto pagava pela comida.

Então a ficha caiu. Eu estava à procura de uma porcaria de sinal, quando o tempo todo eu tinha a chave. Dick tocou a campainha. Eles estavam juntos havia sete meses, e ela não tinha dado a chave ao filho da puta. Eu *não* era o outro. Ela só não tinha admitido ainda. Mas aquilo era algo em que eu podia ajudá-la.

## 24

Adele estava sentada no sofá com as pernas cruzadas.

— Vai voltar hoje à noite?

Assenti.

— Não tenho tempo a perder. A cada segundo que estou aqui, ele ganha mais espaço. Só voltei para pegar a moto. — Franzi a testa. — Ela quer que eu a leve para dar uma volta.

— Isso é ótimo e tudo o mais. Só espero que ela não esteja dando uma volta em *você*.

— Isso é exatamente o que quero, maninha.

— Você sabe o que eu quero dizer! Te enrolando. O fato de ela ter um namorado que parece ser um cara legal torna as coisas complicadas. Ela não vai querer machucá-lo.

— Sei que isso não é ideal. Mas aqui está a chave para o que eu precisava saber. — Coloquei a mão no bolso de trás e peguei a chave da casa da Aubrey. — Bem aqui.

— Isso é literalmente uma chave.

— Exatamente. — Pisquei. — Ele não tem uma. E ela deu esta aqui para mim. Tudo bem, era para que eu pudesse usar o banheiro enquanto estivesse cuidando do jardim. Mas o que o fato de ele não ter uma quer dizer?

— Que ele não está cortando a grama. — Ela riu. — Eu quero acreditar que você vai ganhar a garota no fim, mas fico nervosa quando penso no contrário. É só isso.

— Se isso acontecer, seu querido irmão de coração partido vai acampar no seu sofá, ficar o dia todo de pijama e se empanturrar de chocolate.

Ela jogou uma almofada em mim.

— É isso que me assusta.

— Você está preocupada comigo. — Joguei a almofada de volta. — Isso é fofo, mas desnecessário.

— Eu realmente espero que você esteja certo.

⁓⁂⁓

De volta a Temecula e trazendo a moto, eu estava ansioso para vê-la. Era sexta-feira à tarde, então ela ainda estava no trabalho. Incapaz de conter meu entusiasmo, mandei uma mensagem.

Chance: Com vontade de me abraçar?

Aubrey: Como é?

Chance: Pare de pensar bobagens, safadinha. Fui buscar a Harley em Hermosa Beach. Está pronta para realizar sua fantasia de motoqueira comigo?

Aubrey: Você quer me levar para dar uma volta?

Chance: Entre outras coisas, sim.

Aubrey: Quando?

Chance: Esse fim de semana, se estiver livre. Poderíamos fazer uma pequena viagem.

Aubrey: Na última vez que viajei com você, fiquei em apuros.

Chance: Vamos, princesa. Vou deixar você me chamar de Charlie Hummer, a máquina de guerra.

Aubrey: Hunnam. LOL. Charlie Hunnam!

Chance: Gosto mais do Hummer Potente.

Aubrey: Tenho certeza de que você gosta, seu pervertido.

Chance: Quem é o pervertido? Eu estava falando sobre o carro. Sobre o que você estava falando? Melhor ainda... pode demonstrar?

Aubrey: Você é inacreditável.

Chance: Você está sorrindo?

Aubrey: Talvez.

Chance: Bom. E aí, o que me diz?

Aubrey: Amanhã não posso. O que acha de domingo?

Não queria esperar um dia inteiro para passar um tempo com ela, então me senti um pouco desapontado.

Chance: Estou disponível no domingo.
Aubrey: Preciso levar alguma coisa?
Chance: Tenho tudo sob controle.
Aubrey: Isso me assusta.
Chance: LOL. Deveria.
Aubrey: Vejo você no domingo então.
Chance: A que horas devo buscá-la?
Aubrey: Meio-dia?
Chance: Ótimo.

Ela não respondeu. Não pude deixar de enviar uma última mensagem.

Chance: Mal posso esperar.

---

Passei o resto da sexta-feira preparando tudo para a nossa viagem de domingo. Primeira tarefa: comprar um capacete para Aubrey. Na loja, quase morri de rir quando vi um que parecia uma casca de melancia com um triângulo que fazia parecer como se um pedaço tivesse sido cortado. Imaginei que ela me mataria se eu a fizesse usar aquilo. Escolhi um que era perfeito para ela.

Como não costumava andar com ninguém, ajustei a suspensão traseira da moto para levá-la em segurança.

De volta ao hotel, pesquisei na internet uma rota que poderíamos seguir e um bom lugar onde poderíamos fazer uma parada. Encontrei uma cidade chamada Julian que ficava a uns cento e vinte quilômetros de distância. Isso significaria umas duas horas de viagem. Era uma área montanhosa a cerca de uma hora ao leste de San Diego e, aparentemente, conhecida por suas tortas de maçã. Torta de maçã para a minha garota deliciosa. *Julian foi a minha escolha.*

Fiquei fantasiando sobre encontrar um hotelzinho no qual poderíamos passar a noite, mas sabia que ela não aceitaria. Por isso, o nosso destino tinha que ser próximo o suficiente para que pudéssemos ir e voltar em um horário decente.

༄

Finalmente o domingo chegou. Certifiquei-me de realizar todas as fantasias de motoqueira de Aubrey. Usando uma jaqueta de couro marrom, jeans e meu capacete preto, eu estava pronto para reivindicar a única mulher que sempre quis na minha garupa. Era melhor que Charlie Hummer tomasse cuidado.

Em vez de ir até a porta, acelerei a moto bem na frente da casa de Aubrey, fazendo com que ela saísse. O bairro todo agora estava ciente da minha chegada.

Aubrey apareceu, e meu coração se aqueceu ao vê-la sorrindo. Ela estava usando uma jaqueta curta e justa de couro preto que abraçava seus seios. *Porra*. Seu cabelo estava solto, e ela usava botas de couro preto sobre o jeans.

Enquanto eu segurava seu capacete, abri um sorriso enorme.

— Caramba, você está muito gata.

Ela cobriu a boca e riu quando olhou para o capacete rosa que eu tinha escolhido. Na lateral estava escrito *Princesa Motoqueira*.

— Princesa Motoqueira? Você fez isso?

— Não. Tinha na loja de motos. Viu que perfeição? Era destino.

— Seria realmente perfeito se no seu estivesse escrito *Cretino Abusado*. — Ela piscou. Adorei perceber que a Aubrey mordaz estava ali. Meu pau adorou ainda mais.

— Pronta, princesa?

— Sinceramente, estou com um pouco de medo. Nunca andei em uma dessas na vida.

— Sabe a sensação que se tem quando está andando de conversível?

— Sim.

— Bem, multiplique por dez. É assim que vai ser. Incrível demais, Aubrey.

Ela ainda parecia nervosa.

— Você está nervosa, linda?

— Não posso evitar.

— Não tenha medo. Só não me solte. Lembre-se principalmente disso. Por favor, nunca me solte.

— Acredite em mim. Não vou te soltar — disse ela.

— Isso é uma promessa?

Ela corou, sabendo o que eu estava querendo começar, e ignorou a pergunta.

— Esta é a minha primeira vez também, sabia? — falei.

— Como assim? Você já andou de moto muitas vezes.

— Sim, mas você é a primeira mulher que anda comigo.

— Sério?

— Sim. — Coloquei o capacete em sua cabeça. — Aqui, deixe-me ajudá-la. — Ajustando a alça, olhei em seus lindos olhos e falei: — Agora vou te ensinar algumas coisas antes de irmos. Li algumas coisas sobre segurança.

— Tudo bem. — Ela estava adorável com aquele capacete rosa enorme na cabeça.

Sentei-me na moto.

— Sente atrás de mim.

Ela fez o que eu disse.

— Passe os braços ao redor da minha cintura.

Acalmei-me por um momento com a sensação que seu abraço firme havia provocado.

— Vê o que está fazendo agora? Continue fazendo isso. Segure em mim o mais forte que puder.

— Ok.

Olhei para trás.

— Agora, isto é muito importante. Quando eu fizer uma curva, relaxe o corpo. Não se incline na direção oposta. Esse vai ser o seu impulso, mas não faça isso. Ok?

— Ok.

— Outra coisa. Vai ser difícil que a gente se ouça, a menos que gritemos. Então, se você não quiser gritar e por qualquer motivo precisar que eu pare, basta me tocar no ombro. Mas essa é a única vez que você pode me soltar.

Minhas regras eram um pouco exageradas, mas eu ia aproveitar a experiência de ficar perto dela com tudo o que tinha direito.

— Hora de ir. Pronta?

Ela encolheu os ombros.

— Tão pronta quanto possível.

Liguei o motor e pegamos algumas ruas calmas antes de entrar na rodovia. Aubrey não me soltou. Nem uma vez sequer. Nunca tinha imaginado como seria bom ter alguém atrás de mim. Bem, acho que era porque *ela* estava atrás de mim. Eu tinha esquecido o quanto sentia falta andar de moto, aquela sensação de passar através das engrenagens, o vento batendo em meu rosto e a sobrecarga sensorial. Era a melhor coisa depois de sexo – um sentimento de poder absoluto. Ter que me concentrar na estrada e em tudo ao meu redor trazia uma estranha sensação de calma.

Apesar de estar me divertindo, eu estava consciente do quanto precisava ser cuidadoso por estar com a vida de Aubrey em minhas mãos. Estar em uma moto lhe deixa consciente demais de sua própria mortalidade, especialmente na autoestrada. Nosso percurso alternava entre a rodovia e estradas arborizadas que eram cercadas por montanhas. Mesmo que a paisagem fosse de tirar o fôlego, senti falta do seu rosto bonito. Mal podia esperar para vê-la corada e com os cabelos bagunçados pelo vento.

Uma das partes mais divertidas foi tentar conversar com Aubrey. Ela não conseguia ouvir o que eu estava dizendo. Então eu gritava as coisas que queria poder dizer a ela.

Estávamos quase chegando ao nosso destino quando gritei:

— Mal posso esperar até você se sentar na minha cara.

— O quê?

— Eu disse que mal posso esperar para ver a sua cara.

Outra vez foi:

— Acho que deveríamos nos casar de verdade.

— O quê?

— Acho que estamos chegando à cidade.

Quando chegamos a Julian, Aubrey estava exatamente como eu esperava. Seu rosto estava vermelho e o cabelo bagunçado pelo vento. Exigiu-me toda a força de vontade do mundo para não colar os lábios nos dela.

Sacudindo os cabelos, ela perguntou:

— O que vamos fazer primeiro?

Eu estava tão vidrado nela que não tinha registrado a pergunta imediatamente.

— Hã?

Ela repetiu:

— Para onde vamos?

— Vi que este lugar é famoso pela torta de maçã. Por que não vamos atrás de uma?

Aubrey riu.

— Viajamos quase duas horas de moto por causa de uma torta de maçã?

— Isso mesmo.

— Só você faria isso. Essa é uma das coisas que mais gosto em você. De alguma forma, tudo pode parecer uma aventura. Mesmo que seja comer uma torta de maçã.

— Isso é um elogio?

— É. — Ela me deu o mais doce dos sorrisos. — E eu adoraria dividir uma torta de maçã com você.

Algo definitivamente a suavizara. Talvez tenha sido o passeio. Essa experiência toda era muito íntima, especialmente para o passageiro, uma vez que ele coloca sua vida nas mãos de outra pessoa. Acho que a impressionei.

Bateman, um ponto.

Dick... Zero.

Fomos até o Julian Café, que se vangloriava de servir a melhor torta de maçã da cidade. Nos sentamos em uma mesa de canto aconchegante. Nos serviram generosas fatias de torta de maçã, assadas com canela em uma massa amanteigada com bolas de sorvete de baunilha em cima. Eles não estavam brincando: era a melhor torta que eu já tinha provado. Pelo menos este dia incluiria *algo* orgástico.

Nossa conversa começou bastante fácil. Conversamos sobre o abrigo, os planos de Aubrey para transformar o quarto de hóspedes em um escritório, um novo tipo de ioga que ela estava praticando. *Eu tinha fé em Deus que conseguiria colher os frutos disso um dia.* Contei a ela sobre minha viagem a Hermosa Beach e meus planos de erguer um pequeno galpão em sua casa para guardar meu equipamento de jardinagem. Então eu meio que arruinei a conversa.

— Onde Dick... uh... Richard acha que você está hoje?

— Com um amigo.

Soltei uma risada sarcástica.

— Ok. Esticando um pouco a verdade.

— Por que isso é tão engraçado? Não estamos tentando ser amigos? Foi ideia sua.

— Eu uso o termo amigo muito livremente. Mais ou menos como, hã, não sei, *namorada*.

— Eu não sou sua namorada.

— Não, você é minha maldita esposa.

— Chance...

— Relaxa. Estou brincando. — *Não era verdade.* — Olha, o que quero dizer é que você pode se convencer de que isso é inocente por enquanto, mas duvido que Dick iria gostar de te ver com um amigo que tem como objetivo te roubar dele. Esse amigo também tem uma chave da sua casa que ele não tem. Não pense que não notei isso. Não se engane, Aubrey. Caso eu não tenha deixado isso claro, quero te roubar dele. Sou seu amigo por enquanto, mas isso não é suficiente para mim. Nunca será. Quero você na minha cama todas as noites e na minha frente todas as manhãs na mesa do café. Porra, quero *você* de café da manhã. E não ficarei satisfeito até que eu te tenha por completo. — Aborrecido comigo mesmo por ter perdido a compostura no que deveria ser uma viagem tranquila para comer torta de maçã, puxei os cabelos e olhei para o prato vazio. Baixei o tom de voz. — Sinto muito. Eu simplesmente não consigo fingir.

Desconcertada, ela ficou quieta, mas acenou com a cabeça em compreensão.

— Tudo bem.

Depois da minha constrangedora explosão de raiva, precisávamos sair dali. Levantei-me da cadeira.

— Quer dar uma volta para conhecer o lugar antes de pegarmos a estrada de novo?

— Eu adoraria.

Fomos dar um passeio e acabamos parando em uma pequena livraria que também vendia bugigangas. Aubrey estava olhando uma pulseira que tinha um símbolo de paz budista. Quando ela se distraiu com um livro de Deepak Chopra, comprei a pulseira. Assim que saímos, entreguei a ela.

— Queria te dar algo para que você se lembrasse da sua primeira viagem de moto. Espero que não seja a última.

— Como se eu pudesse me esquecer deste dia — disse ela. — Mas foi muito gentil da sua parte. Obrigada. Adorei.

— Eu sei. Vi você dando uma olhada na pulseira. Eu estava te olhando, porque não consigo tirar os olhos de você. Então... — Coloquei minhas mãos nos bolsos e olhei ao redor enquanto minhas palavras morriam.

Ela a colocou no pulso.

— Talvez isso ajude a trazer paz à minha vida.

Enquanto estávamos na calçada, me toquei que aquela situação era igualmente difícil para ela. Passei tanto tempo imerso em meus próprios medos que acabei me esquecendo do que tudo isso poderia significar para Aubrey. Eu praticamente voltei dos mortos quando ela estava arrumando a vida e virei seu mundo de cabeça para baixo.

Muito tentado a segurar sua mão, apertei os dentes e me refreei. Em vez disso, falei:

— As pessoas gostam de fazer trilha por aqui. Se tivéssemos mais tempo, poderíamos ficar em uma das cabanas e passar o fim de semana na cidade. Mas sei que você tem que voltar.

— Talvez outra hora. — Ela sorriu.

— Sim.

Cerca de uma hora depois, estávamos de volta à estrada. Algo no tom da viagem de volta era diferente. Enquanto o sol se punha no horizonte, seu abraço relaxou um pouco. Nós dois estávamos quietos e, na metade do caminho, Aubrey descansou o queixo nas minhas costas. Foi um pequeno gesto, mas enviou algo que parecia eletricidade através de mim. Significava tudo. Era fácil nos imaginar viajando todos os fins de semana. Não havia nada como a sensação de ter sua mulher na garupa da moto.

Ela *era* minha mulher. Se eu era ou não seu homem era a questão que permanecia sem resposta.

Ao chegarmos à casa de Aubrey, o som de grilos substituiu o motor rugindo da moto quando a desliguei. Ficamos sentados em silêncio. Ela não desceu da moto nem soltou minha cintura, então eu não me mexi.

Finalmente, ela falou. Sua voz estava baixa.

— Não vou te deixar esperando para sempre, Chance. Eu juro. Não é justo. Tenho que resolver isso.

Levantei suas mãos, que ainda estavam enroladas na minha cintura, e as apertei contra meu peito com firmeza.

— Não vou a lugar algum tão cedo, princesa.

Ela soltou um profundo suspiro e desceu da moto. Eu podia ver Pixy na janela nos observando. *Cabrito cego uma ova.*

Puxei a frente de sua jaqueta de couro.

— Quando vou te ver outra vez?

— Não sei.

— Pensa um pouco.

— Obrigada por hoje. Nunca vou me esquecer.

Seu último comentário não caiu bem.

*Nunca vou me esquecer.*

— Você foi ótima, princesa. Mal posso esperar para fazer isso de novo.

Na volta para casa naquela noite, tomei uma decisão difícil. Eu ia me afastar um pouco. Ia dar espaço a ela. Dizem que, se você deixar algo livre e aquilo não voltar para você, nunca foi seu de verdade. Mas, levando em consideração o fato de que eu já tinha ido embora uma vez, não havia como apostar nisso.

## 25

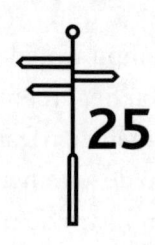

Dois dias depois, comecei a construir o novo galpão na casa de Aubrey. Seria bom conseguir deixar todo o meu equipamento de jardinagem em um lugar sem ter que levá-lo de um lado para outro. Eu precisava admitir. Aubrey tinha agora o jardim mais bonito de Temecula.

Estava quente e eu precisava me refrescar. Começava a me sentir desidratado, então pensei em parar.

Usando a minha chave, entrei na casa para beber algo e usar o banheiro antes de ir embora. Pixy estava tão acostumado a me ouvir entrar que nem sequer se mexeu.

Eu não falava com a Aubrey desde a nossa viagem e não tinha ideia do que ela estava pensando. Parecia que fazia uma eternidade que não a via. Minha única pista estaria dentro da casa, mas eu sempre me sentia um merda quando a bisbilhotava. Felizmente, não havia nenhuma evidência óbvia de que Dick tivesse aparecido ali nos últimos dias, o que era bom. A casa estava sem sinal de sua presença, do jeito que eu gostava.

O suor escorria do meu corpo enquanto o cabrito me seguia. Perguntei-me se Aubrey se importaria se eu tomasse um banho rápido. Como eu estava me segurando para não entrar em contato, mandar uma mensagem para perguntar não era uma opção. Mas eu também não via problemas nisso.

— Você não vai contar pra ela, né, Carré?
— Béé.
— Bom garoto.

Tirei a roupa e a deixei em uma pilha do lado de fora do banheiro. Embaixo da água morna, meus pensamentos, é claro, se voltaram para ela. Usar seu sabonete e xampu frutado era como mergulhar em um mar de Aubrey. Doce tortura. Segurei meu pau e comecei a me tocar, mas parei depois de pensar melhor. Mesmo que o desejo fosse intenso, não ia gozar no seu chuveiro de jeito nenhum. Com a minha sorte, eu acidentalmente deixaria um rastro de porra por ali. *Bem-vinda à casa gozada, Aubrey!* Ela saberia que tinha sido eu. Isso não ia ajudar a minha causa. Mas com um tesão do caramba, com certeza, eu precisaria bater uma quando chegasse ao hotel.

Quando saí do chuveiro, o banheiro estava cheio de vapor. Limpando o espelho, olhei o reflexo do meu corpo definido e flexionei os músculos.

Porra, nada mau.

Com todo o tempo ao sol e os exercícios, meu corpo estava na melhor forma possível. Infelizmente, eu não podia usá-lo com ninguém no momento.

Esfregando a toalha vigorosamente sobre o cabelo molhado, voltei para o quarto de Aubrey. Uma pintura que mostrava uma mulher com os seios expostos na parede capturou minha atenção. Não estava ali da última vez. Devia ser nova. *Puta merda.* Era elegante, mas ainda assim não esperava que Aubrey tivesse algo do tipo.

Enquanto olhava a pintura, pensei em todas as coisas que nunca tivera a oportunidade de descobrir sobre ela. Aubrey definitivamente gostava de sexo e isso me deixou triste, pois nunca havia tido a chance de explorar melhor aquele seu lado, de ultrapassar fronteiras com ela e levá-la a lugares aos quais ela nunca tinha ido. Poderíamos ter feito tanta coisa nesses dois anos.

*Merda. Eu estava ficando duro outra vez.* Uma gota de líquido pré-ejaculatório se formou na ponta do meu pau. Eu estava muito duro.

Meu corpo tremeu com o som de sua voz.

Ela gritou:

— Ah, meu Deus!

Virei-me, expondo meu pau totalmente duro.

— Merda! — Enrolei a toalha na minha cintura para cobrir o corpo. Além de ter visto minha bunda ao entrar, ela também teve a experiência frontal completa quando me virei.

Ela parecia estar sem fôlego.

— O que você está fazendo?

— Eu... hum... ok... Então... estava muito quente. Eu precisava me refrescar. Tomei um banho. — Ri, nervoso. — Não achei que você se importaria.

— Acho que não me importo, mas, pelo amor de Deus, você sempre costuma ficar parado olhando para a parede, no meio do cômodo, totalmente nu?

— Na verdade, eu estava olhando para essa linda pintura. — Meus olhos vagaram pelo corpo de Aubrey. Ela estava usando roupa de academia: um sutiã esportivo roxo que levantava seus lindos seios e uma legging justa. Vestida assim, ela claramente não estava esperando que eu ainda estivesse em sua casa. Normalmente eu não ficava tanto tempo, mas, como estava construindo o galpão, perdi a noção da hora. Ela nunca chegava em casa tão cedo.

— Por que você está aqui? — perguntei.

— Não sou eu quem deveria estar fazendo essa pergunta? Esta é a minha casa.

— Eu sei, mas você nunca chega em casa antes das cinco.

— Eu fui ao médico, então não voltei para o escritório. Fui à academia e voltei cedo para tomar banho.

— Perdi a oportunidade, então. Poderíamos ter feito isso juntos.

Ela revirou os olhos, mas abriu um sorrisinho.

Não havia nada mais sensual do que ver Aubrey suada. Minha ereção estava impossível de ser controlada. Meus sentimentos também. Enquanto eu permanecia ali, ainda enrolado na toalha, com meu pau saliente, aproximei-me dela. Seu corpo endureceu e entrou em algum tipo de modo de proteção.

— Senti saudades, Aubrey. Pode-se dizer que tenho tentado te dar espaço.

Seu peito arfava.

— Sei que tentou. Mas parece que agora não.

— Você está certa. Agora não.

Seus olhos baixaram para meu abdômen e depois subiram. Ela não estava só olhando disfarçadamente para mim. Estava me analisando na cara dura. Suas pupilas pareciam estar dilatadas.

Aproximando-me ainda mais, não pude deixar de dizer como me sentia.

— Você queria saber por que eu estava olhando para a parede. Sabe em que eu estava pensando quando você entrou?

— Em quê?

— Estava pensando em como você se mostra como essa garota toda formal e respeitável, mas que, secretamente, é um pouco atrevida. Esse quadro na parede prova isso. Você é sexual por natureza, alguém que nunca ficará satisfeita com coisas comuns. Você é alguém que, quer admita ou não, quer tentar tudo e ultrapassar fronteiras. Sei que, se estivéssemos juntos, você me deixaria fazer todas as coisas que quero com o seu corpo. E você iria adorar.

— Que tipo de coisas? — ela sussurrou. Sua pergunta me surpreendeu.

Boa garota. Entra no jogo, gata.

— Vamos falar sobre o que eu gostaria de fazer agora se pudesse. Queria lamber cada gota de suor do seu corpo lentamente, começando pelos seus seios maravilhosos. Eu lamberia cada pedacinho do seu corpo e te comeria com tamanha intensidade até que você gozasse forte, com todo o meu sêmen dentro de você, no lugar a que ele pertence.

Ela parecia estar se contorcendo.

— O que mais? — perguntou, enquanto se afastava de mim, o que só me fez caminhar em sua direção até que meu rosto estivesse a apenas centímetros do dela.

— Então, eu te comeria de novo com a boca. E iria adorar fazer isso enquanto você engole meu pau. Acho que você também iria gostar. Queria ter você de todos os jeitos. Em cima de mim, embaixo e no meu colo com as minhas mãos marcadas nessa bunda deliciosa. Mal posso esperar para te foder de novo. Quando eu digo foder, realmente quero fazer amor intensamente, porque só isso é que poderia ser. Amor e sexo intenso e forte.

— Oh, Deus — ela murmurou, fechando os olhos.

Aproveitando sua fraqueza, pressionei minha boca faminta na dela e a beijei como desejava havia dois anos. Ela abriu a boca quando minha língua a invadiu, procurando a dela. O gemido que soltou pareceu viajar pela minha garganta até o meu pau. Ela passou os dedos pelos meus cabelos molhados enquanto eu a apoiava na parede, quase derrubando a luminária da mesa de cabeceira. Ainda só de toalha, eu sabia que precisava me afastar, mas não sabia como.

Finalmente, Aubrey tomou a iniciativa.

— Por favor. Pare.

Entre respirações ofegantes, gritei:

— Não consegue ver como você reage comigo? Não é óbvio que pertencemos um ao outro?

Ela caminhou até o lado oposto do quarto e começou a andar de um lado para o outro.

— Relacionamentos não se baseiam apenas em atração e sexo, Chance.

— Besteira. Isso é extremamente importante. Não me interessa o quanto Dick seja legal. Se ele não sabe como *usar* o pau para agradá-la, ele não vai te fazer feliz para sempre. De qualquer maneira, isso não vem ao caso. Você sabe muito bem que nos atraímos em *todos* os sentidos. É muito mais do que físico. Na verdade, a conexão emocional entre nós é o que mais te assusta. Então, o que está faltando aqui? Confiança? Porque eu daria meu braço esquerdo neste momento para provar que você pode confiar em mim.

Ela levantou as mãos e balançou a cabeça.

— Isso é demais. Eu não esperava que você estivesse aqui.

— Quando não será demais? Algum dia será o momento certo? — gritei e imediatamente lamentei ter levantado a voz.

Pixy fez um barulho. O sujeito estava sentado assistindo a tudo aquilo como se fosse um filme.

— Você o está assustando.

— Se ele não desmaiou, está tudo bem.

Ela foi até o banheiro, e eu a segui.

— Pare de fugir de mim quando começa a sentir alguma coisa. — Coloquei as mãos sobre seus ombros para detê-la. — Olhe para mim, princesa.

Ela se virou, parecendo como se estivesse prestes a chorar.

— O quê?

Eu sabia que era agora ou nunca. Fechei os olhos e os abri antes de respirar fundo.

— Eu te amo, Aubrey. Você não consegue enxergar isso? Estou perdidamente apaixonado por você. Te amo mais do que tudo neste mundo. Quando olho em seus olhos, não vejo só você, vejo meus filhos. Porra, vejo uma montanha de crianças e cabras surdas, mudas e cegas. Vejo meu futuro inteiro. Sem você, não vejo nada. *Nada*. Mesmo durante esses dois anos preso, lembrar-me de você foi o que me deu forças para seguir em frente todos os dias. Sei que você tem que resolver as coisas com ele, e não espero uma confirmação agora, comigo aqui de pé, enrolado nesta toalha. Vou esperar. Enquanto isso, estou aqui. Sou teu. A questão é: você quer ficar comigo ou vai me jogar fora?

Quando ela abriu a boca, o que saiu foi a última coisa que eu esperava.

— Richard me disse que a empresa está se dissolvendo e o escritório vai fechar até o final do ano. Ele recebeu uma proposta para ser sócio de um escritório de advocacia de patentes em Boston. Só soube disso ontem. Ele quer tentar me contratar. De qualquer maneira, ele me pediu para ir com ele.

A adrenalina correu através de mim enquanto meu corpo se preparava para uma briga. Engoli o enorme nó na garganta.

— Quando ele vai embora?

Uma lágrima escorreu por seu rosto.

— Em duas semanas.

## 26

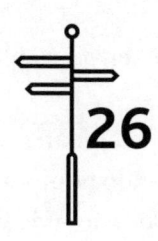

Mal dormi depois da bomba que Aubrey jogou na noite anterior. Eu sabia que estávamos começando a nos aproximar, embora ela ainda estivesse lutando contra. Duas semanas não era muito tempo para recuperar sua confiança. Mas que escolha eu tinha?

*Treze dias*. Peguei o celular e olhei para o relógio. Os malditos minutos pareciam correr mais rápido que nunca. Na prisão, esperar um dia passar parecia uma eternidade. No entanto, agora, parecia que os ponteiros do relógio giravam em alta velocidade.

Fui para o Starbucks, pedi um café e paguei um para Aubrey. Também pedi um bolinho de maçã e dei instruções a Melanie para esquentá-lo antes de entregá-lo para a minha garota. Esperava que ela se lembrasse da nossa viagem de moto para comer torta de maçã.

Meu cérebro ainda estava exausto, e eu precisava afastar dele a sensação crescente de frustração, então fui para a academia. Era meio-dia quando finalmente fiz meus músculos queimarem o suficiente para pensar em algo além dos *treze dias*.

Sem saber o que fazer, fui para a casa da Aubrey com mais uma dúzia de mudas de flores. Eu me ocuparia, mas, em apenas duas semanas, outra pessoa iria apreciar o jardim. No entanto, eu não podia ceder a esse pensamento agora.

Estava voltando do quintal com um carrinho de mão cheio de folhas quando vi Dick estacionar no meio-fio. Ele olhou para mim, e eu não tive mais vontade de me esconder.

Talvez ele não me reconhecesse sem camisa e suado. Continuei caminhando enquanto ele se aproximava.

— Sr. Bateman? — Ele cerrou os olhos, claramente confuso com a minha aparência.

— Sou eu. Em que posso ajudar?

— O que você está fazendo aqui?

Olhei para o carrinho de mão e de volta para Dick com um rosto que dizia: "Você não consegue adivinhar, não?".

— Plantando flores. — Dei de ombros.

— Estou vendo. Mas por que você está plantando flores *aqui*?

— Acho que é porque a Aubrey gosta de flores. — Algo que você, obviamente, não sabia ou não se importava.

Dick cruzou os braços sobre o peito.

— Achei que você fosse voltar para a Austrália.

Minha mandíbula se apertou. Eu estava dividido entre repreender o idiota por não cuidar da casa da Aubrey ou dar um soco em seu rosto por tentar levar a mulher que eu amava embora. Nesse momento, o carro de Aubrey virou a esquina. Não importava o quanto eu quisesse arruinar as coisas, eu não podia fazer isso com ela.

— Aaah. — Acenei, como se algo simplesmente tivesse me ocorrido. — Você deve achar que sou meu irmão, Chance.

— Como é?

— Chance. Ele é o irmão mais bonito, com certeza. Mas somos gêmeos idênticos. Sou Harry. — Estendi a mão. Ele pareceu não acreditar por um momento, mas o idiota caiu como um patinho. Minha mão estava quente, suada e suja. O esnobe, usando um terno, parecia querer encontrar um lugar para limpar a mão depois de ter me cumprimentado. *Não está acostumado com mãos de homens, não é, Dick?*

— Bem, isso explica. Seu irmão era cliente da Aubrey. Eu o conheci no escritório.

— Sim. Eu a indiquei para ele. Não há mais ninguém com permissão para tocar no volume dos irmãos Bateman. Só a Aubrey.

— Como?

— Volume. É o nome que a gente dá para papelada importante.

Ele acenou com a cabeça e olhou para o meio-fio enquanto Aubrey estacionava.

Idiota. Chupa aqui o *meu* volume.

Como eu, supostamente, não sabia quem ele era, poderia sacaneá-lo um pouco.

— O que está achando do lugar? Está ficando bom, não é? Isso estava uma verdadeira bagunça quando cheguei. Fiquei surpreso por saber que a Aubrey não tem um homem em casa para cuidar direito das coisas.

Dick limpou a garganta.

— Ela tem. Só não é alguém que tem tempo ou goste de fazer esse tipo de trabalho.

— Que pena. Aubrey precisa de um homem que se ocupe de todas as suas necessidades.

Dick semicerrou os olhos para mim enquanto Aubrey saía correndo do carro. Ela estava pálida e parecia cansada.

— Você não me disse que o irmão do sr. Bateman era seu paisagista — ele disse a Aubrey.

— Irmão? — Aubrey olhou para mim, e eu sorri.

— Quando cheguei, achei que o Harry aqui fosse o Chance. — Então o idiota acrescentou: — Agora posso ver a diferença, é claro. Gêmeos sempre têm diferenças ao redor dos olhos.

— Harry? — A cara de pânico de Aubrey deu lugar a um sorrisinho.

Dirigi-me a Dick.

— Aubrey me chama de Harrison. Ela não gosta muito de apelidos, não é?

Ele ignorou meu comentário. Tive a sensação de que o idiota ignorava quem não usava terno. Em vez disso, ele disse a Aubrey:

— Eu estava prestes a dizer ao Harry que seus serviços não serão mais necessários, já que iremos para Boston em breve.

Aubrey falou baixinho:

— Isso ainda não foi decidido.

— Eu te falei. É só uma formalidade. Já conversei com os sócios. Eles querem você. — Dick colocou a mão nas costas de Aubrey. Eu mal conseguia me impedir de tirá-la dali.

— Prazer em conhecê-lo, sr. Bateman. — Ele não se incomodou em olhar para mim. — É melhor pegar aquele arquivo, linda. Ou vamos nos atrasar para o depoimento.

Aubrey assentiu. Ela olhou por cima do ombro duas vezes antes de desaparecer dentro de casa. Alguns minutos depois, eles saíram juntos novamente. Dick acenou para mim, e Aubrey olhou para baixo enquanto passavam. Eu tinha começado a cavar um buraco para colocar as flores quando eles entraram, mas tinha me esquecido de parar. Agora tinha uma cratera profunda que batia na minha cintura. Eu não podia olhar para o meio-fio quando eles entraram nos carros. Eu quase não conseguia me conter.

Um dos carros se afastou. Quando não ouvi o segundo ser ligado, olhei para a rua. Dick tinha ido embora, mas Aubrey ainda estava sentada dentro do carro. Sua cabeça estava inclinada contra o volante. Fui até lá e me sentei no banco do carona.

Nenhum de nós disse uma palavra por um instante.

— O que eu devo fazer? — ela finalmente sussurrou.

Soltei um longo suspiro.

— Faça o que seu coração está mandando, Aubrey. Se não for ficar comigo... isso vai doer, não vou mentir. Mas quero que você seja feliz. É por isso que tenho certeza de que estou apaixonado por você. Se a escolha é você estar feliz ou eu... não há escolha. Você vem primeiro.

Ela assentiu.

— Acredito em você, sabe disso.

Peguei sua mão do volante e a levei à boca, beijando-a.

— Pois você deveria acreditar. Porque estou falando sério. Não há nada que eu não faça por você, princesa.

Ela sorriu. Foi um passo na direção certa. *Ela acreditou em mim*.

— É melhor eu ir. Temos um depoimento no centro em quinze minutos, e eu ando tão preocupada que nem percebi que o arquivo estava em casa.

Abri a porta do carro. Se tivéssemos mais tempo, eu teria preferido acabar a conversa ali mesmo. Mas *treze dias*. Tive que perguntar:

— Vem pra casa comigo esse fim de semana?

— Chance...

— Eu sei. Mas não tenho mais o tempo a meu favor. Você tem uma decisão a tomar. E Dick fica com você o tempo todo. Quero te levar para casa comigo. Mostrar como a nossa vida pode ser. Nada de viagens loucas pela estrada. Sem interrupções. Só você e eu. Se você vai fazer essa escolha, seja justa.

— Eu já te disse. Não posso ficar com você assim. Richard é um bom homem. Não seria justo enganá-lo. Nosso beijo na outra noite foi ruim o suficiente.

— Ruim? Achei que tinha sido fenomenal.

— Não foi isso o que quis dizer e você sabe disso.

— Tudo bem. Não vou te tocar. Sexualmente, quero dizer. Não vou.

Ela olhou para mim como se não acreditasse na genuinidade das minhas intenções.

— Confie em mim. Você tem a minha palavra. Não vou tocar um dedo em você de uma forma sexual. — Parecia que ela estava considerando a possibilidade. Provavelmente deveria ter mantido minha boca fechada, mas não seria eu se fizesse isso. — E quando você vier para cima de mim, vou te afastar.

Ela ergueu as sobrancelhas.

— "Quando"?

— Isso mesmo. Quando.

— Está muito seguro de si, não é, seu abusado?

Ela não fazia ideia do que a ouvir me chamar de abusado fazia comigo.

— Estou. Parece que a única que não pode se controlar aqui é você.

— Posso me controlar completamente perto de você.

Eu me inclinei.

— Então venha comigo. Me dê um fim de semana antes de decidir. Por favor.

Ela parecia dividida.

— Preciso pensar a respeito.

Isso era melhor que um não.

— Tudo bem.

— É melhor eu ir agora.

Saí do carro e fiquei ao seu lado quando ela ligou o motor. Logo antes de se afastar, ela abriu a janela.

— Que boa escolha de nome, a propósito. — Então ela desapareceu.

---

Dois dias se passaram desde a última vez em que falara com Aubrey em seu jardim, e eu ainda não tinha tido notícias dela. *Onze dias.* O tempo estava correndo e não havia merda nenhuma que eu pudesse fazer a respeito.

Exceto ficar bêbado.

Havia uma grande possibilidade de que eu tivesse bebido mais sentado naquele barzinho do outro lado da rua do hotel do que nos últimos cinco anos da minha vida.

— Carla. Sirva-me mais um.

— Não acha que já bebeu demais, gato?

Meu cérebro ainda estava funcionando.

— Não. Nem cheguei perto disso. — Segurei o copo e balancei o gelo.

Ela o pegou, encheu com o que eu suspeitava ser água tônica, passou para o outro lado do balcão e se sentou ao meu lado. Era quase hora de fechar, e eu estava sentado naquele banquinho por quase seis horas. Éramos os únicos no bar.

Carla esperou até que eu a olhasse diretamente nos olhos antes de falar.

— Ela é uma idiota. Você é um cara ótimo. Nem preciso conhecer o Dick para ter certeza de que ela está cometendo um grande erro. E não é só porque você é gato e tem um corpo que com certeza combina com esse rosto perfeito. É porque você está comprometido.

Zombei.

— Eu deveria estar comprometido, certo?

— Estou falando sério, Chance. Se um cara fizesse metade do esforço que você está fazendo, eu ficaria impressionada. Você está disposto a conquistá-la dia após dia, mesmo sabendo que ela pode muito bem pisar no seu coração.

— Obrigado.

— Por nada. Mas é a verdade. Além do mais... vi uma dúzia de mulheres dando em cima de você aqui, e você nunca, nem uma vez sequer, prestou atenção. Considerando o fato de que você não transa com ninguém há mais de dois anos, isso é um grande feito.

— Onze dias. Suponho que talvez eu tenha que descobrir como voltar ao mundo dos solteiros se as coisas não derem certo.

— Vamos combinar uma coisa. Se as coisas não derem certo, você me encontra aqui. Eu ficaria honrada em ajudá-lo com isso. Sem papo. Sem compromisso. Só vamos para o seu quarto e eu deixo você montar em mim para afastar as frustrações, *cowboy*.

— Você faria isso por mim?

— Por você? Pensei em fazer isso desde o dia em que você entrou por aquela porta. — Ela me deu um beijo rápido nos lábios e me mandou embora.

## 27

Dormi demais na manhã seguinte e tive que correr para o Starbucks. Eram quase nove horas quando cheguei, e a fila estava maior do que o normal. Eu ainda não tinha checado meu telefone, então o liguei enquanto esperava a minha vez de pedir. A porcaria começou a vibrar na minha mão.

Fiquei animado quando vi uma nova mensagem chegar.

Aubrey: Ok. Sexta-feira às seis da tarde. Sou toda sua no fim de semana.

Expirei profundamente. Senti como se estivesse segurando o fôlego por dias. Melanie chamou meu nome enquanto eu continuava a olhar para o telefone.

— Dois cafés?

Eu não conseguia parar de sorrir.

— Pode apostar.

— E o que Aubrey vai tomar de café da manhã?

Eu me inclinei para trás e olhei para a vitrine.

— Vou querer dois desses *muffins* de chocolate, uma fatia de bolo de limão gelado, três *brownies* com creme de caramelo salgado, um biscoito de aveia e um daqueles *parfaits* de iogurte sofisticados que você tem aí.

Melanie olhou para mim como se eu fosse louco. A essa altura, eu praticamente tinha perdido a cabeça, então ela não estava muito longe da verdade.

— Quer tudo isso em uma caixa? São todos para Aubrey?

— Sim. — Paguei e olhei a hora no celular.

Ela normalmente só aparecia às nove e meia.

— Mel, guarda meu café. Eu volto já, ok?

Fui correndo até a floricultura que ficava ali perto e voltei com um buquê gigantesco. Isso já estava beirando o ridículo, mas não me importei. Aubrey ia ser *minha* por um fim de semana. Isso era motivo de comemoração.

Melanie abriu um sorriso tão grande que eu podia ver todos os seus dentes – em cima e em baixo.

— Pode dar isso a ela com o café da manhã?

— Claro.

Estacionei a caminhonete na esquina e esperei na calçada um pouco antes do Starbucks. Se eu não estivesse tão frenético, isso poderia parecer um pouco sinistro. Às nove e meia, Aubrey saiu do Starbucks com uma caixa e o buquê gigante. Ela ostentava um sorriso enorme.

Fiquei ali por mais dez minutos. Por fim, outra mensagem de texto chegou.

Aubrey: Eu estava com muita fome hoje de manhã, é?

Chance: Desculpe. Eu me empolguei. Estamos comemorando.

Aubrey: O que estamos comemorando?

Chance: Você ir para casa comigo no fim de semana.

Meu telefone ficou em silêncio. Poucos minutos depois, vibrou novamente.

Aubrey: Estou nervosa. Ainda não sei se é uma boa ideia.

Eu também, mas não ia admitir isso. As consequências dessa confissão eram demais para serem consideradas.

Chance: Confia em mim. Por favor.

Alguns minutos depois, chegou uma última mensagem de texto.

Aubrey: Ok.

❦

Cheguei à casa dela na sexta às seis, pronto para o nosso fim de semana. Bati à porta e, quando Aubrey a abriu, estava quase exatamente igual a uma fantasia que tivera repetidas vezes durante os últimos dois anos. Ela estava vestindo uma camiseta branca justa, short branco minúsculo e um par de sandálias prateadas. Era um dia particularmente úmido, e seu cabelo estava mais liso que o normal. *Confia em mim*. Essa foi a promessa que eu fizera a ela. *Meeeerda*.

— Que foi? — Ela notou a preocupação em meu rosto. — Vamos de moto? Preciso me trocar?

— Não. Sim. Não.

Suas sobrancelhas arquearam, então eu expliquei.

— Não, não vamos de moto. Sim, você precisa se trocar.

Ela olhou para sua roupa.

— O que há de errado com o que estou usando?

— Absolutamente nada. Está perfeito.

— Mas...

Passei os dedos pelo cabelo.

— Tenho essa fantasia recorrente na qual você está toda de branco.

Ela sorriu.

— Que fofo. Como se eu fosse um anjo?

Abri um sorriso malicioso.

— Não exatamente.

Suas bochechas coraram.

— Ah.

Eu ri.

— Não precisa se trocar. Mas é melhor você saber que, se eu ficar quieto durante a viagem, é porque estou repassando essa fantasia várias vezes na cabeça. — Pisquei.

Havia uma mala vermelha ao lado da porta, e eu a peguei.

— Só preciso pegar minha bolsa.

Carré estava se esfregando na minha perna, querendo atenção.

— E a coleira do Carré. Não tenho um quintal grande como o seu. Vamos ter que passear com ele.

Aubrey se virou.

— Você quer levar o Pixy?

— Claro. Somos uma família.

Era como se o cabrito entendesse o que estávamos falando. Ele se esfregou em minhas mãos e soltou um suave "bééé".

— É isso mesmo, amigo. Seremos você, eu e a mamãe. — Cocei o topo de sua cabeça. — Você gosta disso, não é?

— Tudo pronto. — Aubrey voltou com a bolsa e a coleira. — Só preciso parar na casa da Philomena e avisar que ela não precisa cuidar do Pixy.

— Philomena?

— Minha vizinha. Ela cuida do Pixy às vezes, quando eu trabalho até tarde. Quando fui pedir a ela para cuidar dele ontem, ela não parava de elogiar meu jardim. Disse que adoraria roubar você de mim. Depois reclamou que o carteiro entregou a ela quatro caixas de aparelhos mágicos que ela não comprou e insistiu que eu trouxesse um comigo. — Aubrey apontou para uma caixa fechada no balcão. — Ela é um pouco estranha, mas muito legal.

— Aparelho mágico? Igual a sua varinha mágica? Você ainda está brincando com aquilo?

— Não! É um liquidificador... para *smoothies*.

Geralmente demorava cerca de duas horas de carro de Temecula a Hermosa Beach, mas o tráfego da hora de *rush* fez com que levasse quase o dobro. Mas eu não me importava. O sol brilhava, eu estava livre e a minha garota ia passar o fim de semana na minha casa. Apesar de não poder fazer com ela o que eu realmente queria, decidi mostrar a Aubrey como seria nosso fim de semana normal. Sabíamos que tínhamos química, mas algo me disse que uma das coisas que a mantinha afastada, além da questão da confiança, era que ela não estava convencida de que tínhamos *mais* do que química.

Adele ainda estava em casa quando chegamos. Ela fingiu estar atrasada, mas eu sabia que, na verdade, ela queria conhecer Aubrey.

— Desculpe. Esperava já estar no Harry quando você chegasse em casa. Só estava limpando um pouco.

Aubrey olhou para mim com incredulidade.

— Harry?

— Não te contei. No primeiro dia, cheguei em casa e encontrei um cara de cueca passando roupa no balcão da cozinha. Ele me disse que se chamava Harry.

Aubrey e eu rimos. Adele não entendeu a piada, mas estava sorrindo de orelha a orelha do mesmo jeito. Minha irmã estendeu a mão.

— Estou tão feliz em conhecê-la, Aubrey. Já ouvi muito sobre você.

Aubrey e Adele ficaram olhando uma para a outra por bastante tempo. Eu não tinha ideia do que era, mas algo estranho parecia estar acontecendo. Então as duas quase se chocaram ao se abraçar. Era como se elas fossem melhores amigas que não se viam havia muito tempo. Elas ficaram um bom tempo assim.

Senti vontade de chorar ao vê-las juntas. As duas tinham lágrimas nos olhos quando se separaram. Ouvi minha irmã sussurrar:

— Nós duas perdemos muita coisa. Estou encontrando meu caminho. Espero que você encontre o seu também.

Limpei a garganta e dei um abraço de despedida em Adele alguns minutos depois. Ela levou uma mala para passar o fim de semana na casa do Harry.

— Abasteci o armário com as coisas de que você gosta.

— Linguiça australiana, chocolate e Pixy Stix?

— Claro. E comprei umas guloseimas para este carinha aqui também. — Ela fez carinho em Pixy antes de sair.

Quando ficamos sozinhos, levei Aubrey para conhecer o lugar. Minha casa era um antigo galpão reformado. Tinha pé-direito alto e era todo aberto. Havia três quartos, mas eu havia transformado um deles em um estúdio de arte. Minha irmã estava usando o outro desde que viera morar comigo. Quando eu disse a ela que a Aubrey ficaria no quarto de hóspedes, parecia que ela não tinha acreditado, mas ainda assim o deixou pronto para receber uma visita.

Parei no meu quarto primeiro.

— Este é o nosso quarto.

— Chance…

— Eu sei. Não hoje. Mas, se decidirmos morar aqui perto da praia, este será o nosso quarto. — A merda é que eu já pensava naquele como o *nosso* quarto.

— É muito bonito. É uma pintura de Klimt?

Sorri. *Amava minha garota safada.*

— Sim. É *As três idades da mulher*. Viu? Temos muito em comum. Ambos gostamos de seios femininos em pinturas. Mas sei que, quando estivermos aqui, não vou prestar atenção em mais nada além desses garotos. — Meus olhos apontaram para seus seios grandes.

— Você é um pervertido.

— E você adora.

Eu a levei para conhecer o resto da casa, lamentavelmente deixando sua mala no quarto de hóspedes. O último lugar que vimos foi o meu estúdio de arte. Eu não fazia nada havia muito tempo. Lonas cobriam a maioria dos projetos em que eu estava trabalhando antes da minha vida se tornar um desastre. Acendi a luz e queria sair logo dali, mas Aubrey entrou.

— Você que fez isso? — Ela apontou para uma moto grande feita de peças recicladas. Havia sido exibida em algumas exposições de arte, mas agora tinha um centímetro de poeira em cima dela.

— Sim.

— Uau. É... incrível. — Ela andou em volta da peça, inspecionando-a com cuidado. — Tudo aqui é sucata?

— Não uso nenhum material comprado. Só reciclo objetos que encontro.

— Você é muito bom. Não sei bem o que eu esperava. Mas isso parece contar uma história.

Sorri. Claro, ela entendia. Sempre senti como se cada peça que eu produzia pudesse contar uma história diferente. Para mim, a forma como elas se misturavam se assemelhava a ler um livro. Andei até o outro lado da moto e apontei para algumas coisas diferentes, dizendo a ela de onde cada peça tinha vindo.

Se ainda fosse possível, acho que naquele momento me apaixonei um pouco mais por ela.

Naquela noite, pedimos comida chinesa e comemos direto das embalagens. Aubrey adormeceu com a cabeça no meu colo enquanto assistíamos a um filme. Mantendo minha palavra, eu a cobri com um cobertor e fui para a minha cama dormir.

Na manhã seguinte, ela ainda estava dormindo quando dei uma escapada para levar Pixy para passear. Mas ela já estava acordada quando cheguei com dois cafés e uma variedade de besteiras caras do Starbucks.

— Bom dia.

Ela se sentou no sofá e se espreguiçou. Sua blusa subiu, expondo a pele macia. Queria mordê-la. Tive que me virar para o outro lado.

— As pessoas te olham meio estranho quando se passeia com um cabrito.

Aubrey riu.

— Sim, eu sei. — Ela entrou na cozinha e se sentou em um banquinho do outro lado da bancada.

— Deixe-me perguntar uma coisa. Essa promessa estúpida que eu fiz. Só inclui tocar? Posso dizer o que quiser, certo?

Ela tomou um gole de café.

— Receio que sim. Acho que palavras não estão proibidas.

— Ótimo. Porque eu tenho que te dizer. Seus seios me cumprimentando são melhores do que ver o nascer do sol pela manhã.

Ela balançou a cabeça.

— Você tem uma língua safada, sr. Bateman.

— Ah, se eu pudesse te mostrar, sra. Bloom Bateman.

— Sra. Bloom Bateman?

— Bem, você é minha esposa. Achei que quisesse manter seu nome, levando em conta o quanto você é independente e tudo o mais.

— Você me faz parecer uma prostituta.

— Prostituta... advogada. — Sorri. — Mesma coisa.

— Muito bom. E pensar... que eu ia desistir do sobrenome Bloom para usar só o do meu marido. Agora não tenho tanta certeza.

— Ah, é? Achei que você usaria os dois sobrenomes separados por um hífen.

Ela colocou a bolsa no balcão e a remexeu.

— Não. Sou das antigas. Pretendo dar tudo ao meu marido.

— Fico feliz em ouvir isso, sra. Bateman. Porque pretendo tomar você por completo. Todos os dias.

Eu queria mostrar a região a ela. Agora que seu escritório estava fechando, talvez pudéssemos morar em Hermosa Beach. Estar perto da água era importante para mim. Apesar de que eu viveria no deserto se isso significasse viver com Aubrey. Depois do almoço, caminhamos até o calçadão. Estava um dia maravilhoso, e ela não se afastou quando segurei sua mão.

— Que tal um mergulho? — Fiquei feliz por ter pedido para que ela colocasse um biquíni quando saímos pela manhã. Estava quente pra caramba.

— Ok.

Caminhamos até a beira da água, e tirei a camisa. Seguindo meu exemplo, ela tirou a blusa, e meus olhos quase pularam para fora das órbitas. *Porra. Talvez não tivesse sido uma boa ideia.* Ela usava um pequeno biquíni vermelho, e seus seios fantásticos pareciam querer saltar. Quando ela tirou o short, eu a olhava descaradamente, mas ela nem ligou. Se eu não podia tocar, certamente iria me satisfazer visualmente.

— Quase me sinto mal por você.

— Por mim? Por quê?

— Porque quando você finalmente for minha... — Vaguei os olhos por todo aquele corpo gostoso. — Vou agir como um selvagem para compensar o tempo perdido.

Eu precisava me refrescar, e Aubrey foi comigo. Surpreendendo-a, eu me inclinei e a peguei no colo, jogando-a sobre o ombro antes de correr para a água. Ela gritou e chutou o tempo todo, mas eu podia dizer, pelo seu tom de voz, que ela estava sorrindo. Bati em seu traseiro com força antes de nos jogar na água.

Juntos, nadamos e caminhamos ao longo da praia até o pôr do sol. Não queria que o dia terminasse nunca mais.

— Está na hora de voltarmos — disse ela. — Pixy provavelmente precisa sair.

— Crianças. Estão sempre arruinando um bom momento — brinquei.

No caminho de volta, a nossa conversa tomou um rumo sério.

— Você quer ter filhos?

Respondi honestamente:

— Nunca tinha pensado nisso. Até te conhecer. Mas agora não quero nada além de ter minha prole com você.

Ela riu.

— Quantos você quer?

— Seis — respondi rapidamente.

— Seis? — Ela parou de andar.

— Não faço ideia por quê. Mas pensar em você grávida mexe comigo. Estou ficando excitado só de imaginar isso.

— Você realmente precisa de ajuda. Acho que pode ser viciado em sexo.

— Eu seria o primeiro viciado em sexo que não transa há mais de dois anos.

Ela olhou para mim com sinceridade.

— Desculpa. Deve ser difícil.

— Quando olho para você com esse biquíni, com certeza é.

— Você se... Você sabe.

— O quê?

— Você sabe.

— Não. — Com certeza sabia.

— Você sabe... Se cuida.

— Se tomo banho e corto o cabelo? Sim, eu me cuido. Até faço exercícios.

Ela riu.

— Você quer que eu diga, não é?

— Nada me faria mais feliz, princesa.

Chegamos ao meu quarteirão. Eu estava segurando sua mão esquerda, mas ela se virou e caminhou para trás, segurando os meus dedos nos dela. Ela inclinou a cabeça para o lado quando falou:

— Você se masturba, Chance?

*Porra*. Eu adorava até mesmo ouvi-la falar aquilo.

— Sim. Na verdade, muitas vezes nos últimos tempos. Tudo o que tenho que fazer é sentir seu cheiro e pronto. Meu pau fica duro. Eu estaria com as bolas azuis se não me masturbasse.

— Sinto muito.

Puxei-a para mais perto de mim.

— Quer saber de outra coisa?

Ela mordeu o lábio, mas assentiu.

— Tudo valerá a pena quando eu estiver dentro de você de novo, princesa.

Entramos em casa, e eu a deixei tomar banho primeiro. Após o dia na praia, eu tinha areia em lugares que não deveria. Enquanto ela estava no chuveiro, liguei o som, coloquei duas Coronas no freezer para gelar e talvez tenha dançado com um cabrito.

Ouvi o som fraco da voz de Aubrey entre os versos.

— Chance?

O banheiro ficava no quarto principal. Respondi pela porta entreaberta:

— Tudo bem aí?

— Esqueci de pegar uma toalha. Tem alguma aqui?

A água ainda caía do chuveiro.

— Não. Estão no armário aqui fora. Vou pegar uma para você.

Escolhi a toalha mais macia e feminina que pude encontrar. Sem pensar, abri a porta. O chuveiro tinha box de vidro. Ele estava embaçado por causa do vapor, mas eu ainda podia ver sua silhueta sexy. Ela estava de costas, proporcionando-me uma visão incrivelmente fantástica de sua deliciosa bunda. Eu não conseguia me mexer. Minha força de vontade estava se esvaindo rapidamente.

Quando ela se virou e me pegou olhando, não fez esforço para se cobrir. Em vez disso, ela estendeu a mão e começou a lavar os seios.

Incrível.

Dei um passo em direção ao chuveiro, mas parei em seguida. Com a porta do banheiro aberta e o ar fresco entrando, o vapor estava ficando mais espesso nas portas do box.

— Princesa... — Não sabia se aquilo tinha sido um gemido ou um apelo. — Prometi não te tocar.

Eu mal podia ouvir suas palavras, sussurradas sob a água que caía do chuveiro.

— Eu sei. Pensei que talvez... você quisesse que... eu... — Ela fez uma pausa. As barreiras estavam desmoronando. *Ela* estava ultrapassando os limites. E foi a coisa mais sexy que já vi na vida. Ela disse a última frase mais alto e com mais convicção. — Pensei que talvez você quisesse ver eu me tocar.

Lá estava ela. Minha garota linda, doce e safada.

— Ah, linda. Eu poderia ficar cego depois de te ver e sentir como se não tivesse perdido nada na vida. Você vai me deixar ajudar? Vou te dizer o que quero que faça, e você me diz o que quer que eu faça. Dessa forma, estaremos juntos nessa. Tudo bem?

Ela assentiu.

— Isso é bom, linda. Bom pra caralho. Você quer que eu bata uma enquanto te olho?

— Sim.

Tirei o short e fiquei diante dela. Mesmo que eu não estivesse totalmente ereto, teria ficado depois de ver a maneira como ela estava me olhando. Seus olhos estavam colados no meu pau. Eu os observei seguirem minha mão enquanto eu o acariciava lentamente para cima e para baixo.

— É isso o que você faz comigo. Todos os dias. Sonho em estar bem fundo dentro de você. Em seu coração e em seu corpo. Quero chupar esses mamilos lindos que você está tocando. Puxá-los com dentes até que a dor dispare através de cada nervo do seu lindo corpo. — A cabeça de Aubrey caiu para trás enquanto ela começou a relaxar com a minha voz e seu próprio toque. Suas mãos, que estavam girando suavemente ao redor dos mamilos, diminuíram a velocidade quando eu a vi apertá-los. — Mais forte. Aperte mais forte. — Ela obedeceu, e seus lábios se separaram quando ela sentiu uma fisgada lá embaixo.

— Abra um pouco suas pernas. — Sem hesitação, ela fez o que pedi. — Quero te deitar na minha cama e lamber cada centímetro seu até que você mal consiga respirar. Aí vou querer te ouvir implorar pelo meu pau. Vai fazer isso, Aubrey? Vai implorar por mim?

— Sim. Vou implorar por você.

— Faça isso agora. Diz que quer meu pau, e te deixo colocar os dedos dentro de você.

Sua mão começou a viajar meticulosa e lentamente por seu corpo. Tive que me esforçar para ouvir sua voz.

— Sonho com você dentro de mim de novo. A forma como você se enterrava em mim, como se não conseguisse estar perto o suficiente. Por favor. Sinto falta de você dentro de mim. — Sua voz era irregular e sua mão tremia enquanto pairava sobre sua boceta maravilhosa.

— Passe os dedos por seu clitóris. Mas não os coloque dentro ainda. Eu irei dizer quando você puder fazer isso.

Seu corpo estava bronzeado, e suas bochechas estavam coradas de excitação. A imagem diante de mim era melhor do que qualquer coisa que eu poderia ter imaginado. Acariciei meu pau cada vez mais rápido. Estava ficando difícil falar.

Dei dois passos para mais perto do chuveiro. Tive que me controlar muito para não abrir a porta. Mas eu precisava, pelo menos, estar mais perto para ouvir sua respiração irregular.

— Por favor, Chance.

Fiquei louco por saber que ela estava disposta a implorar por mim. Que ela me queria dentro dela tanto quanto eu desejava me afundar no seu corpo.

— Deslize dois dedos para dentro. Mantenha os olhos fechados e finja que sou eu. Sinta meu pau dentro de você.

Quando seus dedos desapareceram, não pude mais me segurar. Levou menos de dois minutos – ela tirava e colocava os dedos tão rápido quanto eu acariciava meu pau. Sua boca se abriu, e eu sabia que ela estava começando a gozar.

— Chance...

— Goza, linda. Goza comigo. — Vê-la se desfazer diante dos meus olhos foi a coisa mais espetacular do mundo. O gemido enquanto ela dizia meu nome e chegava ao orgasmo foi puramente erótico.

Demoramos algum tempo para recuperar o controle de nossas respirações. Por fim, o corpo de Aubrey ficou mole, e ela se encostou na parede do chuveiro. Ela não abriu os olhos quando desliguei a água.

Eu a peguei no colo e a levei para minha cama. Deitando atrás dela, entrei embaixo do lençol com cuidado para não me pressionar contra seu corpo. Isso seria quebrar as regras. E por mais estranho que fosse, eu estava saciado por ora.

Menos de quinze minutos depois, ela murmurou as palavras "sinto muito" antes de cair no sono. Adormeci logo depois disso, aliviado e contente pelo fato de a mulher que eu amava estar dormindo ao meu lado, na nossa cama.

Infelizmente, o sentimento se foi na manhã seguinte quando acordei. E não demorou muito para descobrir por quê.

## 28

Imagine ir do ápice de felicidade até o fundo do poço. Pela primeira vez, percebi exatamente como Aubrey deve ter sentido no momento em que acordou e descobriu que eu a havia abandonado no hotel em Las Vegas.

*Ela tinha ido embora.*
Assim como Pixy.

O sol da manhã entrou no *loft*. Meu coração acelerou quando um pedaço de papel branco no balcão da cozinha chamou minha atenção. Desdobrando-o, esfreguei meus olhos, ainda sonolentos, para ler o que estava escrito com clareza.

*Chance,*

*Ontem foi mais do que incrível. Mas me deixei levar. Isso provou mais uma vez que não consigo controlar a atração que sinto por você. Mas eu ainda estou com o Richard, e isso não é justo com ele. Eu não queria arriscar ficar mais um dia. Tenho certeza de que não posso mais resistir a você fisicamente. Sinto muito. Sei que te prometi o fim de semana inteiro. Só estou tentando fazer a coisa certa.*

Rasgando a carta e jogando-a longe, gritei:
— Porra. — Minha voz ecoou pela cozinha vazia.
Então era isso? Ontem foi minha última chance de causar uma boa impressão antes que ela tomasse uma decisão, e a última coisa que fiz foi me masturbar antes de cair no sono? Depois de tudo, era assim que

as coisas iam terminar? *Parabéns, Bateman*. Como diabos ela conseguiu ir tão rápido para Temecula com um cabrito? Ela devia ter bolado um plano alternativo antes mesmo de concordar em vir. Provavelmente Aubrey tinha uma locadora de carros à espera. *"Chance colocou o pau para fora, pode vir me buscar agora!"*

Desesperado, encostei os cotovelos contra o balcão e esfreguei as têmporas. Fiquei me perguntando se deveria ligar para ela, mas decidi que por enquanto não o faria. Era a primeira vez desde que voltara para sua vida que eu não tinha uma estratégia. Honestamente, eu não sabia o que fazer.

Adele chegou duas horas depois que liguei para avisá-la que Aubrey havia ido embora.

Percorrendo o *loft*, passei as mãos pelo cabelo.

— Estou pensando em voltar a Temecula hoje à noite.

— Não vá.

— Não?

— Não. — Ela colocou as mãos em meus braços para me impedir de andar de um lado para o outro. — Olha, eu realmente gosto dela. Espero que dê certo, mas você fez tudo o que podia para mostrar como se sente. É hora de recuar e dar o espaço que ela precisa para chegar à conclusão certa. De que você é o cara certo. Pude ver nos olhos dela o quanto ela ainda se importa com você. Ela estava chorando, pelo amor de Deus. A única coisa que a segura é o medo de se machucar.

— E se ela deixar o medo ganhar e ficar com o babaca do Dick?

— Então você terá que esquecê-la.

Eu conseguiria esquecê-la? Não me imaginava querendo alguém da mesma maneira ou com a mesma intensidade de novo. Mas, se ela o escolhesse, eu sabia que teria de tocar a minha vida. Mais cedo ou mais tarde, teria que sair com outras mulheres e finalmente acabar com o celibato de dois anos.

Adele abriu um pacote dos meus biscoitos favoritos e encheu dois copos de leite. Como era impossível comprar nossa marca favorita aqui, ela tinha uma amiga em Melbourne que os enviava em grande quantidade.

Mergulhei um dos biscoitos cobertos de chocolate no copo e dei uma mordida enquanto falava com a boca cheia.

— Como vou ficar em Hermosa Beach sabendo que, se ela decidir se mudar com ele, posso nunca mais vê-la de novo? Ele vai embora em questão de dias.

Adele parecia confusa.

— Quão rápido ela pode se mudar para Boston? Não teria que vender a casa e se livrar das coisas todas?

— A casa é alugada, e ela mencionou que a maioria dos móveis estava lá quando se mudou. O maior problema será transportar nosso cabrito.

— Você percebeu que disse *nosso* cabrito? Como se ele fosse seu também?

— Merda. Quis dizer o cabrito dela.

Adele sorriu com simpatia.

— Não, você não quis.

— Você está certa. Não quis mesmo.

Naquela noite, depois que Adele voltou para a casa de Harry, a raiva começou a sobrepor todas as outras emoções. Mandei uma mensagem para Aubrey.

Chance: A caça chegou ao fim. Estou dando o espaço que você quer. Se precisar de mim, sabe onde me encontrar.

Ela mandou uma curta resposta.

Aubrey: Obrigada.

---

Eu estava muito orgulhoso de mim mesmo nos primeiros dias da semana seguinte. Não liguei nem mandei mensagens para Aubrey e me mantive ocupado em casa, em Hermosa Beach, trabalhando em um novo projeto de arte com material reciclado e cuidando de algumas coisas da casa. Mesmo que estivesse ocupado, no fundo, estava extremamente infeliz.

Era difícil não entrar em contato com ela, mas eu estava seguindo o conselho da minha irmã, mantendo distância na esperança de que Aubrey tomasse a decisão certa por conta própria.

Quando o fim de semana se aproximou, o comecei a ficar impaciente. Uma noite, enquanto tentava, sem sucesso, me distrair com um episódio de *Top gear*, fui impulsivo. Quebrei a promessa e lhe mandei uma mensagem de texto.

Chance: Está por aí?

Aubrey: Estou, sim.

Chance: Oi.

Aubrey: Desculpe não ter entrado em contato.

Chance: Tudo bem. Fiquei longe de propósito para que você pudesse esfriar a cabeça.

Aubrey: Você está em Temecula?

Chance: Não. Não há nada para mim aí além de você, e estou te dando espaço. Minha casa é aqui. Embora ela não pareça mais inteira depois que você foi embora.

Aubrey: Sinto muito que você tenha se arrependido de me levar aí.

Chance: A única coisa que lamento é não ter aberto a porta do chuveiro, princesa.

Ela não respondeu de imediato. Alguns minutos depois, meu telefone vibrou.

Aubrey: Obrigada por não a ter aberto.

Chance: Você ainda estaria aqui se eu tivesse aberto.

Aubrey: Acha mesmo?

Chance: Você teria dificuldade para andar, mas ainda estaria aqui.

Aubrey: Entendo.

Ela não respondeu mais nada, então escrevi novamente.

Chance: Você está bem?

Aubrey: Sim. Não posso escrever mais. Prometo te ligar no fim de semana.

Chance: Ele está aí com você?

Aubrey: Sim.

O ciúme me atingiu como uma tonelada de tijolos. Ouvi aquela voz que soava terrivelmente parecida com a da minha mãe. "*Levante daí e vá buscar a sua mulher!"* De repente, a ficha caiu. O que estava me mantendo ali? Orgulho? Foda-se o orgulho. Ela era tudo o que importava. Consegui-la de volta era o mais importante.

Eu não estava bem. Isso não estava certo. No fundo, eu sabia que ela me amava. Podia ver isso em seus olhos. Ela só estava com medo de se machucar de novo. Ficar longe só estava fazendo com que ela continuasse distante. Se eu tivesse que seguir em frente, com certeza não seria sem uma briga. Eu precisava estar perto dela.

*Mudança de planos.*

Entrei na caminhonete e peguei a estrada em direção a Temecula. O caminho estava deserto, então dirigi a cerca de cento e trinta quilômetros por hora.

O plano era passar a noite no hotel e estar pronto e bem-disposto logo cedo para o que quer que o dia me reservasse. Eu não tinha certeza do que o amanhã traria. Só sabia que estaria com ela até o fim, independentemente de como tudo isso acabasse.

*Estou indo com tudo, princesa.*

Liguei o rádio em uma estação de música instrumental e a ouvi durante a viagem toda. Meus nervos não conseguiam lidar com mais nada.

Era tarde quando finalmente cheguei ao hotel. Por algum milagre, adormeci. Eu queria estar estacionado na Jefferson no começo da manhã para comprar seu café. Não poderia estar mais ansioso.

---

O dia seguinte começou normalmente. A agitação fora do prédio onde Aubrey trabalhava era como de costume. Quando cheguei ao Starbucks para comprar seu café da manhã, tornou-se bem claro que não era uma manhã comum.

— Bom dia, Melanie.

— Chance. Pensei que tivesse ido embora.

— Já voltei.

— Estou surpresa.

— Por quê?

— Você não sabe?

— Sei do quê?

— O último dia da Aubrey foi ontem. Ela veio se despedir.

*O quê?*

— Ela não está mais aqui?

— Não. Sinto muito. Achei que vocês agora fossem amigos e que você soubesse que ela havia se demitido.

— Amigos. Sim. Nós somos amigos. Ela deve ter se esquecido de comentar isso. Ela disse para onde estava indo?

— Só disse que tinha se demitido e que não nos veria mais todas as manhãs.

Passando a mão no queixo, olhei para o nada, tentando absorver a notícia.

Melanie interrompeu meus pensamentos:

— Posso te servir alguma coisa?

Sem nem prestar atenção, falei:

— Claro. Um latte desnatado com três jatos de baunilha, pouca espuma e muito quente.

— Vai tomar a bebida da Aubrey?

— Hum… sim. — Eu nem percebi o que tinha pedido. — Por que não? — Dei de ombros. — Pelos velhos tempos.

Enquanto me sentava na mesa de canto, girando a bebida no copo, tentei me convencer de que sair do emprego e não me contar não significava necessariamente que ela tinha decidido se mudar para Boston com Dick. Eu poderia ter enviado uma mensagem para ela, mas uma parte minha não estava pronta para a resposta. Talvez ela só tivesse decidido sair por saber que o escritório iria fechar. De qualquer maneira, essa provavelmente seria a minha última ida ao Starbucks que serviu como pano de fundo para o meu tempo com a Aubrey. Eu não passaria mais as manhãs seguindo-a na Jefferson se ela não trabalhasse mais aqui. Tirei todo o dinheiro de dentro da carteira e enchi o pote de gorjeta com cem dólares.

— Obrigado, galera. Agradeço a ajuda durante todas essas semanas.

Melanie arregalou os olhos.

— Uau, obrigada. Você não vai voltar?
— Acredito que não.

❦

Quando parei na casa da Aubrey, a primeira coisa que chamou minha atenção foi uma placa branca e azul no gramado. Meu coração começou a bater furiosamente.

*Que porra é essa?*

Quando me aproximei, vi o que estava escrito: *Aluga-se*. Meu coração afundou. Pegando a minha chave, corri para a porta da frente e a abri. A tigela de água do Carré ainda estava na cozinha, mas vazia. Nenhum sinal do cabrito. Todos os móveis estavam no lugar, mas parecia que todos os pertences da Aubrey tinham sumido.

Eu estava praticamente voando pela casa. Uma olhada no seu quarto também confirmou o pior: todas as roupas do seu armário também tinham sumido. Sentado em sua cama e olhando ao redor do quarto, a ficha estava começando a cair. A adrenalina bombeava pelo meu corpo.

*Acalme-se, Chance.*

Atordoado, voltei para o sol escaldante. Abri o galpão e comecei a guardar meu equipamento de jardinagem na traseira da caminhonete. Foi quando ouvi um apito.

Ao me virar, percebi que era a vizinha de Aubrey, Philomena. Ela estava correndo para encontrar o carteiro e carregava uma caixa marrom.

Ela caminhou em minha direção, arrastando os chinelos no chão. Estava com bobes no cabelo e seus lábios estavam delineados de qualquer jeito com lápis rosa, mas sem batom.

— Ei, gostosão.

Tentando agir de maneira amigável, apesar do meu mau humor, respondi:

— É bom te ver de novo, Philomena. O que tem na caixa?

— Quem sabe? Peço coisas enquanto durmo e nem me lembro.
— Ela bufou.

— Ah, isso mesmo. Os quatro aparelhos mágicos. Você deu um a Aubrey.

— Quer um? Troco por um passeio no seu cortador.

— Não, obrigado. Estou me aposentando do negócio de jardinagem a partir de hoje.

— Porque a Aubrey foi embora?

Meus olhos encontraram os dela.

— Sabe para onde ela foi?

— Não tive chance de falar com ela, mas a vi sair com o namorado ontem. Aubrey estava lá dentro arrumando a mudança. Perguntei a ele o que estava acontecendo, e ele disse que estavam se mudando para Boston. E então vi a placa de "aluga-se" hoje de manhã.

Meus ouvidos pareciam estar queimando.

— Ah, é?

— Sim.

Não conseguia me lembrar o que disse a Philomena depois disso. Nem sequer me lembro da volta para o hotel. Achei que me sentiria irritado ou confuso, mas estava só entorpecido.

Segurando o telefone enquanto me sentava na cama, quis mandar uma mensagem para Aubrey, mas, quanto mais eu pensava nisso, menos a ideia parecia boa. Se ela realmente estivesse se mudando para Boston, nem se incomodou em me dizer que tinha tomado sua decisão. Ela já estava lá? Será que ela ia mesmo me ligar no fim de semana como prometera? De repente, o entorpecimento desapareceu e a raiva tomou conta.

Peguei a carteira e fui para o bar. Não queria sentir as emoções de perdê-la. Não queria sentir nada aquela noite.

As palavras saíram amargas da minha boca.

— Uma bebida, Carla.

Carla ficou absolutamente chocada ao me ver sentado no meu lugar habitual.

— Não achei que veria você de novo, australiano.

— Bem, vim me despedir. Vou embora amanhã e não volto mais.

Percebendo que eu precisava beber, ela serviu minha bebida mais rápido que nunca.

— O que aconteceu?

Tomei um gole e bati o copo no balcão.

— Acabou.

— De verdade? Acabou? A Aubrey ficou com o Dick?

Eu gostava do fato de que ela também o chamava de Dick.

— Sim. Fui até a casa dela hoje e estava vazia. Tem uma placa de "aluga-se". O idiota disse à vizinha que a Aubrey ia para Boston com ele.

— Você está de brincadeira comigo, né?

— Fim da história.

— Então ela nem teve a decência de contar a você?

— Decência ou coragem, não sei qual das duas.

— Como foi a última conversa entre vocês?

— Fiquei em Hermosa Beach por um tempo. Ela acha que ainda estou lá. Ela deveria me ligar no fim de semana. Decidi voltar e ver como estavam as coisas. Agora sei o que ela planejava me dizer quando ligasse.

— Sinto muito.

— Não é culpa sua.

— Eu realmente esperava que as coisas dessem certo entre vocês. Você merecia um final feliz.

— Podemos parar de falar sobre isso? Sobre ela? — Engoli em seco como se fosse doloroso.

— Ok. Como quiser.

Carla colocou uma bebida após a outra na minha frente. Ela sabia que eu não estava com vontade de falar, então me deixou quieto. De repente, ela se recusou a me servir mais. Deitei a cabeça no balcão enquanto ela limpava as mesas. O bar estava quase fechando. Eu não tinha ideia de que horas eram. O som da televisão e de alguns clientes conversando estava abafado.

Ela me bateu no ombro.

— Vamos, grandão. Vou te levar para o hotel.

Entrei no Prius vermelho de Carla e apoiei a cabeça no banco com os olhos fechados. Eu ainda estava um pouco bêbado, mas começando a ficar sóbrio. Provavelmente teria que beber até morrer para chegar ao nível de embriaguez necessário para esquecer esse dia. Então, de certa forma, estava chateado com Carla por se recusar a me servir mais álcool, mas ao mesmo tempo grato por cuidar de mim.

Ela me levou até meu quarto em silêncio. Deitado na cama, cruzei os braços e fechei os olhos. Quando os abri, Carla havia desaparecido. A torneira estava aberta e percebi que ela estava no banheiro.

Fechei os olhos novamente. Desta vez, quando os abri, Carla estava de pé junto à cama. Ela tinha soltado o cabelo, que geralmente ficava preso em um estilo retrô. Também estava sem o batom vermelho pesado que usava. Mas o que chamava mais a atenção era o fato de que ela tinha tirado toda a roupa, exceto o sutiã e a calcinha de renda. Seus seios estavam quase escapando da lingerie, e a calcinha mal cobria seu traseiro curvilíneo.

Minha voz parecia sonolenta.

— O que você está fazendo?

— Lembra do que falamos? A oferta ainda está de pé. Deixe que eu te ajude a esquecer tudo. Sem compromisso, Chance. Só você, eu e uma transa muito boa.

Senti um espasmo em meu pau, incapaz de controlar a reação natural a essa proposta.

— Carla, não precisa.

— Eu quero. Meu Deus, Chance, quero muito. Você não tem ideia do que faz comigo.

*Merda.*

Antes que eu pudesse formar palavras, ela se sentou no meu colo, esfregando-se contra meu pau meio duro.

— Acho que você está pronto para mim — ela murmurou contra meus lábios.

Ela me beijou, e eu retribuí, um pouco relutante, sem saber se aceitava a oferta ou a empurrava para longe de mim.

— Você tem camisinha? — ela sussurrou.

— Não.

— Certo. Não precisa se preocupar. Estou tomando anticoncepcional e estou limpa.

Carla tirou minha camisa enquanto eu fechava os olhos novamente. Ela estava beijando meu peito quando minha mente embriagada imaginou que era Aubrey.
*Aubrey.*
*Aubrey.*
*Aubrey.*
Carla me empurrou gentilmente para trás. Ela começou a abrir a fivela do meu cinto enquanto eu me deitava. Quando meu pênis saltou livre no ar frio e ela começou a me acariciar, percebi que ela estava prestes a colocá-lo na boca. Algo muito forte dentro de mim gritou *"Não faça isso".*
Virei o corpo de repente, antes de subir a cueca. Levantei e fechei a calça.
Passando a mão pelo cabelo, olhei para o chão e balancei a cabeça.
— Não posso fazer isso. — Pegando a camisa e deslizando-a sobre a cabeça, eu disse: — Desculpe.
Com as mãos nos quadris, Carla mordeu o lábio inferior e assentiu, compreensiva.
— Tudo bem, australiano.
— Não é você... É que...
— Ela. Eu sei.
— Não estou pronto para...
Ela falou mais alto:
— Você não precisa explicar, Chance.
Carla parecia triste. Eu odiava magoá-la, mas transar com ela não parecia certo.
— Vou me vestir e ir embora, ok?
— Você não precisa ir.
— Preciso, sim.
Depois que vestiu a roupa, Carla veio até onde eu estava e me beijou suavemente na bochecha.
— Um dia ela vai acordar e vai se arrepender. Espero que, quando isso acontecer, você já tenha encontrado a mulher da sua vida. Porque não é ela.

— Obrigado, Carla. Obrigado por tudo.

— Por favor, volte algum dia quando a sua cabeça estiver nos trilhos novamente, tá, australiano? Quero saber que você está feliz.

— Prometo que volto.

E então Carla foi embora.

Excitado, fui para o chuveiro. Deixando a água morna cair sobre mim, coloquei xampu na mão e segurei meu pau, deslizando-a para cima e para baixo. Apesar de todo o esforço para tirá-la da cabeça, eu só conseguia pensar em Aubrey enquanto me acariciava. Visões dela esfregando o clitóris enquanto nos masturbávamos juntos no banheiro permearam meu cérebro. Me masturbei com mais força e me imaginei dentro dela. Quando gozei, meus pensamentos estavam ficando fora de controle. Me inclinei contra a parede, tomado pela emoção enquanto o orgasmo me estremecia.

*Porra, Aubrey.*

*Porra.*

*Eu te odeio.*

*Eu te amo.*

*Eu te odeio.*

*Eu te amo.*

*Merda.*

*Ainda te amo muito.*

## 29

De volta a Hermosa Beach no domingo, eu ainda não tinha recebido notícias de Aubrey. Recusei-me a entrar em contato primeiro, ainda mais sabendo o que eu sabia. Se ela não se importava o suficiente para me ligar para, pelo menos, me contar o que estava acontecendo, então eu não ia dar a ela a satisfação de procurá-la.

Um bando de gaivotas me seguiu enquanto eu caminhava ao longo da praia perto do *loft*. Chutando a areia, eu me perguntava para onde a minha vida seguiria agora, como eu passaria meus dias sem o objetivo de conseguir Aubrey de volta. Mais do que qualquer outra coisa, eu me perguntava como conseguiria esquecê-la.

Escolhi um lugar para me sentar e olhei para o mar. A água estava revolta. Um vento forte soprou areia nos meus olhos. Alguns surfistas deslizavam pelas ondas agitadas ao longe. Um grupo de pessoas estava jogando vôlei a poucos metros de distância. Uma das garotas correu até mim.

— Ei, precisamos de outro jogador. Quer se juntar a nós?

Por que não? Uma distração seria bem-vinda.

— Sim, claro. — Levantando devagar, me juntei a um cara e uma menina em um lado da rede. Bloqueando várias bolas, mantive a minha equipe na liderança por várias partidas.

Em um determinado momento, fizemos uma pausa, e o outro cara do time foi pegar água no quiosque da praia. Quando voltou, estava gargalhando.

— Cara, vocês não vão acreditar no que eu vi.

— O que foi, parceiro?

— Tinha uma garota na fila com um cabrito na coleira.

Deixei a bola cair.

— O que disse?

— Um cabrito na coleira! Estava com uma gostosona. Ela estav...

— Onde?

Ele apontou na direção de onde viera. Assim que comecei a correr, uma das garotas gritou atrás de mim:

— Ei, não vá embora! Vamos começar outra partida.

— Joguem sem mim — gritei, sem olhar para trás.

Meu coração parecia bater estranhamente rápido.

Quando cheguei ao quiosque, não havia ninguém na fila. Olhando em volta freneticamente, me perguntei se seria possível que fosse apenas uma coincidência. Um cabrito de coleira? De jeito nenhum. Ela estava aqui.

Então eu a vi.

*Aubrey*.

Meu Deus.

Ela e o Carré estavam sentados sozinhos na areia. Ela dava um sorvete de casquinha para ele e olhava para a água. O vento soprava seus cabelos. Ela estava muito bonita. Sem acreditar no que meus olhos viam, fiquei ali por mais um tempo sem dizer nada.

De alguma forma, ele me notou primeiro. O cabrito "cego" de repente se aproximou de mim e quase me derrubou.

Sem saber por que o animal havia corrido, Aubrey entrou em pânico antes de perceber que ele estava no meu colo.

Ela se levantou e limpou a areia do vestido amarelo.

— Chance.

— Princesa. O que você está fazendo aqui?

— Fui até a sua casa. Não recebeu a minha mensagem?

Peguei o telefone do bolso e percebi que havia uma mensagem de texto não lida. Devia ter chegado durante o jogo de vôlei.

— Não, acabei de ver.

Tentando não ficar muito empolgado, pensei que ela poderia muito bem ter ido até lá só para me dar a má notícia pessoalmente. Apesar do meu desejo de estender a mão e tocá-la, meu corpo se enrijeceu, como se fosse uma forma de me proteger.

— Podemos ir até a sua casa? Não quero ter essa conversa aqui. — Ela não estava sorrindo. Sua expressão só confirmava meus piores medos.

Um sentimento de pavor surgiu na boca do meu estômago.

— Claro.

A curta caminhada até a minha casa foi silenciosa. Quando chegamos, o carro de Aubrey estava estacionado em frente. Sentamos do lado de fora, perto da entrada do *loft*. Carré começou a comer a grama ao nosso lado. Nervosa, ela esfregou as palmas das mãos.

— Vá em frente, Aubrey. Acabe logo com isso.

Ela parecia estar prestes a chorar, e sua pergunta me pegou desprevenido.

— Queria saber se você está saindo com alguém.

Meu tom foi seco.

— Se *eu* estou saindo com alguém?

— Responda.

— Não, Aubrey. Não fiz nada além de comer, dormir e pensar em você por semanas. — Meu tom era repleto de raiva. — Por que está me perguntando isso?

— Voltei em casa para pegar algumas coisas que esqueci durante a mudança. Philomena viu meu carro e veio me dizer que você tinha estado lá mais cedo. Fui até o seu hotel naquela noite. Havia um carro estacionado do lado de fora. Quando espiei pela janela, uma garota estava com você, e ela estava vestindo uma camiseta. Acho que era a *bartender*.

*Merda.*

*Merda.*

*Merda.*

*Está de sacanagem comigo?*

*Merda.*

— Princesa, me ouça. — Coloquei a mão sob seu queixo, fazendo-a olhar para mim. — Prometo que nunca vou mentir para você. Você acredita em mim?

— Só me diga a verdade.

— Era a Carla. Ela é uma amiga. Você está certa. É a *bartender* do bar que eu frequentava. Ela me levou até meu quarto porque bebi demais naquela noite. Ela tirou a roupa e veio para cima de mim, mas eu a impedi. Não aconteceu nada.

— Jura?

— Juro sobre o túmulo da minha mãe. Carla me beijou e começou a tirar minha roupa, mas eu disse a ela que não podia fazer nada e que nem queria.

Ela soltou um longo suspiro.

— Meu Deus. Perdi o sono por causa disso. Sei que não tenho o direito de ficar chateada depois do jeito como te tratei.

— Eu não estava com a cabeça no lugar naquela noite. Fiquei arrasado depois que descobri que você tinha decidido ir para Boston. Parecia que a minha vida tinha acabado.

— Boston? Nunca decidi ir para Boston.

— O quê? Mas todas as suas coisas sumiram.

— Sim, eu me mudei... mas não fui para Boston.

— Philomena conversou com o Dick enquanto você estava empacotando a mudança. Ele disse a ela que você tinha decidido ir com ele.

— Não. Isso não é verdade.

— Porra, princesa. Foi por isso que fiquei tão bêbado naquela noite. Pensei que tinha perdido você.

— Richard estava esperançoso. Talvez por isso que ele tenha dito a Philomena que eu estava me mudando com ele. Ele continuou achando que poderia me convencer, com a promessa de um emprego e tudo o mais. Eu só falei sobre você no dia seguinte. Queria arrumar tudo antes.

— Espere. Você está me dizendo...

— Nunca pretendi ir a Boston, Chance. Isso já estava praticamente decidido havia um bom tempo, mas eu ainda estava com medo de me render completamente a você. O medo sempre vai estar presente. Sempre vou ter medo de te perder pelo tanto que eu te amo. No entanto, nunca me senti tão bem quanto naquele dia aqui com você. Eu nunca estive mais certa de alguma coisa na vida. Eu sabia que tinha que voltar e resolver a situação. Sabia que tinha que terminar com ele.

— Você terminou com o Dick?

— Sim. Foi uma confusão. Contei tudo a ele. Ele me acusou de transar com você e com seu irmão gêmeo, Harry, o paisagista.

Nós dois explodimos em gargalhadas, assustando o cabrito, que dessa vez, por um milagre, não desmaiou.

— Se *ao menos* eu pudesse ser duas pessoas e conseguisse dobrar minhas chances. Você disse a ele que não tenho um irmão gêmeo?

— Não. Quando ele me acusou de ser uma vagabunda, não quis esclarecer nada.

— Idiota.

— Ele realmente era um bom homem, mas a partir do momento que você apareceu, Chance, você precisa saber que nunca houve concorrência.

Deixei escapar um enorme suspiro de alívio quando minha cabeça começou a entender o que estava acontecendo.

— Você saiu do trabalho... não para ir a Boston, mas para...

— Eu não estava feliz lá. Além disso, se eu estava vindo morar em Hermosa Beach, eu...

— Morar aqui? — Um enorme sorriso invadiu meu rosto. Naquele momento, semicerrei os olhos para dar uma olhada no Audi de Aubrey e percebi, pela primeira vez, que estava lotado até o topo com todas as suas coisas, assim como na primeira semana em que nos conhecemos. Puta merda. Voltamos exatamente para onde havíamos começado.

— Todas as suas coisas estão ali?

— Sim. — Ela colocou a mão no meu coração. — Mas eu não preciso de nada além disto.

Me inclinando, eu a beijei e a ergui no ar. As pessoas passavam dirigindo e buzinavam.

Quando a coloquei no chão, ela tinha lágrimas nos olhos enquanto passava o braço ao redor do meu pescoço.

— Espero que esse condomínio aceite cabritos.

— Se alguém reclamar, a gente se muda. Estou mesmo pensando que precisamos de uma casa, onde eu possa cultivar outro jardim para você.

Minha respiração acelerou quando a magnitude de tudo começou a me atingir. Fiquei sobrecarregado com um desejo animal de reivindicar o que eu finalmente soube, com certeza absoluta, que era meu. Não podia esperar mais um segundo para estar dentro dela.

— Princesa, espero que você não tenha planos por um tempo.

Ela ergueu a sobrancelha.

— Por quê?

— Porque temos dois anos de transa para colocar em dia.

Peguei Aubrey pela mão, e ela me seguiu até o apartamento enquanto praticamente tropeçávamos pela porta. Antecipando o que estava para acontecer, meu pau estava insuportavelmente duro.

Peguei a maior tigela que pude encontrar e enchi de água para que Pixy não desidratasse caso não saíssemos do quarto por horas.

— Manda ver, carinha — falei, colocando a tigela na frente dele. — É exatamente o que eu pretendo fazer com a sua mãe.

Ao observar Aubrey, senti como se um enorme peso tivesse sido tirado de mim. Era a primeira vez que eu podia realmente estar com Aubrey sem apreensão e incerteza.

Puxei o cabelo enquanto olhava para ela e balançava a cabeça.

— Nem sei por onde começar. Há tantas coisas que quero fazer com você.

— Estou pronta para qualquer coisa.

— Tem certeza?

— Sim.

— Acho que preciso te foder com força. Tudo bem?

Ela respondeu tirando o vestido. Quando ela jogou a calcinha no chão, também tirei minhas roupas. A maneira como Aubrey olhava para o meu corpo me excitava ainda mais. Todo o controle que eu havia demonstrado ao longo das últimas semanas era completamente inexistente agora.

— Meu Deus — sussurrei, enquanto olhava para o seu corpo nu em plena luz do dia. Ela tinha se depilado e deixado uma fina linha de pelos no meio da junção das coxas. Eu queria tanto saboreá-la, mas não dessa vez. Faria isso mais tarde. Agora, eu precisava desesperadamente dela.

Segurei sua cintura e a puxei. Em segundos, suas pernas estavam enroladas na minha cintura enquanto eu a encaixava em meu pau faminto.

— Aaah — gritei, enquanto a sensação incrível de entrar profundamente nela me atingia. Era melhor do que qualquer coisa que eu pudesse lembrar antes disso.

Nem nos preocupamos em sair de onde estávamos. Ela estava de costas contra a porta do meu quarto enquanto eu entrava e saía dela implacavelmente, levando-a ao clímax enquanto ela implorava por mais intensidade. Eu não tinha certeza se era porque eu estava com a mulher que eu amava ou porque tinha se passado tanto tempo, mas nunca havia tido uma boceta ao redor do meu pau que fosse mais apertada, quente, úmida... mais perfeita ou feita para mim em toda a minha vida.

Ainda segurando Aubrey com força, em poucos minutos, senti seus músculos se contorcerem ao meu redor.

— Goza, Aubrey. Goza no meu pau, princesa.

— Fale o meu nome quando você gozar. Amo quando você diz meu nome — ela sussurrou contra minha boca. Quando gozei dentro dela, murmurei seu nome a cada impulso dos meus quadris.

— Aubrey... Porra... Aubrey... Aaah... Aubrey... Aubrey... Aubrey.

Ficamos unidos, amparados na testa um do outro.

— Eu te amo, Aubrey.

— Foi um longo caminho para chegarmos aqui, mas valeu a pena — disse ela.

— Valeu cada segundo.

Ficamos abraçados por bastante tempo antes de eu finalmente colocá-la no chão.

— Está com fome?

— Um pouco.

— Vamos pegar algo para você comer... além de mim. Você vai precisar de energia para a segunda rodada.

Coloquei a cueca e vesti Aubrey com a minha camiseta. Eu adorava ver seus mamilos espreitando através da minha roupa. Quando me seguiu até a cozinha, ela colocou a mão sobre a boca, incrédula, enquanto a realidade se instalava.

— Eu não tenho emprego. Nunca fiquei desempregada antes.

— Você está com sorte, sra. Bateman. Tenho uma vaga para escrava sexual.

— Depois do que você acabou de fazer comigo, eu gostaria de me voluntariar para essa posição, sr. Bateman.

— Vamos encontrar um emprego para você aqui. Algo pelo qual você seja apaixonada — falei com seriedade.

— Estou apaixonada por você e gostaria de trabalhar pra *você* várias vezes.

— Então, está resolvido. Você será minha escrava sexual.

— Mas, sério, não quero ser dependente. Eu estaria vivendo do dinheiro que você ganha com a sua bunda.

— Levando em conta que vou reivindicar a sua mais tarde, parece justo.

# Epílogo

*Um ano depois*
*Las Vegas*

*Aubrey*

Chance e eu paramos em frente à porta da pequena capela branca, o lugar em que celebramos o nosso casamento falso mais de três anos antes. Minha pele se arrepiou porque senti como se tudo tivesse acontecido ontem. Estar ali era nostálgico e, ao mesmo tempo, me deixou um pouco triste pelos anos que perdemos.

Com os cabelos vermelhos encaracolados e vestindo uma blusa colorida, Zelda parecia a mesma de três anos antes.

Ela semicerrou os olhos e olhou diretamente para Chance.

— Você não esteve aqui antes?

Ele sorriu. Voltar tinha sido ideia dele.

— Você é muito perspicaz. Mas desta vez temos um horário agendado. Está em nome de Bateman. Às seis horas — disse Chance, levantando o pedaço de papel. — E uma licença de casamento. Vamos nos casar de verdade.

Ela estalou o dedo.

— É mesmo. Você é o cara australiano... Como eu poderia me esquecer daqueles votos? Eu devia ter imaginado que vocês dois eram pra valer. Um dos poucos casais em que pensei depois. Por que demoraram tanto para voltar?

— É, tivemos alguns contratempos durante o resto da viagem. Mas estamos aqui firmes e fortes, não é verdade, princesa?

Ouvi-lo dizer aquilo era agridoce. Sempre que eu pensava nos dois anos em que ficamos separados, ficava incrivelmente triste. Ele olhou para mim com ar apaixonado. Deus, como eu tive a sorte de encontrar um homem que me amava tanto?

— Podemos começar? — perguntou Zelda.

— Sim. — Sorri, ainda olhando para os olhos azuis de Chance.

Adele e seu namorado, Harry, eram as testemunhas. Como fomos dirigindo, levamos o Pixy junto. Ele era o padrinho.

Já usando um vestido da minha escolha, vim preparada desta vez. Chance estava incrivelmente sexy em uma camisa de linho branco com as mangas enroladas e uma calça que abraçava a sua bunda deslumbrante – aquela que ainda ajudava a nos sustentar até hoje. Eu tinha desistido da carreira de advogada para trabalhar em algo muito mais gratificante. Cuidava do abrigo de animais em Hermosa Beach. O salário era uma porcaria, mas todo dia eu não via a hora de me levantar e ficar com os animais e nunca temia ir para o trabalho. Chance ainda ganhava um bom dinheiro com os *royalties* de sua carreira de modelo de futebol, mas também abriu seu próprio negócio de paisagismo com uma grande equipe de funcionários. Ele ainda fazia sua arte com sucata em paralelo.

Quando seguia pelo corredor, a canção que Chance escolhera me pegou desprevenida: "The Long and Winding Road"[*], dos Beatles. Não era convencional para a ocasião, mas o significado era completamente perfeito para nós.

Era de imaginar que, depois de todo esse tempo, eu não estaria nervosa, mas minhas mãos tremiam. Não foi diferente da primeira cerimônia.

Elvis falou:

— Se alguém se opõe a este matrimônio, fale agora ou cale-se para sempre.

---

[*] "The Long and Winding Road", John Lennon, Paul McCartney; Apple Records, 1970.

Como se estivesse seguindo a sugestão, Pixy soltou um longo "béééé". Chance se virou e brincou:

— Você *tinha* que criar problemas agora, não é, carinha?

— Quem oferece a mão desta mulher em casamento a este homem?

Adele falou atrás de mim:

— Eu. — Nós duas nos tornamos irmãs. Eu estava grata pela minha nova família.

Me emocionei quando Chance segurou minhas mãos e disse:

— Queria que a mamãe tivesse te conhecido.

Elvis interrompeu nosso momento particular:

— Vocês vão usar os votos padrão ou cada um tem o seu?

Respondemos na mesma hora:

— Padrão — disse Chance, enquanto eu falei:

— Tenho o meu.

Ele pareceu atordoado quando se inclinou e sussurrou:

— Princesa, você escreveu seus votos? Só queria me casar de verdade com você o mais rápido possível. Eu tinha pensado em abrir mão deles dessa vez.

Balançando a cabeça, eu disse:

— É a minha vez. Tenho algo a dizer.

Quando Chance terminou de repetir os votos que Elvis dissera, limpei a garganta.

Como eu poderia colocar em palavras o que ele significava para mim? Respirando fundo, organizei meus pensamentos antes de falar.

— Chance, quando nos conhecemos, eu não soube pelo que havia sido atingida. A única coisa que eu sabia era que, pela primeira vez, estava vivendo o momento. Você me mostrou o que é realmente importante na vida em pouco mais de uma semana. Me ensinou a aproveitá-la e a não me levar tão a sério. Você me deixou tão apaixonada que, quando eu ainda acreditava que você me machucaria de novo, não pude mais me afastar. Só podia *fingir* que não me importava mais. Naquela época, pensei que te amava. Mas eu mal sabia que nossa verdadeira história de amor sequer tinha começado. Eu te amei mais ainda quando você voltou e lutou por mim com todas as suas armas.

Dia após dia, você deixou de lado seu orgulho e nunca desistiu de mim, mesmo quando eu fiz você acreditar que nós não ficaríamos juntos. Você reconquistou minha confiança. Disse que queria que a sua mãe tivesse me conhecido. Bem, eu também queria que ela estivesse aqui, assim eu poderia agradecer a ela pelo modo como te criou. E pensar que, se tivesse feito outro caminho, eu poderia nunca ter te conhecido no posto de gasolina em Nebraska. Um único minuto pode mudar uma vida inteira. No entanto, ainda sinto que, de alguma forma, nós teríamos nos encontrado. Porque agora eu sei que você é minha alma gêmea. A estrada que nos trouxe até aqui nem sempre foi fácil, mas nos fez mais fortes e mais prontos do que nunca para irmos para onde a vida nos levar. Mal posso esperar pela próxima aventura. Eu te amo, Chance.

Acho que nunca tinha visto Chance chorar, mas seus olhos estavam começando a brilhar quando murmurou:

— Eu te amo, princesa.

Elvis nos orientou a trocar as alianças. Chance sempre se recusou a tirar a antiga, mesmo que tivesse deixado seu dedo verde. Deslizei uma nova aliança platinada no lugar. Chance me surpreendera com um anel de diamante de corte princesa alguns meses antes. Ele colocou uma aliança de diamante junto do anel de noivado.

— Pelo poder investido a mim pelo estado de Nevada, pode beijar a noiva.

Chance me ergueu em seus braços e me beijou como se não houvesse amanhã. Seus lábios quentes contra os meus e a certeza de que ele era oficialmente meu marido me faziam pensar que eu estava no céu. Pixy estava ficando impaciente e começou a soltar "béééés" enquanto Adele e Harry aplaudiam.

Chance me colocou no chão, e Zelda falou atrás de nós:

— Esse beijo! Agora sei exatamente por que me lembro de vocês dois.

Zelda tirou fotos de nós dois sozinhos e depois com Adele e Pixy.

Reservamos um quarto no mesmo hotel em que nos hospedamos três anos antes e planejamos ficar em Las Vegas para uma curta lua de mel. Adele e Harry levariam Pixy para casa. Nos despedimos, já que eles estavam voltando para Hermosa Beach.

Quando saímos da capela para o calor e o pôr do sol de Las Vegas, havia uma surpresa especial à espera de Chance.

Ele começou a rir quando viu o BMW preto do mesmo modelo que o da nossa primeira viagem.

— Você alugou um Beemer?

*BEE-MA*. Meu amor por seu sotaque nunca diminuía.

— Sei que íamos voltar para casa de avião, mas achei que seria legal.

Adele tinha decorado o carro com letras brilhantes na parte de trás: *Recém-casados... de novo*. Mas eu estava mais animada para mostrar a ele algo que estava lá dentro.

— É perfeito. Devo dirigir, sra. Bateman?

— Sim. Acho que gostaria de apenas olhar para o meu lindo marido sem distrações.

Quando entramos no carro, um grande sorriso se espalhou pelo rosto de Chance assim que ele pôs os olhos no console.

— Sr. Obama! Você o guardou por todos esses anos?

— Tenho que te contar uma história. Quando cheguei a Temecula e troquei o BMW, deixei a miniatura dentro do carro. Uma funcionária da concessionária correu atrás de mim e me perguntou se eu não iria levá-la comigo. Eu disse que ela podia ficar com ela. Eu estava tentando me livrar de todos os sinais físicos de você, porque te perder me machucou muito. Você ainda estava no meu coração, e eu não estava conseguindo superar, então fiz o que pude para remover todas as lembranças. Algumas semanas depois, estava estacionada em um posto de gasolina. Em um carro ao meu lado, um garoto com cerca de doze anos estava esperando que seu pai saísse do mercado. Então notei a miniatura. Eu simplesmente não podia acreditar. Sabia que era a nossa. Perguntei onde ele a havia comprado. Ele disse que seu pai dera a ele. O pai trabalhava na concessionária. Eu não sabia o que aquilo significava, mas, de alguma forma, senti como se fosse um sinal de que eu não deveria desistir de você. Perguntei quanto ele queria pelo boneco. Ele me cobrou dez dólares, mas eu pagaria qualquer valor. Naquele dia, fiquei arrasada. Mesmo que ainda me forçasse a seguir em frente, quando você reapareceu pensei imediatamente na miniatura e soube que o universo tinha tentado me dizer para te esperar, para não desistir. — Lágrimas começaram a cair dos meus olhos quando pensei na sorte que tive quando Chance voltou para mim.

— Essa história é incrível, princesa. — Chance passou os dedos pelas lágrimas que caíam dos meus olhos e disse: — Obrigado por me dar essa segunda chance.

Ele se inclinou e beijou minha barriga de cinco meses, que se estendia através da renda do vestido com cintura império. O bebê que estávamos esperando receberia o nome do pai.

*Minha segunda chance.*

Chance manteve a cabeça apoiada em meu ventre. Passei os dedos pelos cabelos dele e disse:

— É justo. Eu lhe dei sua segunda chance e agora você está me dando a minha.

# Agradecimentos

Obrigada a todos os blogueiros incríveis que ajudaram a divulgar o nosso primeiro trabalho juntas. Seremos eternamente gratas pelo trabalho árduo de ajudar a nos trazer novos leitores todos os dias.

Para Julie – Você é a nossa grande referência. Obrigada por aguentar nossas besteiras durante esse projeto!

Para Dallison e Kim – Obrigada pela atenção de vocês aos detalhes para ter certeza de que Chance era um personagem bom e claro para os leitores.

Para Luna – Seus olhos garantiram que Chance fosse o melhor australiano que poderia ser. Mal podemos esperar para ver os *teasers* com cabritos que você fará!

Para Lisa – Por organizar a turnê de lançamento e por todo o seu apoio.

Para Letitia – Suas capas são demais, mas esta é uma das nossas favoritas! Obrigada por tê-la feito com perfeição.

Aos nossos agentes, Kimberly Brower e Mark Gottlieb – Obrigada pelo trabalho árduo e agradecemos antecipadamente pelos seus esforços em conseguir que o cretino abusado vá para as telonas. (Nós podemos sonhar, certo?)

Aos nossos leitores – Obrigada por nos permitir levá-los a um passeio com Chance e Aubrey e pelo apoio contínuo e entusiasmo com nossos livros! Não seríamos nada sem vocês!

Com muito amor,
Penelope e Vi

# Sobre as autoras

**Penelope Ward** esteve na lista de livros mais vendidos do *The New York Times*, *USA Today* e *Wall Street Journal*.

Ela cresceu em Boston, Estados Unidos, com cinco irmãos mais velhos e passou a maior parte dos seus vinte anos como âncora de um telejornal antes de mudar para uma carreira que lhe permitisse passar mais tempo com a família.

Penelope ama ler livros *new adult*, café e sair com amigos e a família aos fins de semana.

Ela é a mãe orgulhosa de uma linda garota de dez anos com autismo (a inspiração para a personagem Callie, em *Gemini*) e um menino de oito anos, que são a luz de sua vida.

Penelope, seu marido e filhos moram em Rhode Island.

Entre em contato com ela:
Facebook: www.facebook.com/penelopewardauthor
Site: www.penelopewardauthor.com
Twitter: twitter.com/PenelopeAuthor
Instagram: @penelopewardauthor

**Vi Keeland** é nova-iorquina e mãe de três filhos que ocupam a maior parte do seu tempo livre e dos quais ela reclama com frequência, mas não mudaria nada em seu mundo. Ela é uma leitora ávida e conhecida por ler durante eventos esportivos, nos semáforos, ao mesmo tempo em que arruma o cabelo, limpa, anda e frequentemente enquanto finge trabalhar. Ela é uma advogada chata de dia e uma emocionante autora best-seller à noite!

Entre em contato com ela:
Facebook: www.facebook.com/vi.keeland ou www.facebook.com/AuthorViKeeland
Site: www.vikeeland.com
Twitter: twitter.com/vikeeland
Instagram: @Vi_Keeland